एक डूबते जहाज़ की अन्तर्कथा

एक डूबते जहाज़ की अन्तर्कथा

रवीन्द्र वर्मा

वाणी प्रकाशन

वाणी प्रकाशन

4695, 21-ए, दरियागंज, नयी दिल्ली 110 002

शाखा

अशोक राजपथ, पटना 800 004

फ़ोन : +91 11 23273167 फ़ैक्स : +91 11 23275710

www.vaniprakashan.in
vaniprakashan@gmail.com
editorial@vaniprakashan.in
sales@vaniprakashan.in

EK DOOBTE JAHAZ KI ANTARKATHA

by Ravindra Verma

ISBN : 978-93-5229-320-9

Novel

प्रथम संस्करण

मूल्य : ₹ 125

हर्ष प्रिंटर्स, दिल्ली-110 093 में मुद्रित

वाणी प्रकाशन का लोगो मक़बूल फ़िदा हुसेन की कूची से

भूतों की शादी में क़नात से तन गये

—मुक्तिबोध

एक

जी, बैठिए। यहाँ कोई नहीं बैठा है। जगह ख़ाली है। यों आपका पूछना मुनासिब है। यहाँ ख़ाली बेंच ख़ाली हो—यह कोई ज़रूरी नहीं है। कोई कभी भी आकर कह सकता है, हटिए, यह जगह मेरी है। यह पैसों वालों की बस्ती है न! इन लोगों के चेहरे देखिए : दर्प से चमचमाते हैं। कोई बेंच क्या, ये लोग समझते हैं कि दुनिया इन्हीं की है, और रहेगी।

नहीं, नहीं, इस आत्म-निर्भर बस्ती के लोग कभी नहीं मरते। न यहाँ कभी पानी जाता है, न बिजली जाती है—और न कभी मौत आती है। मौत तभी आती है जब कोई उसकी आहट सुने! लोग यहाँ ऐसे जीते हैं जैसे कभी कोई नहीं मरेगा। कभी-कभी यहाँ भेड़िया आता है और किसी को अचानक उठा ले जाता है। कोई कुछ समझ नहीं पाता। सब रोते हैं।

लगता है, आप यहाँ नये आये हैं। जी, आप जिस तरह बेंच के पास खड़े हिचकिचा रहे थे, मैंने उसी से जाना। मैं पिछले हफ़्ते

यहाँ आया था और पहली शाम आप ही की तरह ख़ाली बेंच के पास खड़ा झिझक रहा था। हाँ, बेंच बिल्कुल ख़ाली थी। दूसरी तरफ़ भी कोई नहीं था जिससे मैं इजाज़त लेता। मैं बैठ गया। मैं लॉन के अँधेरे-उजाले में उलझा था जब सहसा मेरे कानों में आवाज़ आयी—उठिए, यह बेंच मेरी है। जब मैंने बैठे-बैठे आँखें ऊपर उठाई तो सफ़ेद मूँछों में कड़क स्वर गूँजा : लगता है, आप नये हैं—यहाँ लोग जानते हैं कि यह बेंच मेरी है। मुझे हँसी आ गयी। मेरे मन में आया कि मैं उन्हें सूचित करूँ कि यह धरती का टुकड़ा जिस पर वे खड़े हैं, यह भी न उनका है, न उनके बाप का। हम-सब धरती पर सैलानी हैं। सैलानियों के स्थायी हक़ नहीं होते।

हा-हा, नहीं, यह वह बेंच नहीं है। इस कोने में यह बेंच कुछ बच्चे छोड़कर चले गये हैं। बच्चे लॉन की घास पर बीच में खेल रहे हैं जहाँ कुछ ज़्यादा उजाला है। वे एक-दूसरे के पीछे दौड़ते नज़र आते हैं। यही उनका खेल है। उनके परे लॉन के दूसरे किनारे पर बस्ती के छः बुजुर्ग हैं जो दो बेंचों पर आमने-सामने बैठे हैं। जैसे ही अँधेरा गहराता है, ये अपने फ़्लैटों से उतरकर बेंचों पर आ जाते हैं जैसे चिड़ियाँ आसमान से उतरकर पेड़ की डाल पर आ गयी हों। ये लोग राजनीति या क्रिकेट पर बातें करते हुए हँसते हैं जैसे दोनों में कोई फ़र्क न हो। नहीं, ये लोग अपने रोगों की बात नहीं करते। किसी का जिगर जवाब दे रहा है, किसी के दिल की रफ़्तार और दवाइयों में मेल नहीं हो पाता, किसी की एक टाँग शरीर को धरती पर घुमा-घुमाकर थक गयी है, किसी का एक कन्धा किसी दीवार की तरह धसक रहा है—मगर कोई इस बाबत बात नहीं करता। वे इसे दूसरों से कम, अपने से ज़्यादा छिपाते हैं। कम-से-कम हर शाम वे लॉन पर बच्चों की तरह खिलखिलाते हैं जैसे उनमें और बच्चों में कोई फ़र्क न हो। जैसे यह हँसी में लिपटी शाम हमेशा कायम रहेगी!

आपने ठीक कहा। मौसम सुहाना है। यह अक्टूबर का अंत है। इस मौसम में नयी दिल्ली मुस्कुराती हुई लगती है। गर्मी चली जाती है। जाड़े दूर हैं। गर्म कपड़ों का बोझ नहीं उठाना पड़ता। ठण्डी हवा पेड़, पौधों, घास और पानी से गुज़रती हुई आत्मा में उतर जाती है और मन का पंछी फड़फड़ाने लगता है। धूप सुनहरी होने लगती है। साए अँगड़ाई लेकर करवट बदलते हैं। पेड़ों के सिर आकाश में सूर्य

के चारों ओर हिलते हुए हँसते हैं जैसे तालियाँ बजा रहे हों। दक्षिण दिल्ली की इमारतें और सड़कें हरियाली को घेरे दोनों हाथ पसार देतीं हैं। क्या, आज दिन में नये गुड़गाँव की सड़कों पर गाड़ी की खिड़की के बाहर झाँकते हुए आपको लगा कि आप न्यूयार्क में हैं! यह सोलह आने सही है। मुझे भी यही लगता है। हालाँकि मैंने अमरीका नहीं देखा। क्या फिल्मों और उपन्यासों का अमरीका असली है?

देखिए, आसमान में चाँद उतर आया है। बच्चे चले गये हैं। लॉन की घास खामोश है। फिर दूसरी तरफ से समवेत हँसी बिखरी। मैं उन दो बेंचों की हँसी में शिरकत नहीं कर सकता क्योंकि वे राजनीति और क्रिकेट को मिला देते हैं। असल में उच्चमध्यवर्ग रोज़ी-रोटी की समस्या से ऊपर होता है। वे जानते हैं कि दिल्ली में कोई भी गद्दी पर बैठे, मूलभूत नीतियाँ वही रहेंगी—यानी मध्यवर्ग के हित में। देश के विकास का राजमार्ग जीडीपी की दौड़ती हुई सड़क ही है, जिसके दोनों ओर मध्यवर्ग के घने पेड़ हैं। इसीलिए ये अक्सर वोट देने नहीं जाते। अलबत्ता ये अपने नौकरों को वोट डालने ज़रूर भेज देते हैं। गाँवों और कस्बों और महानगर की ग़रीब बस्तियों में चुनावी बूथों के सामने लम्बी कतारें देखकर मैं कभी चकित नहीं होता। इन लोगों को हमेशा परिवर्तन चाहिए, जो है उससे बेहतर चाहिए। अब हर चुनाव बाद इन्हें निराशा हाथ लगे, यह बात दीगर है। ज़रा सोचिए, देश के आधे अधभूखे लोग फ़रेबी नेताओं को गावस्कर या तेंदुलकर कैसे पुकार सकते हैं?

अच्छा-अच्छा, आपका बेटा सी-ब्लॉक में है। एक बहुराष्ट्रीय कम्पनी में सीनियर मैनेजर है। डी.एल.एफ. में ऐसे ही लोग हैं। क्या कहा, वह कल शाम जब आपको लेने नयी दिल्ली रेलवे स्टेशन गया तो उसने कहा कि पिछली बार वह रेलवे स्टेशन तब आया था जब आप आये थे। वाह, ये लोग धरती पर नहीं चलते, हवा में रहते हैं। इनकी गाड़ियाँ वातानुकूलित हैं ताकि शहर की गंदी हवा इन्हें न लगे। मेरे बेटी-दामाद भी सी-ब्लॉक में ही हैं। मेरा दामाद एक बहुर्राष्ट्रीय कम्पनी में वाइस-प्रेसीडेंट है। आप छठवीं मंजिल पर है, मैं आठवीं मंजिल पर हूँ। क्या, आप पिछले साल ही रिटायर हुए हैं। शुरू में तो अच्छा लगा। अब वक्त हिमालय से भी भारी लगता है—काटे नहीं कटता। इसीलिए बेटे ने बुलाया तो फ़ौरन चले आये। नहीं, मैं,

रिटायर नहीं हुआ। मैंने इस्तीफा दे दिया है। यहाँ कुछ दिनों के लिए आया हूँ। अकेला हूँ। बेटी ने बुला लिया।

अच्छा, आपका बस चलता तो आप कभी रिटायर न होते। और मैं रिटायर होने से पहले ही रिटायर हो गया। क्यों? यह एक यक्ष प्रश्न है। यह समझिए कि मैं इन दिनों इसी सवाल का जवाब ढूँढ़ रहा हूँ। मुझे लगता है कि इसके घेरे में गुड़गाँव से चिरगाँव तक पूरी क़ाइनात है। चिरगाँव। हाँ, हाँ, वही मैथिलीशरण गुप्त का चिरगाँव। वहाँ मेरे दादा रहते थे। एक खण्डहर होता हुआ घर अभी भी है। मुझे इस घर के बहुत सपने आते हैं—घर के बड़े-से आँगन और उसको रात में ढँके विराट आकाश के सपने, जिनमें तारे टिमटिमाते हैं। आज तो गजब हो गया। मुझे दिन में सपना आया। मेरी बेटी आज दोपहर में मुझे 'एम्बीएन्स' ले गयी थी। उसने बताया, यह गुड़गाँव का सबसे बड़ा मॉल है जिसकी लम्बाई एक किलोमीटर है। ज़रा तसव्वुर कीजिए : एक किलोमीटर लम्बा, बहुमंजिला, वातानुकूलित, जगमग बाज़ार जिसमें खड़े हुए आदमी खो जाये—उसे लगे कि बाजार ही सारी दुनिया है! वहाँ सारे अन्तर्राष्ट्रीय साइन-बोर्ड थे। मैं हताश कोई भारतीय नाम ढूँढ़ता रहा। जब मुझे कोई अपना नाम नहीं दिखा तो अचानक मुझे अपना चिरगाँव का टूटता घर नजर आया। भला बताइए, मेरे पुश्तैनी घर और मॉल का क्या रिश्ता है? क्या कोई एम्बीएंस है? कोई मेल है?

लौटते हुए जब मैंने अपनी बेटी अनीता से अपने एम्बीएंस के सपने की बात की तो वह हँसने लगी। उसने स्टीयरिंग व्हील पर हाथ और सामने ऩजर जमाए हँसते हुए कहा, 'पापा आप सठिया गये हैं। लगता है, आपका दिमाग़ भी छुट्टी पर चला गया हैं। उसमें ऊलजलूत ख़याल आते हैं।' वह रास्ते-भर मुस्कुराती रही। मुझे घर छोड़कर 'किटी' में चली गयी। घर में नाती मनोज स्कूल से लौट आया था। मैं उसके साथ साँप-सीढ़ी खेलता रहा। मेरे हिस्से में साँप ही थे। मनोज के हिस्से में सीढ़ियाँ थीं। चूँकि मेरे दिमाग़ में कहीं एम्बीएंस का सपना था, इसलिए साँप की पूँछ पर गिरते हुए मुझे बार-बार अपना चिरगाँव का टूटता घर याद आया।

लॉन के दोनों सिरों पर यू-शक्ल की बहुमंज़िली इमारतों में सारी रोशनियाँ जल गयी हैं जैसे कोई रोशनियों के पिरामिड हों। बीच में

यह शानदार लॉन और सामने दोनों गेटों के बीच संतरियों का पहरा है जैसे यह कोई किला हो। ऐसे रईसों के किले आपको हर महानगर में जगह-जगह मिलेंगे, जिनको घेरे लोगों की खुली बस्तियाँ हैं। यह बात अलग है कि नये गुड़गाँव में ऐसे किले ही किले हैं। फिर एकल किले भी हैं जिनमें सिर्फ एक परिवार रहता है। इनके दरवाजों पर संतरियों के अलावा कभी-कभी शेर की तरह कुत्ते भी नजर आते हैं। ये वी.आई.पी. लोगों की तरह वी.आई.पी. बस्तियाँ हैं, जिन्हें कड़ी सुरक्षा की दरकार है। ये बस्तियाँ किससे डरती हैं? लोगों से! जो चारों तरफ खुली बस्तियों में रहते हैं और शहर के सारे पहिए चलाते हैं।

देखिए, मैं कहाँ से कहाँ पहुँच गया। इन दिनों मेरे साथ यही होता है। शायद अनीता ठीक कहती है। मेरा दिमाग़ छुट्टी पर है। आपने भी महसूस किया होगा कि जब हम नौकरी करते हैं तो हमारा दिमाग़ कभी छुट्टी पर नहीं होता चाहे हम छुट्टी पर हों। नौकर एक शाश्वत नौकर होता है—चाहे वह घर में हो या बाहर, चाहे वह दफ्तर में हो या बाज़ार में, चाहे वह मेज़ पर हो या बिस्तर पर। जी हाँ, वह नौकर ही होता है जब वह अपने बिस्तर में पत्नी के साथ होता है। यह नयी सभ्यता की त्रासदी है जो दिनों दिन गहराती जाती है। जैसे-जैसे आदमी की ज़रूरतें बढ़ती हैं, उसकी नौकरी बढ़ती जाती है। पहले मध्यवर्ग आठ घण्टे काम करता था। अब बारह घण्टे काम करता है। बाकी बारह घण्टों में उस काम के बारे में सोचता है। उसे काम के सपने आते हैं! दिन में मैं अपने दामाद को देखता हूँ। आप अपने बेटे को देखिए। मैं ठीक कह रहा हूँ न! यह अपने-अपने किले बनाने की मजबूरी है।

हवा कुछ ज़्यादा ठण्ठी हो गयी है। दूर अँधेरा भी गहरा रहा है। किले में रोशनियाँ अलबत्ता कुछ ज्यादा चमक रही हैं। तारे भी कुछ ज़्यादा निखर आये हैं। मगर यह शायद आकाश में बढ़ते अँधेरे की वजह से है। जब अँधेरा इकट्ठा होता है तो उसकी गोद में रोशनियों की चमक बढ़ जाती है। देखिए, दोनों तरफ इमारतों के माथे पर पेंट-हाउस की रोशनियाँ आकाश में कैसी चमचमा रहीं है।

'एम्बीएंस' से लौटते हुए हम मानेसर औद्योगिक क्षेत्र की तरफ गये थे। अनीता को वहाँ कुछ काम था। वहाँ सड़क पर एक-डेढ़ लाख मज़दूर उतर आये थे जो आसपास ऑटोमोबाइल कम्पनियों

में काम करते हैं। इनमें से तीन चौथाई कैज़ुअल मज़दूर हैं। ये सब अपनी पूरी मजदूरी और सुरक्षा के लिए आन्दोलन कर रहे हैं। कल एक मज़दूर की हत्या हो गयी थी। एक कम्पनी के सुरक्षा गार्डों की गोली से। इसीलिए आज वे कारखानों से निकलकर सड़क पर उतर आये थे। उनके पैरों के नीचे धरती मज़दूरों के मुँह से नारे लगाती हुई लगती थी। इस नीरव घास के अँधेरे में मुझे वह गूँजती धरती याद आ रही है जिसके एक सिरे पर 'एम्बीएन्स' है। 'एम्बीएन्स' से निकलकर मज़दूरों की चीखती सड़क से लौटते हुए मुझे लगा कि मेरी शहर की परिक्रमा पूरी हुई जैसे हताश मज़दूरों के बिना 'एम्बीएन्स' मुमकिन न हो।

दूसरी तरफ भी दोनों बेंचें ख़ाली हो गयी हैं। नहीं, पूरी तरह ख़ाली नहीं है। बादामी गाउन पहने मेहताजी बैठे हैं। वे अकेले हैं। एक ऐसी ही शाम मैं उनके पास चला गया। वे अस्सी के ऊपर हैं। काफी भुरभुरे हो गये हैं। उन्होंने बताया कि उनकी बहू चाहती है कि वे जितना हो सके घर के बाहर रहें। इसीलिए वे साढ़े नौ बजे उठते हैं। घर में डाइनिंग टेबिल पर उनका खाना रखा होता है। वे खाना खाकर अपने कमरे में चले जाते हैं। एक बार लिफ़्ट का इंतजार करते हुए वे मुझे मिल गये। उनके हाथ में अंकल चिप्स का खुला पैकेट था और मुँह में चिप्स भरे थे। उन्होंने चिप्स मेरी ओर बढ़ा दिए।

चलिए, लिफ़्ट की ओर चलते हैं। हम एक ही लिफ़्ट से ऊपर जायेंगे। मंज़िलें अलग-अलग हैं, बस। मेहताजी भी इसी ब्लॉक में दसवीं मंज़िल पर रहते हैं।

दो

अभी धूप बाकी है। आइए, घास पर ही बैठते हैं—यहाँ छाया है। घास पर रखी बेंच उच्चमध्यवर्गीय है। घास मध्यवर्गीय है। बच्चे रंगीन कपड़े पहने धूप-छांह में खेल रहे हैं। उनके परे दोनों बेंचों पर अभी महिलाएँ बैठी हैं। अँधेरा उतरने और बत्तियाँ जलने पर ये अपने घरों में चली जायेंगी और घरों से बूढ़े निकलकर इन बेंचों पर आ जायेंगे। यह दूसरा खेल है जो घास पर खेला जाता है। इस तरफ बैठकर मैं रोज़ ग़ालिब का 'बाज़ीचए अतफ़ाल' (बच्चों का खेल) देखता हूँ। ज़माना बदलता है। खेल बदल जाते हैं। मगर बच्चे हमेशा खेलते रहते हैं।

घास में अभी ऊष्मा है। कुछ-कुछ गुनगुनी-सी लग रही है। उसके नीचे धरती ठण्डी है। यह मिलावट मध्यवर्ग की तरह है...कुछ ठण्डा, कुछ गर्म। मुझे मध्यवर्ग की गर्मी का अहसास लड़कपन में हुआ था। यह असली गर्मी नहीं थी जो पेट की आग या झुलसते जिस्म में होती है। यह मध्यवर्गीय अभाव था जो घर में रेडियो न होने से पैदा हुआ था। मुझे बच्चों का प्रोग्राम सुनने पड़ोस में जाना पड़ता।

यह हतक थी। ग़रीबी का स्वीकार था। जो इतना गहरा चुका था कि मैं प्राण-पण से ग़रीबी हटाने में जुट गया। इस भगीरथी उद्यम का केन्द्र मेरा घर था। मुझे याद है कि पहली तनख्वाह से सबसे पहले मैंने रेडियो खरीदा था।

कभी-कभी मुझे यह ख़्याल आता है कि अगर मेरी बस्ती में सब कच्छा-बनियान पहनते, सब रोटी-प्याज खाते, सारे बच्चे एक ही स्कूल में पढ़ते, सारे घरों में साइकिल होती या न होती, सारे घरों में बिजली होती या न होती, सारे घरों में रेडियो होता या न होता तो मैं इतनी छोटी उम्र में मध्यवर्गीय न होता। मगर देखिए, मेरे घर में न रेडियो था, न साइकिल थी, न बिजली थी, सिर्फ भाई-बहिन पड़ोसियों से ज्यादा थे। इसीलिए मुझे मध्यवर्गीय होते देर न लगी। दोस्त, एक संवेदनशील मध्यवर्गीय बाल-मानस क़ारून का खजाना है। उसकी मुख्य तड़प घर से गरीबी हटाना है। हमारे जमाने में गरीबी हटाने का सबसे तेज़ झाड़ू अच्छी पढ़ाई को माना जाता था। बस, मैं जुट गया और क्लास में अव्वल आने लगा। फिर मैंने देखा कि हमारे हिन्दी स्कूल में अंग्रेज़ी का बड़ा बोलबाला था। जो मास्टर अंग्रेज़ी पढ़ाते थे, वे बेहतर कपड़े पहनते थे। और जब वे धाराप्रवाह अंग्रेज़ी बोलते तो लड़के मुँह बाए उन्हें ऐसे देखते जैसे धरती पर देवता उतर आये हों। अगर उस ज़माने में कोई कहता कि राम और कृष्ण सिर्फ अंग्रेज़ी बोलते थे तो मैं मान जाता। अच्छा हुआ कि बात यहीं तक पहुँची :

गुरु वसिष्ठ के वचन सुहाए
लछमन इंगलिश टीचर लाए

अंग्रेज़ी सीखने में मैंने जितना पसीना बहाया, उसमें मेरे शहर की विन्ध्याचल की सबसे ऊँची पहाड़ी डूब जाती। उसका नाम कैमासन की टौरिया है। अरे, मैं आपको बताना भूल गया कि मैं झाँसी में पैदा हुआ, पला-बढ़ा। जिस शहर की पहाड़ियों में डेढ़ सदी पहले रानी लक्ष्मीबाई की दृढ़ आवाज गूँजी थी 'मैं अपनी झाँसी नहीं दूँगी', उसी शहर में अंग्रेज़ी गूँज रही थी—हालाँकि अंग्रेज़ अपने टापू-देश में लौट गये थे। बी.ए. तक आते-आते मैं अंग्रेज़ी खाता था, अंग्रेज़ी पीता था, अंग्रेज़ी हँसता था, अंग्रेज़ी रोता था और अंग्रेज़ी सो जाता था। मुझे अंग्रेज़ी के सपने आते थे। मैं अपने परिवार का पहला लड़का था जो अंग्रेज़ी में सपने देखता था। यह परिवार का दूसरा अंग्रेज़ी पदक

था। पहला पदक मेरे दादाजी ने हासिल किया था जो बीसवीं सदी के आरम्भ में चिरगाँव के पहले मैट्रिक पास बने और अंग्रेज़ी रेलवे के हिन्दुस्तानी स्टेशन मास्टर।

जब मैं प्रयाग विश्वविद्यालय पहुँचा तो यह सोने में सुहागा था। यहाँ हिन्दी का चलन गालियों में ज्यादा था। यह अंग्रेज़ों की पुरानी राजधानी थी। यहाँ ज्यादातर लड़के कलेक्टर-डिप्टी कलक्टर होना चाहते थे। वे अपने को हुक्मरानों की अंग्रेज़ी शैली में ढाल रहे थे। इसी चाल में चलते हुए एक दिन मैंने अपने को एक होटल में बैरे के छुरी-काँटा न लाने पर यह कहते हुए पाया : 'तो क्या मैं हाथ से खाऊँगा?' यह चरम था। उस वक्त मैं यह नहीं समझ पाया था। आज मैं अपने को यह जवाब देता हूँ : 'हाथ से नहीं तो क्या पैर से खाओगे?'

क्या आज मध्यवर्ग पैर से खा रहा है? आप देखेंगे कि आजकल अक्सर लोग खड़े हुए या चलते हुए बर्गर या पीज़ा खाते हुए पाये जाते हैं। यह उल्टी चाल है। भागम-भाग है। पैरों से खाओ और पैरों से बात करो—चलते हुए मोबाइल पर। यार, आदमी आज टेलीफोन-बूथ हो गया है। सचल फोन-बूथ। वह हमेशा दूसरों की गिरफ़्त में है। उसे कोई भी कभी भी पकड़ सकता है। अब आदमी को अपने साथ रहने की इजाज़त नहीं।

यह मैंने तब नहीं जाना था। तब मैं अंग्रेज़ी के तराने में मगन था। अंग्रेज़ी ने आहिस्ता-आहिस्ता मेरे भीतर एक दरार पैदा कर दी थी। ज़रा सोचिए, जो आदमी हिन्दुस्तान में छुरी-काँटे से खाएगा, वह उन्हें ज़रूर दूसरी नजर से देखेगा जो छुरी-काँटे से नहीं खाते। मेरी नज़र बदल गयी थी—और मुझे पता ही नहीं था। अंग्रेज़ीदाँ अपनों से ही छिटक जाते हैं और उन्हें पता नहीं चलता। बाद में जब वे कुर्सियों पर बैठते हैं तो उन पर राज करने लगते हैं जिन्हें अंग्रेज़ी नहीं आती।

रामलाल मेरे बचपन का दोस्त था जिसके साथ मैं गर्मियों की छुट्टियाँ गुज़ारता जब चिरगाँव दादाजी के घर जाता जो अब रिटायर हो गये थे। बचपन में हमने एक-दूसरे के साथ गिल्ली-डंडा खेला था, कबड्डी खेली थी, कौड़ियाँ खेली थीं, बागों में आम तोड़कर खाए थे, और एक-दूसरे के घर चाहे जब खाना खाया था। मगर जब मैं प्रयाग विश्वविद्यालय से लौटकर एक बार गाँव गया तो वह बी.डी.

ओ. ऑफिस में बाबू हो गया था और मेरी अंग्रेज़ी पर चौंकता था। उसे चौंकता देखकर मैं भीतर-ही-भीतर कुछ और लम्बा हो जाता। यह शुरुआत थी। झाँसी में मैं अपने मोहल्ले में भी अलग-थलग होता गया जैसे कोई सैलानी आया हो। सैलानी की नज़र में अवाम अनाम हो जाता है, लोग भीड़ हो जाते हैं, और लगने लगता है कि भीड़ में जाये सो भाड़ में जाये।

देखिए, मैं अपने घर में सैलानी हो गया था।

यह अजीब सैलानी था जो अपने घर, मोहल्ले और शहर को हसरत से देखता था जैसे वे किसी दूसरे के हों। यह नियम बन गया। जब मैं झाँसी जाता तो किले में ज़रूर जाता और देर तक कड़क बिजली और भवानी शंकर नामक लोहे की तोपों को निहारता रहता जिनसे रानी लक्ष्मीबाई अंग्रेज़ों से लड़ी थी। फिर मैं उस बुर्ज पर चढ़ जाता जहाँ से लक्ष्मीबाई पुत्र को अपनी पीठ पर बाँधे घोड़े पर बैठी कूदी थी। मैंने बचपन में यही सुना था। मैं देर तक बुर्ज पर खड़ा नीचे रेतीली पहाड़ियों का विस्तार देखता रह जाता जहाँ अंग्रेज़ों ने अपनी सेना सजाई थी। कुछ पल को ही सही, मैं दूसरे वक्त में सैलानी की तरह पहुँच जाता।

आज सोचता हूँ तो हैरत होती है। हम एक ही समय में समय के कितने आईनों में अपना चेहरा देखते हैं!

तब मेरी माँ की वही उम्र थी जो अब मेरी है। पिता सठिया गये थे। वे उसी साल रिटायर हुए जब मेरी नौकरी लगी। वे कचहरी में बड़े बाबू थे। वे बड़े गर्व से बताते कि उन्होंने आज़ादी के पहले अंग्रेज कलक्टर के नीचे काम किया था। 'अंग्रेज़ की बात ही कुछ और थी।' वे लम्बी साँस लेकर कहते। फिर वे अंग्रेज़ों की नेकनियती और अनुशासन के किस्से सुनाने लगते। उन किस्सों को सुनकर लगता कि अंग्रेज़ों का जमाना हिन्दुस्तान में स्वर्ण-युग था और आज़ादी के बाद फिर पाषाण-युग लौट आया है। मैंने पिता का नाम हरिशंकर श्रीवास्तव बचपन में रटकर याद किया था। पहले मैं समझता था कि उनका नाम बाबू ही है जो हम उन्हें घर में बुलाते थे और जिसे बाहर लोग बड़े बाबू कर देते थे। अब याद करता हूँ तो लगता है कि वे घर में अंग्रेज़ कलक्टर की नकल करते थे। हम सब चौके में खाना खाते थे। वे दालान में एक हिलती मेज के पीछे टुटही कुर्सी

पर बैठ जाते और बहिन उन्हें परोसती। मेरे ज़ेहन में उनकी हिलती मेज पर एक हाथ से थाली पकड़े दूसरे हाथ से खाना खाने की छाप है। जब मैं छोटा था तो मुझे एक बार आँगन में खड़े हुए उनकी हिलती थाली देखकर हँसी आ गयी थी और मैंने दोनों गालों पर एक-एक थप्पड़ खाया था।

तब मुझे क्या पता था कि मैं खुद एक दिन हाथ से खाने से इनकार कर दूँगा।

बाबू अपनी बातचीत में अंग्रेज़ी के शब्दों का खूब इस्तेमाल करते थे। कभी-कभी समूचे वाक्य भी बोल जाते जैसे जब कभी वे मुझसे ज़्यादा नाराज़ होकर कोई नसीहत देते तो व्यंग्य से कहते : 'दिस इज फॉर योर काइण्ड कंसीडरेशन!' यह दफ़्तरी अंग्रेज़ी थी। यह मैंने बाद में जाना। अम्मा को अंग्रेज़ी नहीं आती थी। वे कभी सन्न रह जातीं, कभी मुस्कुराने लगतीं। मुझे खूब याद है। तब मैं घर पर ही था। जब बाबू ने आखिरी साँस ली तो वे बोले थे :

'फाइल इज़ क्लोज़्ड।'

यह हमारे घर की परम्परा थी। बाबू ने बताया था कि जब दादाजी मरे तो उनके अन्तिम शब्द थे :

'सिगनल डाउन।'

बाबू घर में चाहे कच्छा-बनियान पहनें, घर के बाहर पेंट-कमीज ही पहनते थे। वे अक्टूबर में टाई बाँधने लगते। नवम्बर में कोट पहिन लेते। यदि कोई छेड़ देता कि अभी इतनी सर्दी कहाँ पड़ी तो वे हँसकर कहते कि वकील हर मौसम में कोट पहिनते हैं—यह कचहरी का लिबास है। बाद के दिनों में एक बार उन्होंने यह भी कहा था कि ज़िन्दगी एक मुकदमा है जिसकी बहस कोट पहिनकर ही हो सकती है।

घर में बाबू की मर्ज़ी के बिना एक पत्ता भी नहीं हिलता था। आँगन में जामुन का पेड़ था जिसके पत्ते कभी हिलने लगते, कभी चुप हो जाते। शायद घर में हवा का स्रोत बाबू की मर्ज़ी थी। इस हवा में कभी-कभी घरवालों का दम घुटता था। मेरे बचपन की एक स्मृति यह भी है कि बाबू घर से बाहर जाते हैं और मैं छत पर उछलने लगता हूँ जैसे घर आज़ाद हो गया हो। लेकिन जैसे ही वे कचहरी से लौटते घर में अँधेरा छाने लगता। यह बात दीगर है कि वे अकसर शाम को दीया-बत्ती के वक्त ही घर में घुसते। यह अनुशासन नहीं

था। उनकी मर्ज़ी के आगे घर में किसी की कोई मर्ज़ी नहीं थी। घर में उनका वजूद एक मोटे परदे की तरह था। यह काला पर्दा अदृश्य था। मुझे काफ़ी बाद में पता चला कि वे यह काला परदा कचहरी से लाते थे। उन्हें यह आदत अंग्रेज़ों के जमाने से लगी थी जब उन्होंने नौकरी शुरू की। वे अंग्रेज़ी मर्ज़ी के गुलाम थे। दिन-भर 'यस सर, यस सर' करते-करते उनके भीतर कुछ बचता नहीं था। एक खोखल था जिसे वे काले परदे से ढँक देते थे। घर में आकर वे इसी परदे को बाहर निकालते और जामुन के पेड़ से बाँध देते। अदृश्य परदा घर पर छाया रहता।

बाबू को मैंने कभी हँसते नहीं देखा। चौंकिए मत। मैं बाद में आपको बताऊँगा कि शाहरुख खान भी नहीं हँसता। बहरहाल, मेरे दिमाग में उनकी ऐसी कोई छवि नहीं है जिसमें वे हँस रहे हों। एक बार मैं आँगन में जामुन के पत्तों की छाँव में खड़ा था जब बैठक से एक ठहाके की आवाज आयी। मैंने दौड़कर बैठक में झाँका। ठहाका बाबू के एक दोस्त के मुँह से निकला था जो अभी भी खुला था। जब मैं बड़ा हुआ तो मुझे यह ताज्जुब हुआ कि कोई बाबू का दोस्त कैसे हो सकता है। मैंने अम्मा से पूछा। अम्मा हँसने लगीं। बहिन ने बताया कि उसने एक बार बाबू को हँसते देखा था। कब? कहाँ? मैंने पूछा। बहिन खुद हँसने लगी। तब वह बड़ी हो रही थी।

बहिन की शादी बाबू ने तै की। शादी तै होने से पहले बहिन की नुमाइश हुई थी। मेरी शादी की नुमाइश बाबू ने देखी। मेरी तब नयी-नयी नौकरी लगी थी। मैं बम्बई में था। मुझे छुट्टी नहीं मिली थी। मैं दिन-भर महानगर के दफ्तर में काम करता और शाम को अकेला समुद्र के किनारे घूमता जहाँ लहरें पत्थरों पर अपना सिर पटकती थीं। एक अजनबी युवा महानगर में कितना अकेला होता है, क्या आप जानते हैं? वह भी तेइस साल का अजनबी जिसने पहली बार महानगर देखा हो! मैं नंगी आँखों से बिटर-बिटर वी.टी. में ठोस, ऊँची-ऊँची अंग्रेज़कालीन शाश्वत-सी इमारतों के मेहराब और सड़कों पर अन्तहीन भीड़ें देखता और अपने-आप को भूलने लगता। एक बार ऐसा हुआ कि शाम के धुँधलके में मैंने जब अपने को याद करने की कोशिश की तो मेरी आँखों में स्मृति की तरह आँसू आ गये। मैं रो रहा था।

तब मैं अँधेरी पश्चिम के शुभम गेस्ट हाउस में रहता था। गेस्ट हाउस का नियम था कि वहाँ कोई किसी को नहीं जानता था। कोई कमरे में मर जाये तो उसकी खबर कमरे के बाहर चिरायँध की तरह ही आती थी जैसे कोई जानवर मरा हो! यह महानगर का अतिथि-गृह-गेस्ट हाउस—था। यह महानगर की मेहमाननवाज़ी थी। मैं रोज़ सवेरे गेस्ट हाउस से निकलता और बस के क्यू में खड़ा हो जाता। वह नये साल की सुबह थी जब मैंने पाया कि क्यू में एक लड़की मेरे आगे खड़ी है। वह सुबह सुहानी थी। हवा ठण्डी थी। धूप में कुछ सुनहरापन था। क्यू के ऊपर एक पीपल का छतनार पेड़ हौले-हौले अपनी हथेलियाँ हिला रहा था। लड़की का बायाँ गोरा गाल मुझे नज़र आ रहा था : उस पर कभी धूप चमकती, कभी कोई साया डोलने लगता। यह बम्बई का सबसे अच्छा मौसम था। पहले प्रेम के लिए। लड़की का गाल अचानक सिहरा जब उसने मेरी नज़र एक छुअन की तरह महसूस की। तभी क्यू आगे सरका और लड़की बस में घुसी। वह साड़ी पहने थी। जब उसने सैंडिल-सजा पैर फुटबोर्ड पर रखा तो मैंने उस सलोने पैर को नंगा देखा। मैं मन्त्र-बिद्ध-सा बस में चढ़ा और उसके पीछे की सीट पर बैठ गया। उसका गाल अभी भी कुछ लाल था जैसे अपनी सिहरन को याद कर रहा हो। एकाएक मुझे लगा कि इसी सिहरन में मेरा वजूद है। इसीलिए मैं उसके पीछे-पीछे वरली के एक स्टॉप पर उतर गया और उसके पीछे-पीछे चलता रहा। वह जब एक इमारत में घुसी, मैं उसके पीछे था। हम लिफ़्ट में साथ-साथ थे, मगर लिफ़्ट में हमारे साथ छः लोग और थे। हम अलग-अलग कोनों में फँस गये थे। जब सातवें फ्लोर पर उसके पीछे-पीछे मैं बाहर आया तो उसने पहली बार मुझे घूमकर देखा। उन विस्मित आँखों को मैं कभी भूल नहीं सका। हम उस शाम वर्ली समुद्र-तट पर मिले। फिर हर शाम मिलने लगे। उषा मेरे लिए बम्बई हो गयी। महानगर मुझे दिलकश लगने लगा। शहर अपनी केंचुल उतारकर नये सूरज तले चमका। समुद्र की लहरें तट पर गाती हुई लगतीं जब हम उन्हें साथ-साथ देखते।

अगले माह मुझे बाबू का तार मिला कि अम्मा सीरियस हैं यानी गम्भीर रूप से बीमार हैं। मैंने दफ़्तर में तार दिखाकर छुट्टी ली और ट्रेन पकड़कर घर पहुँचा। अम्मा आँगन में बैठी हँस रही थीं और घर में मेहमान थे। बाबू बैठक में बैठे थे। जब मैंने उनके पैर छूकर

तार के बारे में पूछा तो वे मुस्कुराते हुए बोले, 'थके होंगे, आराम कर लो।' अगले दिन मैं दूल्हे का मौर बाँधे बरात की बस में चढ़ रहा था और मौर के अन्दर रो रहा था। मैं मजनू, फरहाद या रोम्यो से सिर्फ़ ईर्ष्या कर सकता था।

मेरी मध्यवर्गीय आत्मा बधिया हो गयी थी। बन्धु, शहरों की सड़कों पर ये जो अराजक लड़के हू-हा करते नजर आते हैं, ये सब प्रेम-हीन जोड़ों की मध्यवर्गीय सन्तानें हैं। ये न इधर के हैं, न उधर के हैं।

देखिए, धूप चली गयी है। आसमान से अँधेरा सीढ़ियों पर एक-एक पैर रखता हुआ उतर रहा है। घास पर बच्चे अपने खेल में मस्त हैं और औरतें उच्चमध्यवर्गीय बेंचों पर बैठी अपनी बातों में।

आपने ठीक कहा। मेरा भी यहाँ बैठने का मन नहीं हो रहा। चलिए, गोलगप्पे खाने चलते हैं। अरे, आप चौंक गये। बाज़ार पास ही है।

तीन

आइए, आइए सड़क पार कीजिए। इस सड़क पर गाड़ियों की रफ्तार बहुत तेज है। इस सड़क पर आपको दोनों तरफ भागती गाड़ियों की रोशनियाँ ही नजर आयेंगी, आदमी नजर नहीं आयेंगे। आदमी हैं भी नहीं। इक्का-दुक्का लोग जो सड़क के दोनों ओर धूल-भरी पगडंडियों पर हैं, उन पर रोशनी नहीं पड़ती जैसे रोशनी उनके लिए न हो। ये गाड़ियों के आगे भागती रोशनियाँ झाड़ू की तरह हैं जो गाड़ियों के लिए सड़क साफ करती हैं।

अजी मेरा हाथ थाम लीजिए। अभी आप इतने बूढ़े नहीं हुए कि आपको मेरा हाथ थामने में शर्म आये। जी हाँ, ज़्यादा बूढ़े लोग अक्सर दूसरे का हाथ स्वीकार नहीं करते। इसमें उन्हें अपना बुढ़ापा दिखाई देता है...यानी मौत! मेरे एक दोस्त हैं जो सत्तर पार अपने को अधेड़ कहते हैं। मुझे अफ़सोस होता है कि वे अधेड़ ही मर जायेंगे। बूढ़े होकर मरना पेड़ की डाली पर पककर फल के मिट्टी में मिल जाने की तरह है।

पगडंडी पर आप मेरे पीछे चलिए। मैदान में अँधेरा है। आगे कोठियों

में उजाला नज़र आ रहा है। ये कोठियाँ ऊँचे लोगों की हैं जो किसी फ़्लैट में नहीं समाते। ये दुमंजिली—तिमंजिली हैं। सब जगमगा रही हैं। कहीं-कहीं कुत्ते के भौंकने की आवाज़ आ रही है। अगर चुप सड़कों पर हमारे पैरों की आवाज होगी तो आस-पास कोठियों से संतरी झाँकेगा या कुत्ता भौंकेंगा। इन बेआवाज़ कोठियों के चारों ओर घना अँधेरा इकट्ठा है जो कहीं-कहीं ठोस पेड़ों की शक्ल अख़्तियार कर लेता है।

आपने ठीक कहा। इन रौशन कोठियों की चुप्पी से यह शक होना लाज़िमी है कि यहाँ कोई नहीं रहता या शायद इनके निवासी मर गये हैं। अगर यह सच है, तो यह कैसा मंज़र है! इतनी रौशनी और शान-शौकत और दिल में मौत, सिर्फ मौत।

हाँ, हमें दायें मुड़ना है, आइए। यहाँ सामने सड़क के दोनों और जगमग दुकानें हैं। सड़क पर गाड़ियाँ भी दौड़ती रहती हैं। यों समझिए कि यह छोटा-मोटा हज़रतगंज है। आपने लखनऊ तो देखा होगा? क्या, आप लखनऊ में ही रहते हैं! वाह, कहाँ? गोमतीनगर में। मैं इन्दिरानगर में रहता हूँ। क्या इत्तेफ़ाक है? हम लोग भूतनाथ में न मिलकर गुड़गाँव में मिल रहे हैं। फिर दायें। तीसरी दुकान के सामने चाट का स्टॉल भी है। यहीं गोलगप्पे मिलते हैं।

यह सच है कि गोलगप्पे का जो मज़ा लड़कपन में झाँसी में मिला, वह कहीं और नसीब नहीं हुआ। अब यह लगता है कि यह गोलगप्पे की बात उतनी नहीं थी, जितनी नये-नवेले लड़कपन की बात थी जब हर चीज़ में एक आदिम सम्मोहन होता है। क्या आप कल्पना कर सकते हैं कि मैं क्लास में अव्वल आने वाला लड़का क्लास में मास्टर की दाईं ओर बैठी बड़ी-बड़ी आँखों वाली साँवली-सलोनी लड़की से कभी बात नहीं कर सका जिसकी आँखों में मैं मास्टर के बाईं ओर बैठा घण्टे-भर डूबा रहता था जब तक वे पढ़ाते? वह ज़माना ऐसा ही था। उस लड़की का पड़ौसी लड़का जो फिसड्डी था और क्लास में सबसे पीछे बैठता था, एक दिन क्लास के बाद मुझसे खेल के मैदान में यह कहते हुए भिड़ गया, 'मेरी बहिन को छेड़ते हो।' जब मैंने उससे निवेदन किया कि मैंने उससे बात तक नहीं की, तो वह बमका, इससे क्या फर्क पड़ता है। तुम घण्टे-भर उसे उल्लू की तरह घूरते हो।'

बहरहाल, मुझे अपनी प्रेमिका से बात करने के लिए बम्बई जाना पड़ा जैसा कि मैं आपको घास पर बता रहा था। यदि इन दिनों मैं झाँसी के कॉलेज में पढ़ता होता तो शायद कहानी दूसरी होती। मेरे एक दोस्त उसी

कॉलेज में पढ़ाते हैं। वे बताते हैं कि कॉलेज में किसी शाम जब जलसा होता है तो अगली सुबह कमरों से बरते हुए कंडोम बरामद होते हैं। शहर कितना बदल गया है! शहर क्या, देश बदल गया है। अब अमरीका की नकल करती सारी दुनिया एक है। लेकिन मुझे भरोसा नहीं है कि मेरी कहानी अपने शहर में भी आज दूसरी होती क्योंकि जब मैं लड़का था तो घर में बाबू थे और काली चादर थी जिसका ज़िक्र मैं कर चुका हूँ।

गोलगप्पा जायकेदार है। है न! असली चीज इसका पानी है। पानी उतर जाये तो सब-कुछ बेजान हो जाता है—चाहे गोलगप्पा हो या आदमी। कभी-कभी मुझे लगता है कि आज की मध्यवर्गीय दुनिया में आदमी एक-दूसरे का पानी उतारने में लगे हैं। ऐसी होड़ है। जगहें कम हैं, आदमी ज़्यादा हैं। अब देखिए, यहाँ बैठने की कोई जगह नहीं है। खड़े-खड़े खाइए। मगर खड़े-खड़े मुझे झाँसी की चाट की दुकान याद आ रही है। उसी दुकान के पीछे अशरफ़ दर्जी की दुकान थी जहाँ हमारे कपड़े सिलते थे। एक बार गोलगप्पे खाकर मैं अपने दो दोस्तों के साथ दर्जी की दुकान पर पहुँचा जहाँ मेरा गर्म कोट सिल रहा था। असल में यह बाबू के एक पुराने गर्म कोट को उलटकर छोटा करने की जुगाड़ थी। जब मैंने चौखाने का भूरा कोट पहना तो तबियत खिल गयी। मुझे ऐसी उम्मीद नहीं थी। पलटा कोट नया लग रहा था। मैं सड़क के किनारे दुकान के सामने खड़ा था। खुश-खुश मैं सड़क पर आगे बढ़ा। मेरे दोनों दोस्त मेरे साथ थे। लेकिन पीछे से अशरफ़ ने मेरे कन्धे पर हाथ रखा और कोट उतारने को कहा। उसने कहा कि सिलाई के पचास रुपये ले आना और कोट ले जाना—मेरा पिछला पैसा बाकी है। कोट उतारते हुए मुझे लगा कि मेरी कमीज और बनियान भी उसी के साथ उतर गयी है। बाजार में मेरे साथ चलते मेरे दोस्त मेरी नंगई और बढ़ा रहे थे।

मध्यवर्गीय नंगई के इस जुलूस में मेरे दोनों दोस्त मेरे दायें-बायें चल रहे थे। मुझे लगा जैसे बाजार में चलते लोग चारों ओर तालियाँ बजा रहे हैं।

यह मध्यवर्गीय जुलूस मेरे ज़ेहन में एक शिलालेख की तरह दर्ज है। क्योंकि इससे जो तड़प पैदा हुई, वह कब लालच के दलदल में फँस गयी, मुझे पता ही नहीं चला। मुझे यही लगता रहा कि मैं अपनी यातना के जुलूस की भरपाई कर रहा हूँ।

मैं जानता हूँ कि मैं अपने मध्यवर्गीय दुःख में अकेला नहीं हूँ। सारे मध्यवर्गीय बच्चे मेरे जुलूस में शामिल हैं। सब नंगे हैं—वे भी

जो ताली बजा रहे हैं।

गोलगप्पा और खाएँगे? नहीं। हाँ, वह भूख कहाँ जो लड़कपन में लगती थी। बाजार में अपना जुलूस निकलने के बाद मैं घर पहुँचकर ऊपर छोटी अटारी में चला गया था और मैंने अन्दर से किवाड़ बन्द कर लिए थे। मैं खटिया पर औंधा गिरा था और जिस तरह रोया था उस तरह फिर कभी नहीं रोया।

जिस तरह नौकरी के बाद मेरे घर के हर कमरे में रेडियो रहने लगा, उसी तरह मेरे पास हर रंग और काट के कोट हैं। ज़िन्दगी-भर यह मेरा जुनून रहा। जैसे ही फ़ैशन बदलता, मेरे पास नया कोट आ जाता। अलमारी में कोटों की कतार लगी थी। नये कोट के लिए कभी-कभी दूसरे खर्चे काटने पड़ते। मुझे इससे कोई गुरेज़ नहीं था। नया कोट ज़रूरी था। नया कोट मेरी मध्यवर्गीय कंजूसी बढ़ा देता। मैं रिक्शेवाले से झगड़ने लगता। ऑटो या टैक्सी में बैठे हुए रास्ते-भर मेरी नज़र मीटर पर रहती। मैं आँखें तब उठाता जब मंज़िल पर पहुँच जाता। इस चक्कर में कभी-कभी चालक आईने में मेरा चेहरा देखकर लम्बा रास्ता पकड़ लेता और मुझे मीटर से ही ज़्यादा पैसे देने पड़ते! मैं कुढ़ता हुआ उतरता और सोचता अगली बार रास्ता भी देखूँगा। पर अगली बार मेरी नज़र फिर मीटर पर गड़ जाती। क्यों, आप भी इस मीटर-कुंठा से पीड़ित रहे हैं! कोई ताज्जुब नहीं। यह सामान्य मध्यवर्गीय कुंठा है। मगर इससे जुड़ी त्रासदी यह है कि कब इसका गठजोड़ लालच से हो जाता है, पता नहीं चलता।

इस लालच के पीछे क्या है? सिर्फ कुंठा नहीं है। लालच के पीछे लालच है। एक सपना है। मध्यवर्गीय स्वप्न! किसी भी सपने की तरह इस सपने की कोई सीमा नहीं है। यह झाँसी से लेकर दिल्ली से लेकर न्यूयार्क तक फैला है। यह समुद्र है जिसकी बाँहों में धरती समा जाती है। समूची धरती। समूची धरती पर यह स्वप्न फैला है। यह रंगीन सपना है, जिसके रंग बदलते रहते हैं। इस सपने में कभी एक सुसज्जित फ़्लैट होता है, कभी बजाज स्कूटर या हीरो होण्डा मोटर साइकिल होती है, कभी मारुति गाड़ी या फिर कुछ मोटी-सी, छबीली होण्डा सिटी होती है। फिर सैर होती है : वैष्णो देवी में माथा टेककर, कश्मीरी स्वर्ग में ठण्डी हवा खाती हुई, थाइलैंड-सिंगापुर में मालिश कराती हुई, पेरिस-लंदन का चक्कर काटकर अमरीका के लास वेगास में समाप्त हो जाती है। अमरीका सपने का चरम है। मध्यवर्गीय स्वप्न अमरीकी स्वप्न हो गया है। नया गुड़गाँव उसी स्वप्न की छाया है जिसमें अभी मैं और आप

गोलगप्पे खाकर अँधेरे में घर लौट रहे हैं! यदि इस अँधेरे में आप गाड़ी खुली सड़कों पर ले जायें तो आपको जगमग रोशनियाँ और गाड़ियाँ ही नजर आयेंगी और ऊँची-ऊँची नये शिल्प की इमारतें। आपको लगेगा आप अमरीका में है। दिन में सड़क पर कोई रिक्शा या साइकिल या अगल-बगल कुछ ठेले और खासकर इनको घेरे देसी लोग यह दृश्यबन्ध तोड़ देते हैं। रात इन्हें ढँक देती है। रात में सपने निखरते हैं।

अच्छा, आप वैष्णो देवी होते हुए गुड़गाँव आये। गुड़गाँव से बेटा-बहू भी वहीं पहुँच गये थे। वे जम्मू से वैष्णो देवी की रात्रि-यात्रा में आपके साथ थे। हाँ, आपने ठीक कहा। आपके साथ उस रात सड़क पर सैकड़ों लोग थे। यह वैष्णो देवी का दौर है। जब से पिछले दशक में हमारे यहाँ बाज़ार का फरूखाबादी खुला खेल शुरू हुआ, वैष्णो देवी मध्यवर्ग की लाड़ली हो गयी। यह नव-उदारवाद की देवी है। जैसे लोग काग़ज़ी समाजवाद से ऊब गये थे, उसी तरह राम-कृष्ण से ऊब गये। अब चमत्कार की उम्मीद उन तीन पिण्डियों से है जो वैष्णो देवी की गुफ़ा में रखी हैं। चमत्कार का सपना विराट् है : लोग रात-भर सड़क पर उसी मोह-पाश में बन्धे चले जाते हैं जैसे उन्हें रात में सोते हुए चलने की बीमारी हो!

देखिए, आदमी के दिल का अँधेरा कोना कितना अँधेरा है! जिस कोने में आदमी क़ायनात में अबोध शिशु की तरह महसूस करता है और ईश्वर की गोद में उछलकर चढ़ जाता है, उसी कोने में वह भीतरी लालच के दुर्निवार चुम्बक से मोटर-गाड़ी और बंगला और अमरीका खींच लेता है। उसे कुछ पता ही नहीं चलता। अँधेरा है न! इस अँधेरे का फायदा सारी ताकतें उठाती हैं। कोई बाबरी मस्जिद गिराकर देश की सबसे ऊँची कुर्सी पर चढ़ जाता है। कोई आदमी को बताने लगता है कि उसकी क्या-क्या ज़रूरतें हैं! आदमी को उसी की ज़रूरतें गढ़कर बेच दी जाती हैं।

लीजिए, हम अपने घर पहुँच गये। सिर्फ़ सड़क पार करना है। हाँ, यह सामनेवाला गेट एल डोरेडो एस्टेट का ही है। आप धीरे-धीरे पहचान जायेंगे। सुरक्षाकर्मी भी पहचान जायेंगे। शुरू-शुरू में गेट पर पूछताछ करते हैं। फिर मुस्कुरा देते हैं। उनकी मजबूरी है : मुस्कान और जांच, दोनों। गेट के अन्दर कोई अजनबी आतंकी भी हो सकता है चाहे वह आम आदमी के लिबास में ही क्यों न हो। इस गेट के अन्दर कोई आम आदमी नहीं रहता।

आप थक गये। चलिए, कुछ देर हम अपनी उच्चमध्यवर्गीय

बेंच पर बैठ जाते हैं जो अभी ख़ाली है। मैदान भी ख़ाली है। बच्चों का खेल ख़त्म हो चुका। दूसरी तरफ बेंचों पर बुज़ुर्ग विराजमान हैं। दोनों तरफ़ इमारतों में रोशनी और चहल-पहल है। यहाँ सड़क के पार कोठियों की ख़ामोशी नहीं है जिससे मौत की बू आती है। गोकि यह चहल-पहल मेरे बचपन के गोसाईंपुरा की चहल-पहल नहीं है। वहाँ ऐसा लगता था कि मोहल्ले के सारे लोग एक-साथ जागते हैं, एक-साथ काम पर जाते हैं और एक-साथ अपने घरों में लौटकर सो जाते हैं। सारे बच्चे मोहल्ले में एक-साथ खेलते थे और एक-साथ बड़े होते थे। यही कारण है कि मैं बचपन में अपनी पड़ोसन कमला से कुश्ती लड़ता था। यह मुझे बाद में पता चला कि वह सचमुच लड़की है। तब वह मुझे देखकर शर्माने लगी थी।

मोहल्ले में एक-साथ बड़े होने के कुछ कायदे थे। हमारे खेल और गालियाँ एक-सी थीं। चूंकि शहर मोहल्लों से ही बनता था, इसलिए शहर-भर के खेल और गालियाँ एक-सी थीं। गालियाँ वही माँ-बहिन की, और खेल थे : कौड़ियाँ, गिल्ली-डंडा, कबड्डी और पतंग। मुझे पतंग उड़ाना सबसे अच्छा लगता था। शायद इसीलिए कि एक तो हमारी छत ऊँची थी, दूसरे पतंग को मैं बहुत ऊपर नहीं उड़ाता था क्योंकि मुझे पेंच में अपनी पतंग कट जाने का डर लगा रहता था। इस डर के पीछे और कुछ नहीं पैसे का अभाव था। शायद मेरे मन में यह आशंका रहती थी कि एक पतंग कट गयी तो दूसरी कहाँ से आयेगी। पतंग न हुई, गर्म कोट हो गया! यह मैंने बाद में जाना कि जिस पतंग की डोर मेरे हाथों में थी वह असल में मध्यवर्गीय पतंग थी।

लगता है, कुछ सर्दी हो गयी है। कल शाम स्वेटर पहिनकर आऊँगा। आप भी पहिन लीजिए। साठ के आस-पास कुछ ठीक-से पता नहीं चलता। पता नहीं, हम शरीर की आवाज़ ठीक-से नहीं सुन पाते या शरीर ही नहीं जानता कि क्या बोले। जी हाँ, शरीर बोलता है—मुँह से नहीं, रोम-रोम से। कुदरत ने हमें जीने के लिए यह दिलफ़रेब खिलौना दिया है। जैसे तेंदुलकर अपने बल्ले का ख़याल रखता है, हमें अपने शरीर का खयाल रखना चाहिए।

चलिए, अब हम अपने शरीर को बल्ले की तरह उठाकर लिफ़्ट की तरफ ले चलें।

चार

कभी-कभी मैं यहाँ आकर इसी तरह खिड़की के पास बैठ जाता हूँ, और कॉफ़ी पीते हुए नये गुड़गाँव को निहारता रहता हूँ। सहारा मॉल की पहली मंज़िल की यह ऊँचाई नज़र को दूर तक खुला छोड़ देती है जहाँ गगनचुम्बी इमारतें हैं जो अमरीकी आकाश का भ्रम पैदा करती हैं। यह भ्रम पास के ऊबड़-खाबड़ कस्बई मकान और दुकानें नहीं टिकने देतीं। इनके बीच में उस ख़ाली प्लॉट पर झुग्गियों की एक छोटी-सी बस्ती है जिसमें कुछ रिक्शे भी खड़े हैं। ऐसी ही बस्ती हमारी डी.एल.एफ. बस्ती के पूरब में भी है जहाँ से रोज सूरज निकलता है। इन झोपड़ियों के नागरिक बड़े घरों के गुलाम हैं, जिनकी औरतें बड़े घरों का झाड़-पोंछा-बर्तन करतीं हैं और खाना बनाती हैं और कभी-कभी बड़े घरों के मर्दों के नीचे लेटने को मजबूर हो जाती हैं—यही आन्तरिक उपनिवेशीकरण है जो विशुद्ध भारतीय है!

कॉफी कैसी है? ठीक है। अब हल्दीराम में नफ़ीस कैपुचिनो तो मिलने से रही। यहाँ मध्यवर्गीय लोग ही आते हैं। यह खाने का

समय नहीं है। इसलिए भीड़ भी नहीं है। खिड़की के बाहर सुरमई शाम घिरी है।

अरे, मैंने आपको अभी तक अपना नाम नहीं बताया। वो कहते हैं न, नाम में क्या धरा है, असली चीज़ काम है। यों मुझे गौरीशंकर श्रीवास्तव कहते हैं। मैं भारत बैंक में सीनियर मैनेजर था जब मैंने नौकरी छोड़ी। जी हाँ, मैं लखनऊ में ही था—पिछले पन्द्रह बरस से। मैं उस समय तीन समानान्तर ज़िन्दगियाँ जी रहा था : बैंक में बैंक मैनेजर था; घर में गृहस्थ था; और सड़क पर कभी-कभी समाजकर्मी हो जाता था। दरअसल, यदि आप एक संवेदनशील मध्यवर्गीय हैं, और आपने अभावों को जाना है तो आप सामाजिक अभावों से प्रतिकृत हुए बिना नहीं रह सकते। मेरे कभी-कभी कुछ टेढ़ी-मेढ़ी पंक्तियाँ लिखने (जिन्हें कविता कह दिया जाता है) के पीछे भी शायद यही कारण था—गोकि पहली कविता मैंने बम्बई में उषा को खो देने पर लिखी थी। लेकिन इस वजह से मैं शहर के वामपंथी संगठनों से जुड़ गया। मैं तीनों संगठनों का स्वयंसेवक हो गया और उनकी गोष्ठियों और प्रदर्शनों में शिरकत करने लगा। मुझे सड़क पर नारे लगाते हुए एक सार्थकता का अहसास होता और अगले दिन बैंक में मैं कुछ हल्का महसूस करता। एक सामान्य बैंककर्मी सड़क पर सिर्फ़ अपनी मांगों के लिए नारे लगा सकता था। मैं बाबरी मस्जिद गिरने पर चीख रहा था और बुन्देलखण्ड में अकाल पड़ने पर हज़रतंज में दुकान-दर-दुकान डिब्बा खनकाते हुए भीख मांग रहा था।

यह मैंने आहिस्ता-आहिस्ता जाना। झाँसी में पत्ता खड़कता तो आवाज़ मुझे लखनऊ में सुनाई देती। देश में किसानों की आत्म-हत्या की शुरुआत तो आँध्र प्रदेश से हुई थी। मगर जब बुन्देलखण्ड से आत्म-हत्या की खबर आयी तो मैं बेचैन हो गया। फिर झाँसी जनपद से खबर आयी। मैं अपने दोस्तों के साथ डिब्बा खनखनाता अमीनाबाद और हज़रतगंज की सड़कों पर निकल गया। मेरी बेचैनी का सबब मेरा अतीत था जो वर्तमान बनकर कभी-कभी मेरे सामने खड़ा हो जाता। मैंने झाँसी की सड़कों पर गर्म कोट हादसे के अलावा बेकारी के छः माह देखे थे। यह जो मध्यवर्गीय बेकारी है न, यार—यह बड़ी जानलेवा होती है। इसमें नौजवान का पेट तो भरा रहता है, मगर शनैः-शनैः आत्मा ख़ाली हो जाती है। मैंने कभी नहीं सोचा था कि

मैं अपने शहर की पथरीली सड़कों पर एक दिन आत्मा के बगैर चलूँगा। अशरफ़ दर्जी ने तो कोट उतरवाकर मुझे बाहर से नंगा किया था, बेकारी ने मुझे अन्दर से नंगा कर दिया। उन दिनों मैं शहर की सड़कों पर भूत की तरह घूमता था। घर में मैं सिर्फ रोटी खाने नीचे उतरता जब अम्मा बुलातीं। वरना छोटी अटारी में आड़ा-तिरछा पड़ा रहता। यह सच है कि उन दिनों पहली बार मैंने किले के बुर्ज पर खड़े होकर यह सोचा था कि आदमी यहाँ से बिना घोड़े के कूदे तो बचेगा या नहीं—शहर उसी तरह सामने फैला था जैसे एक सदी पहले फैला था जब रानी लक्ष्मीबाई घोड़े पर बैठकर बुर्ज से नीचे कूदी थी।

मैं उस बुर्ज को कैसे भूल सकता हूँ? मुझे लगता है कि कोई नौजवान अभी भी उसी बुर्ज पर धूप में खड़ा नीचे देख रहा है। किले के चारों ओर दूर-दूर तक किसानों की आत्म-हत्या उसी युवक की चीख़ की अनुगूँजें हैं।

मेरा दाम्पत्य-जीवन काफ़ी सुखी रहा। आप चौंक गये। मैं भी चौंका था जब पहले-पहल मुझे यह अहसास हुआ कि मेरा परिवार एक सुखी परिवार है। तब अनीता पैदा हो गयी थी। हुआ यों कि एक सुबह अनीता की माँ यानी अपनी पत्नी बेला को निहारते हुए मेरे मन में यह खयाल आया : यदि अँधेरी की उस सुबह पीपल के पेड़ के नीचे बस के क्यू की धूप-छाँव में मेरे आगे उषा की जगह बेला का चेहरा होता तब भी क्या मैं उसी तरह मन्त्र-बिद्व होता? मुझे ताज्जुब हुआ जब मेरे भीतर 'हाँ' गूँजी और मैंने जाना कि मैं साँवली बेला को भी प्यार करता था। प्रथम दृष्ट्या मैं उसका साँवला रंग देखकर भड़का था क्योंकि मुझे उषा का गोरा रंग याद आ गया था।

प्यार भी एक अजीब शै है, दोस्त। कभी-कभी मुझे लगता है कि मैं धरती की सारी औरतों को प्यार करता हूँ। आप हँस रहे हैं। मैं भी हँसता हूँ।

यह सच है कि उन दिनों मैं पिछली शाम किसी मोर्चे में शामिल होकर अगली सुबह भारत बैंक के मैनेजर के केबिन में बैठकर कुछ हल्का महसूस करता था। मेरे दोनों हाथों में लड्डू थे। शाम को मैं क्रान्तिकारी था, सुबह मैनेजर हो जाता था। यह एक खालिस दोगली मध्यवर्गीय परिघटना थी जिसका एक दिन भांडा फूटना तय था। उन्हीं दिनों की बात है कि मेरे बचपन के दोस्त रामलाल का बेटा हरीर

राम एक दोपहर मेरे कैबिन में आकर खड़ा हो गया। मैंने पहले उसे पहचाना नहीं। मैंने उसे बैठने को कहा और पूछा कि बताओ, क्या काम है? जब उसने कहा कि मैं चिरगाँव से आया हूँ और रामलाल का बेटा हूँ तो मेरी तबियत उसे उठकर गले लगाने की हुई। मैंने संयम रखा और बैठा रहा। उसने आगे बताया कि वह अफ़सरी की परीक्षा में पास हो गया है और कल सुबह उसका इंटरव्यू है। खैर, उसे इंटरव्यू में पास तो होना ही था। ट्रेनिंग में जाने के पहले वह राम आसरे के डिब्बे में एक किलो रसमलाई लेकर घर आया और उसने पहले मेरे, फिर बेला के आंटी-आंटी करते पैर छुए। देखते-देखते वह बेला का प्यारा बेटा और अनीता का प्यारा भाई हो गया। हरीर राम मेरे बेटे जैसा तो था ही क्योंकि वह रामलाल का बेटा था और हमारे घर में कोई बेटा नहीं था।

हरीर राम एक गोरा-चिट्टा, हृष्ट-पुष्ट और ऊँचा-पूरा नवयुवक था जो अगर सचमुच मेरा बेटा होता तो मुझे अच्छा लगता। उसने कानपुर से बी.ए., एल.एल.बी. किया था। उसकी बात-चीत और बर्ताव में नफ़ासत थी। आहिस्ता-आहिस्ता कब ऐसा हुआ कि वह जब लखनऊ आता तो हमारे घर में ही रुक जाता, हमें पता ही नहीं चला। यह ज़रूर था कि वह इंदिरानगर से हज़रतगंज ऑफ़िस के लिए मेरे आगे-पीछे निकलता ताकि वह मेरी मारुति में ऑफ़िस न जाये। मुझे उसका यह संकोच या एहतियात अच्छा लगता था। ऑफ़िस से लौटते हुए वह हमेशा राम आसरे की मिठाई का डिब्बा ज़रूर लाता था। बेला को यह अच्छा लगता था हालाँकि हर बार वह कहती—'इसकी क्या जरूरत थी?' हरीर राम तुरन्त मुस्कुराते हुए कहता—'अपने घर मिठाई लाने के लिए कोई मुझे रोक नहीं सकता।' हम हँस पड़ते। कभी-कभी ऐसा होता कि मैं घर कुछ देर से लौटता तो घर पर हरीर राम और राम आसरे के डिब्बे को पाता। शाम को देरी का कारण ऑफ़िस के अलावा कॉफी-हाउस भी था जहाँ लेखक-पत्रकार इकट्ठा होते थे और मैं भी कभी-कभी चला जाता था। जब बेला पूछती कि तुम ऑफ़िस से सीधे घर क्यों नहीं आते, कॉफ़ी-हाउस क्यों चले जाते हो, तो मैं हँसकर कहता 'ऑक्सीजन...ऑक्सीजन लेने जाता हूँ।'

सिगरेट के धुएँ से भरे कॉफ़ी-हाउस में ऑक्सीजन की ज़्यादा गुंजाइश नहीं थी। मगर उम्मीद बहुत थी। वहाँ दिल्ली-मुम्बई या

प्रयाग-वाराणसी से किसी शाम कोई लेखक-पत्रकार आ जाता और कोई नयी बहस छिड़ जाती। ये सब अपने मध्यवर्गीय कटघरों में कैद लोग थे जो सामाजिक मुक्ति का सपना देख रहे थे। यह कोई ऐसी अजीब-अनहोनी बात भी नहीं थी। बीसवीं सदी के पूर्वार्ध में ऐसा ही हुआ था। लेकिन तब अवाम को गाँधी ने जगा दिया था। मोहल्ले की सड़क पर एक जेल जाने वाला सत्याग्रही निकलता तो मोहल्ले-भर के लोग उसे फूल-मालाओं से लाद देते थे। अब लोगों के हाथों में मालाएँ नहीं थीं, न जेल जाने वाले नेता सत्याग्रही थे—अक्सर वे भ्रष्टाचार के आरोप सिर पर लिए अखबार या टी.वी. में बेहयाई से मुस्काराते हुए पाये जाते।

एक बार दिल्ली से एक बुद्धिजीवी कॉफी-हाउस पधारे। उनका नाम सूरज प्रसाद अहलूवालिया था। वे हमारे एक कवि-मित्र सुरेश के मित्र थे और भूमण्डलीकरण के दौर में वामपन्थ की चुनौतियों पर काम कर रहे थे। सुरेश जब दिल्ली जाते, उन्हीं के फ़्लैट में रुकते। सुरेश बताते कि सूरज एक पाँच-सितारा घर में रहते हैं। वे पिछले वर्ष अमरीका से लौटे थे और भारत में क्रान्ति की सम्भावनाओं को खोज रहे थे। सूरज ने खुद ही बताया कि लेनिन-स्टालिन और माओ के मॉडल सड़-गल गये, अब नया मॉडल खोजना होगा। और जनता का मॉडल? मेज़ पर किसी ने पूछा। यह एक अहम सवाल है, सूरज ने कहा। उसका कहना था कि रूस, चीन, वियतनाम और क्यूबा के पिछड़े समाजों में क्रान्ति की ज़मीन तैयार थी। भारत में यह ज़मीन तैयार करनी होगी। फिर सूरज क्रान्ति के बाद रूस में जो ग़लतियाँ हुईं उनका विश्लेषण करता रहा और नये मॉडल के सिद्धांत प्रतिपादित करता रहा। जब किसी ने नेपाल और लातिन अमरीका के देशों का ज़िक्र करते हुए नयी लोकतांत्रिक लहर की बात छेड़ी तो सूरज ने उसे अनसुना कर दिया। जब वह चुप हो गया तो मेज़ पर बैठे एक वरिष्ठ कथाकर ने कहा कि बस, अब ब्रेश्ट की तर्ज पर एक नयी जनता की खोज करना बाकी बचा है। सब हँसे। सुरेश हम सबको उस शाम अपने घर ले गया। तीसरे पैग पर सूरज ने अपना मोबाइल निकाला और दिल्ली में बैठी अपनी बीवी से कहा, 'लव यू।' जब सुरेश ने उससे उसके माता-पिता के बारे में पूछा जो दिल्ली में उसके साथ रहते थे, तो वह फट पड़ा—'यू नो, मैं उनसे नफरत करता हूँ।' 'यू नो'

उसका तकिया कलाम था जो वह अमरीका से लाया था। हिन्दी हो चाहे अंग्रेज़ी, वह हर तीसरे वाक्य में उभर आता था, यू नो। सूरज सुदर्शन था। उसके खिचड़ी बाल और दाढ़ी जतन से संवारे गये और हवा में उड़ते-से लगते थे। सुरेश ने हमें बाद में बताया कि उसके फ़्लैट का एक कमरा किताबों से भरा था और पश्चिम में सांस्कृतिक विमर्श की कोई भी किताब छपते ही उसकी मेज़ पर पहुँच जाती थी। उसने देरिदा, फूको और चौम्सकी आदि नाम उस शाम ऐसे ही लिए थे जैसे कोई आम आदमी जिसे सूरज जाहिल समझता था—रामायण की चौपाई दुहराता है।

आप बोर हो गये। मैं भी हो जाता था। लेकिन मुझे मज़ा भी आता था। इन मेज़ों में न जाने क्या-क्या छिपा है। नहीं-नहीं, मैं हल्दीराम की मेज़ों की बात नहीं कर रहा। हल्दीराम की मेज़ से मुझे अपने बचपन की बाबू की मेज़ याद आती है। यह महज़ एक मध्यवर्गीय मेज है जो भारत अंग्रेज़ों की नकल में आयी और फिर यहाँ जड़ें जमाकर बैठ गयी—वरना हमारे पुरखे तो ज़मीन पर बैठकर खाते थे जैसे आज भी अधिसंख्य भारतीय खाते हैं। यह असल में सिर्फ़ खाने की मेज़ है। हल्दीराम की मेज़ और किसी काम की नहीं है। अन्दर हॉल में देखिए : आपको नर-नारी के पिज़्ज़ा खाते मुँह ही नजर आयेंगे—ये मुँह कहीं शान्त है जैसे जुगाली कर रहे हों, कहीं जल्दी में हैं जैसे दुनिया हड़प जायेंगे और कहीं बोल भी रहे हैं जैसे दुनिया हड़पने का षड्यन्त्र रच रहे हों। कहीं-कहीं इन चेहरों पर आपको पसीना भी नजर आयेगा। यह श्रम का पसीना नहीं है। यह मोटापे का पसीना है।

दरअसल मुझे लखनऊ के कॉफ़ी हाऊस की नंगी मेज़ें याद आ गयीं थीं जो इतनी पुरानी हैं कि उनकी उम्र का पता नहीं चलता। कोई मेज़ हिलती है, किसी की कहीं पपड़ी उखड़ गयी है, और कोई मेज़ गंजी लगती है। मगर उन्हीं को घेरकर शहर के कुछ लोग बैठ जाते हैं और अपनी चिन्ताएँ बयान करते हैं। इन चिन्ताओं का केन्द्र शहर ही है जो दिन-ब-दिन बदल रहा है। इसे कैसे पटरी पर लाएँ? असली सवाल यही है। कभी कोई सूरजप्रसाद अहलूवालिया जैसा शेखचिल्ली आ जाता है तो मेज़ें खुलकर हँसती हैं। किन्तु फिर ध्यानमग्न हो जाती हैं। इनके चारों ओर मध्यवर्गीय घेरों में बन्द लोग

बैठते हैं। कोई यहाँ से उठकर अपनी मारुति में बैठता है, कोई अपने कुत्ते के लिए मुर्गे का गोश्त खरीदता है, और कोई अंग्रेज़ी दारू की बोतल लेकर घर जाता है क्योंकि उसके बिना न वह खा पाता है और न सो पाता है। उनके दिमाग में ज़रूर देश का मुड़ा-तुड़ा नक्शा होता है जिसे वे हाथ फेरकर ठीक करना चाहते हैं।

बाईं ओर मेज पर बैठे जोड़े को देखिए : वे एक-दूसरे में और अपनी मेज़ पर रखी प्लेटों में मगन हैं। वे खाते-खाते हँस रहे हैं और हँसते-हँसते खा रहे हैं। दोनों की नज़रें बीच-बीच में बगल में बैठी बेटी पर पड़ जाती हैं जो छुरी-काँटे से पूरी दक्षता के साथ डोसा खा रही है जैसे छुरी-काँटे हाथों में लिए ही पैदा हुई हो। फ़र्श के सिर्फ़ उसी अकेले टुकड़े को देखिए जैसे वह स्वायत्त ब्रह्मांड में टंगा हो। यह एक पूर्ण मध्यवर्गीय परिवार है जो सोचता है कि ब्रह्माण्ड उसी के लिए बना है!

जी, वाकई ताज्जुब होता है कि उन्हें अपने आस-पास की कोई ख़बर नहीं है। इससे भी ज़्यादा ताज्जुब की बात यह है कि उन्हें उसकी कोई ज़रूरत महसूस नहीं हो रही। उन्हें शायद लगता है कि उनके चारों ओर जो शोर है वह होटल के संगीत की तरह है जिसकी पृष्ठभूमि में वे डोसा खा रहे हैं। मेज़ पर रखे तीनों डोसे सुन्दर लग रहे हैं जैसे उन्हें खाते चेहरे सुन्दर हैं। जोड़ा थोड़ा मोटा है। बच्ची कुछ मुटल्ली है--गोल-गोल या गोल-मटोल। अच्छा, आपकी पोती भी गोल-मटोल है। इस इलाके में ज़्यादातर बच्चे आपको मोटे ही नजर आयेंगे।

हाँ, हमारे बचपन के मोहल्ले में बच्चे मोटे नहीं होते थे। एक बनिये का बेटा मोटा था, जिसे हम मोटे के नाम से ही पुकारते थे--मोटू-मोटू। कल्पना कीजिए कि डी.एल.एफ. की बस्ती में हर बच्चे को मोटू कहकर ही पुकारा जाये, कैसा लगेगा? क्या यह नयी बस्ती बनियों की बस्ती है?

चलिए, नीचे उतरते हैं। थोड़ा मॉल में घूमेंगे। वाह, यह आपने खूब कहा। सब दुकानों में एक-सी चकाचौंध है और लगता है कि हर जगह एक ही चीज़ बिक रही है। उस चीज़ का नाम क्या है?

पाँच

आइए, इन सीढ़ियों पर कुछ देर बैठते हैं। ये सीढ़ियाँ मॉल को सामने दिल्ली से आती सड़क से जोड़ती हैं। इस सड़क के दाहिनी ओर डिवाइडर है जिसके परे दूसरी सड़क दौड़ रही है जो दिल्ली जाती है। दोनों सड़कों पर चमचमाती गाड़ियाँ ही गाड़ियाँ हैं जो अपनी रोशनियों के पीछे दौड़ रही हैं। उनके ऊपर मेट्रो का कंकाल टँगा है जिसमें माँस भरेगा। इस तरफ़ सड़क के किनारे कुछ ठेले और रिक्शे खड़े हैं जिनको घेरे कुछ कोरे चेहरे हैं जिनके नीचे आम भारतीय लिबासों में लिपटे शरीर हैं जो किसी भी शहर की सड़क पर आपको मिल जायेंगे, चाहे वह लखनऊ हो या झाँसी। सामने चारों ओर अँधेरा-उजाला फैला है।

मैं सीढ़ियों पर क्यों बैठ गया? शायद मेरे भीतर कोई आवाज़ बजी। यह सीढ़ियों की आवाज़ थी। मैंने अपनी ज़िन्दगी का काफी वक्त सीढ़ियों पर चढ़ते-उतरते या उनके बारे में सोचते हुए गुज़ारा है। जब मैं नौकरी की शुरुआत में मुम्बई के गेस्ट-हाउस में रहता

था तो गेस्ट-हाउस से निकलकर रोज़ बगलवाली इमारत की सीढ़ियों की तरफ़ हसरत से देखता था जो ऊपर एपार्टमेंट्स की तरफ जाती थीं। यह वही समय था जब उषा से मेरा हर शाम मिलना होता था और अलग होते हुए हम सोचते कि हम दोनों रोज़ शाम एक ही घर में क्यों नहीं लौट सकते।

फिर बेला से विवाह के बाद मैं नौकरी की सीढ़ियों के बारे में सोचने लगा। तब तक मैं एक फ़्लैट में रहने लगा था और बजाज स्कूटर चलाता था। दो और पहियों की दरकार थी। उन दिनों मारुति मध्यवर्गीय स्वप्न हो गयी थी। इसे 'पीपिल्स कार' या जनता की गाड़ी भी कहते थे। यह मुझे बाद में समझ में आया कि विकासशील भारत में मध्यवर्ग ही जनता है! विकासशील भारत मध्यवर्ग का भारत है। बाकी आधे अधनंगे अधमूखे भारतवासी? उनके लिए हमारे जगमग लोकतन्त्र में 'नरेगा' आयेगा जो उन्हें अपने गाँवों में रोककर इतना जीवित रखेगा कि वे वोट दें।

मध्यवर्ग हमेशा सीढ़ियों पर रहता है। सीढ़ियाँ मध्यवर्ग का घर हैं।

यह संयोग देखिए कि जिस एम.आई.जी. घर को पहले मैंने किराए पर लिया और फिर खरीदा—उसमें सीढ़ियाँ नहीं हैं। सीढ़ियों की जगह एक ढलान है जिस पर गाड़ी लुढ़कती है। जब मैंने इस्तीफ़ा दिया तो मुझे अपने इस ख़याल पर हँसी आयी कि यदि मेरे घर में सीढ़ियाँ होतीं तो शायद मैं नौकरी न छोड़ता। सीढ़ियों पर चढ़ने के लिए ऊपर देखना पड़ता है और अचानक मैंने पाया था कि ऊपर कुछ नहीं है। बेला एक माह पहले सहसा मुझे अकेला छोड़कर चली गयी थी। उसे एक सुबह बाथ-रूम में दिल का दौरा पड़ा था और जब तक मैं उसके नंगे शरीर को साड़ी में लपेटकर अस्पताल पहुँचा उसकी सिर्फ लाश बची थी। जिस जीती-जागती देह के साथ आपने जिन्दगी गुज़ारी हो उसे अपने हाथों से आग को सौंपना अविश्वसनीय था। मैं श्मशान से ख़ाली हाथ लौटा। मेरे दिमाग में अपने दाम्पत्य जीवन के चल-चित्र चल रहे थे। मुझे अभी तक यह देखकर ताज्जुब होता है कि मन की तस्वीरें समय के साथ लगातार साफ़, और साफ़ होती जाती हैं और उनमें कुछ रंग भी चमकने लगते है...शायद इसलिए कि जिया भौतिक धरातल पर जाता है, लेकिन आत्मा की छलनी में वह आहिस्ता-आहिस्ता उतरता है...दिन-ब-दिन...बरस-दर-बरस।

अनीता मुझे ढाढ़स देने अगले दिन पहुँची थी जब मुझे ढाढ़स की ज़रूरत नहीं थीं। मैं उसके आँसू पोंछता रहा। मनोज उसकी गोद में था। माँ को रोता देखकर वह भी रोने लगता था।

इधर मुझे लगने लगा है कि मध्यवर्गीय दाम्पत्त्य जीवन काफ़ी-कुछ एक-सा होता है जैसे टॉल्सटाय के 'अन्ना-कैरेनिना' का पहला संदिग्ध वाक्य : सारे सुखी परिवार एक-दूसरे से मिलते-जुलते हैं। सिवाय सीढ़ियों के, हमारे घर में सब कुछ था जो आस-पास के घरों में था : एक अदद टी.वी., एक अदद फ्रिज, बेड-रूम मे डबल-बेड, हॉल में डाइनिंग टेबिल और सोफ़ा-सेट और सीढ़ियों की जगह ढलान पर मारुति। एक माइक्रोवेव की कमी थी : यह मुझे तब पता चला जब हरी राम एक बार मिठाई के डिब्बे की जगह माइक्रोवेव का डिब्बा लाया और उसने नयी सौगात को किचन में साधिकार लगाकर बेला की आँखों के सामने चालू कर दिया। बेला की आँखें खुशी से फैल गयी थीं और उसने मुझे सगर्व बाद में बताया था कि माइक्रौवेव से खाना पौष्टिक रहेगा और समय और ईंधन की बचत होगी। अब वह वक्त कब का खत्म हो चुका था जब मैं हरी राम से इसकी क्या ज़रूरत थी—भी कह सकता। वह घर का लड़का हो गया था। और इस बार वह कुछ ज़्यादा ही खुश था क्योंकि उसका तबादला चिरगाँव हो गया था।

हुआ यों था कि पिछली बार जब मैं चिरगाँव गया था तो रामलाल मुझसे मिलने नहीं आया। उसकी बी.ए. में पढ़ती बेटी आयी। उसने बताया कि रामलाल बीमार हैं और उन्होंने मुझे बुलाया है। मैंने रामलाल को खटिया से लगा पाया। कमला भौजी रोने लगीं कि घर देखने वाला कोई नहीं, अकेला बेटा मैनपुरी में अपनी बहू लेकर बैठा है। फिर रोते-रोते उन्होंने पूछा कि क्या चिरगाँव में भारत बैंक है? मैंने हाँ में मुण्डी हिलाई। कमला भौजी और ज़ोर से रोने लगीं। उन्हें यह समझाना मुश्किल था कि मेरे लखनऊ में बड़ा अफ़सर होने के बावजूद हरी राम का तबादला अगले हते चिरगाँव क्यों नहीं हो सकता। तबादला हो जाये तो बहू चौका सँभाल लेगी और हरी राम घर सँभाल लेगा। बी.ए. में पढ़ती बेटी रोज़ बड़ी हो रही थी। उसके हाथ भी पीले होने थे। खटिया से उठने की कोशिश करते हुए रामलाल ने यह भी बताया कि वह अगले साल रिटायर हो

रहा है। मैंने उसे वापिस खटिया पर लिटा दिया। वह खाँसता रहा। जब मैंने गन्ने की तरह मीठी चाय पीकर लौटने के लिए मुँह फेरा तब भी रामलाल खाँसता रहा। उसकी खाँसी मेरे कानों में लखनऊ तक गूँजती रही। जब अगले दिन मैंने ऑफ़िस जाने के लिए मारुति स्टार्ट की तब भी रामलाल की खाँसी मेरे ज़ेहन में बड़े इमामबाड़े की भूलभुलैया की पुकार की तरह गूँज रही थी।

हरी राम का तबादला पिछले माह हो गया था। जब वह किचन में लाल माइक्रोवेव लगाकर हॉल में आया तो मैंने उससे पूछा कि तुम्हारे पापा की तबियत कैसी है? उसने मुस्कुराते हुए बताया कि मेरा तबादला न हुआ, जादू हो गया—जिस दिन उसका सामान चिरगाँव अपने घर पहुँचा, उसके अगले दिन रामलाल खटिया से ऐसे उठे जैसे उन्हें कुछ हुआ ही न हो और तैयार होकर ऑफ़िस चले गये। 'वे खाँस नहीं रहे थे?' मैंने पूछा। 'नहीं', उसने कहा। मैंने और कुछ नहीं पूछा।

हम अपनी सन्तानों को इतना प्यार करते हैं, बन्धु! और उन्हें इतना प्यार नहीं कर पाते जिनकी हम सन्तानें हैं।

अनीता जब बड़ी हो रही थी, मेरी जान थी। जब मैं उसे अपनी माँ की गोद में लेटी हुई देखता तो मेरा दिल बल्लियों उछलने लगता। बल्लियों उछलते हुए मैं बेला का चेहरा देखता तो मुझे उसकी गोद में लेटी बच्ची की तरह लगता...वही नाक, आँखें और वही साँवला रंग। मुझे लगता कि साँवला रंग मुझे इतना सलोना पहले कभी नहीं लगा था : इस दृश्यबन्ध पर मैं दुनिया कुर्बान कर सकता था! लोग अपने पर्स में पहले अपनी प्रेमिका, फिर अपनी बच्ची की तस्वीर रखते हैं। मेरे पर्स में दोहरी तस्वीर थी जिसमें मुस्कराती बेला की गोद में खिलखिलाती अनीता थी। जो भी मेरे खुले पर्स को देखता मुस्कुराने लगता। यह तस्वीर मेरी ज़िन्दगी की कुंजी थी। हाँ-हाँ मैं जानता हूँ। बतौर रूपक ऐसी तस्वीर आपके जीवन की भी कुंजी थी। हम मध्यवर्गीयों के लिए यही स्वर्ग है। हम इसके लिए कुछ भी कर सकते हैं। स्वर्ग में किसी चीज़ की कमी नहीं होती। यदि वहाँ माइक्रोवेव न हो तो अपने-आप माइक्रोवेब आ जाता है। बेड-रूम ही नहीं, गाड़ी भी वातानुकूलित हो जाती है और उसमें नयी संगीत-व्यवस्था आ जाती है ताकि लता और रफ़ी दूर न रहें। स्वर्ग की गोल धरती पर पहले माता-पिता, भाई-बहिन और चाचा-मामा भी रहते थे। वे कब

इस घूमती धरती से लुढ़क गये, कुछ पता ही नहीं चला। अब बस हम दो हैं और हमारे दो या एक!

मध्यवर्गीय स्वर्ग हर स्वर्ग की तरह स्वायत्त है—इसमें न कोई दख़ल करता है, न यह कहीं और दखल करता है। दो-तीन दिन पहले इसी शहर में मज़दूर सड़कों पर दर्द से चीख़े, डी.एल.एफ. प्रांगण में क्या कोई जूँ रेंगी? वाशिंदों को यह तकलीफ़ ज़रूर हुई कि शहर की कुछ सड़कें कुछ देर बन्द रहीं और उनकी गाड़ियाँ रुक गयीं या घूम-घाम कर दौड़ीं। यह मध्यवर्गीय स्वर्ग पिछले दो दशकों में और ज़्यादा चमकीला हो गया है। यही 'शाइनिंग इण्डिया' है। यह भारत में एक नया अमरीका है!

ये जो मैंने अभी अपने पारिवारिक दृश्यबन्ध पर दुनिया कुर्बान करने की बात कही थी—इसमें कोई अतिरंजना नहीं थी। मेरी मूल संवेदनाएँ अपने घर में ही रहती थीं। भारत बैंक में मैं सिर्फ मैनेजर था। सड़क पर किसी जुलूस में मैं अपनी मिट्टी से अपना रिश्ता ढूँढ़ता हुआ आदमी था। मैं जाने-अनजाने ये तीन समानान्तर जिन्दगियाँ जी रहा था और खुश था कि इनमें न कोई सम्बन्ध था न टकराव। एक ग्रहस्थ नौकरी करे यह तो सामान्य था, पर सड़क पर जुलूस में शामिल होकर नारे लगाना सामान्य नहीं था। दिन-भर मैं भारत बैंक की व्यवस्था का पुर्जा था—और शाम को उसी निज़ाम की नाकामियों के खिलाफ़ नारे लगा रहा था। कभी-कभी रात को पलंग पर बेला को चूमते हुए मुझे कोई ख़लिश महसूस होती और मैं बेला के अंग-अंग को पागल की तरह चूमने लगता। वह कुछ चौंककर मुझे अपनी बाहों में घेर लेती और मुझसे लिपट जाती। मैं उसके लरजते शरीर में प्रवेश करता और हाँफ़ने लगता। वह जैसे मेरा पीछा करते हुए दौड़ती और खुद भी हाँफ़ने लगती। फिर उसके मुँह से कोई सीत्कार-सी आवाज आती जैसे वह सचमुच अन्ततः पकड़ ली गयी हो। मैं एक आह के साथ उससे अलग होता।

बाद में सिगरेट पीता हुआ मैं सब-कुछ भूल जाता था। सिगरेट पीकर मैं सो जाता। सुबह बेला मुस्कुराते हुए कहती कि मैं कभी-कभी रात में खर्राटे लेता हूँ। मैं सुबह-सुबह एक नया आदमी था जो चाय के साथ अखबार पढ़ता हुआ भारत बैंक के उन क्रिया-कलापों के बारे में सोचता जो उस दिन मुझे अंजाम देने थे। दूसरे कमरे से

अनीता और बेला की मिली-जुली आवाज़ें आती रहतीं जहाँ माँ बेटी को स्कूल के लिए तैयार कर रही थी। यह एक मध्यवर्गीय सुबह का पार्श्व संगीत था जो बस्ती के हर घर में गूँजता था।

एक ही सुबह धरती पर कैसे-कैसे रंग बदलती है।

मेरे भाई-बहिन! एक ही माँ से रामायण के चार भाइयों के अलावा हमारी एक बहिन भी है। सब अलग-अलग महानगरों में हैं और मध्यवर्गीय हँसी-खुशी में सहभागी हैं—सब अपने मध्यवर्गीय दर्दों को अपनी अन्दर की जेब में रखते हैं। लखनऊ में मेरे दो दोस्त मेरे तीन भाइयों से ज़्यादा नज़दीक हैं जो मुम्बई, कोलकाता और दिल्ली में रहते हैं। दिल्लीवाला भाई मुझसे छोटा है। जब वह छात्रावास में था तो मैं उसे हर माह मनीआर्डर भेजता था। वह बहुत ज़हीन है। उसने बहुत तरक्की की। अभी वह एक मल्टी-नेशनल कम्पनी में प्रेसीडेंट है। दस साल पहले ऐसा संयोग हुआ कि दिल्ली में मुगल शेरेटन के लॉन पर एक पार्टी में मैंने उसे दूर से अपनी ओर आता हुआ देखा। मेरे चेहरे पर मुस्कान आ गयी। मुझे लगा कि वह हमेशा की तरह मेरे पास आकर मेरे पैर छुएगा। मगर वह मुझे आर-पार देखता हुआ आगे बढ़ गया जैसे मैं हवा का बना हूँ। वह दूसरी ओर जाकर एक घेरे में शामिल हो गया जहाँ बड़े-बड़े लोग खड़े थे। फिर एक और वारदात हुई। जब मैं हाथ में आइस-क्रीम लिए लॉन पर एक ओर खड़ा कुछ लोगों से बतिया रहा था तो भरत (मेरे छोटे भाई का नाम यही है) एक और आदमी के साथ मेरे घेरे में आकर खड़ा हो गया और दूसरे लोगों से बतियाने लगा। तब एक व्यक्ति ने मेरा उससे परिचय कराया : उसने मेरी ओर ऐसे देखा जैसे वह मुझे पहली बार धरती पर देख रहा हो। उस क्षण मुझे अपना बचपन याद आया जब मैं और भरत अम्मा का बनाया गाजर का हलुआ एक-साथ भीतर के कोठे से चुराया करते थे।

नहीं, हम भाइयों में कभी झगड़ा नहीं हुआ। बाबू कोई ऐसी सम्पत्ति नहीं छोड़ गये थे जिसे लेकर कोई विवाद होता। बस, विधवा अम्मा थीं जो बारी-बारी से हम लोगों के साथ रहती थीं। ज़ाहिर है, हम लोगों में भरत शामिल नहीं था। वह कब अचानक परिवार से बड़ा हो गया, हमें पता ही नहीं चला। अम्मा मुम्बई में मरी थीं। अस्पताल में। मैं लखनऊ से हवाईजहाज से गया था। ताकि

अम्मा को आख़िरी बार देख सकूँ—जलते हुए। भाई ने बताया कि जब अम्मा ने अन्तिम साँस ली, वह उनके पास नहीं था। गंगाजल उनके सिरहाने ज्यों-का-त्यों पड़ा रहा। मुझे अम्मा का अन्तिम चेहरा देखकर रुलाई फूटी थी क्योंकि चेहरे की रेखाओं में अन्तिम इच्छा कैद थी—हो सकता है ऐसा कुछ भी न हो और अम्मा का चेहरा मौत की तरह ख़ाली हो और मुझे ही ऐसा लगा हो! मैंने इसलिए भी कुछ हिचकियाँ ली थीं कि अम्मा निपट अकेली मरी थीं और इसके लिए हम सब जिम्मेदार थे।

बम्बई वाले भाई ने बाद में बताया था कि जिस दिन सुबह अम्मा मरीं, उसी दोपहर भरत का फोन आया था। वह मुम्बई में ही था और उसी शाम दिल्ली लौट रहा था।

क्या ये बहुराष्ट्रीय कम्पनियाँ हमारी मां को भी हमसे छीन लेंगी?

चलिए, सीढ़ियाँ उतरते हैं। हाँ-हाँ, मैं भी यही सोच रहा हूँ कि भरत यदि चाहता तो उस औरत का मृत चेहरा आख़िरी बार देख सकता था जिसने उसे जनम दिया था।

छः

क्या आप जानते हैं कि नया गुड़गाँव उर्फ़ डी.एल.एफ. सिटी इंदिरा गाँधी अन्तर्राष्ट्रीय हवाईअड्डे के किनारे बसा है जैसे पुरानी सभ्यताएँ नदी के किनारे पैदा होती थीं? यह इक्कीसवीं सदी की भूमण्डलीकृत सभ्यता है जो हवाईजहाजों की हवा से परिभाषित होती है। जैसे पुरानी सभ्यताएँ नदी के पानी से पनपती थीं, नयी सभ्यता हवाओं में लैप-टॉप पर लिखी जाती है। डी.एल.एफ. सिटी हिन्दुस्तान का पहला नव-उदारवादी शहर है जिसकी मुख्य सड़क पर हम रिक्शे में बैठे हुए पुराने गुड़गाँव की ओर जा रहे हैं। अन्तर्राष्ट्रीय हवाईअड्डा सिर्फ़ दस किलोमीटर दूर दिल्ली की तरफ है। अभी आप सड़क के दोनों ओर नयी-नयी अमरीकी शैली की इमारतें देख रहे हैं जो धूप में नहा रही हैं और हवा से बातें कर रहीं हैं। जी हाँ, मैंने रिक्शा इसीलिए चुना कि हम नये गुड़गाँव को खुली आँखों से निहारते हुए पुराने गुड़गाँव की ओर चलें। देखिए, यह रिक्शा भी पुरानी दिल्ली के रिक्शों जैसा ऊबड़-खाबड़ नहीं है। यह कुछ-कुछ दक्षिण-पूर्वी देशों

के सुघड़ रिक्शों की याद दिलाता है।

सड़क से लेकर आसमान तक धूप चमक रही है। हवा में ख़ुशनुमा ठण्डक है। नहीं, रिक्शे का टप्पर लखनऊ के रिक्शों की तरह बन्द नहीं होता। शायद ऐसे सदाबहार खुले टप्पर को विदेशी सैलानी की प्रतीक्षा हो। यद्यपि इस सड़क पर मैंने किसी विदेशी सैलानी को रिक्शे पर नहीं देखा। वे हवा से आते हैं और हवा से बातें करते हुए सर्राती गाड़ियों से निकल जाते हैं। हवाई पूँजी से हवाई पूँजी बनती है।

नया गुड़गाँव पिछले दशक में विकसित हुआ जब अन्तर्राष्ट्रीय हवाईअड्डा बन गया था और दिल्ली को पास ही एक नये-नवेले उत्तर-आधुनिक उपनगर की ज़रूरत थी। यह मॉलों का शहर है। यहाँ चालीस मॉल हैं जहाँ दिल्लीवासी सैर के लिए आते हैं और गाड़ियाँ भरकर ऐसा सामान ले जाते हैं जिसकी ज़रूरत का पता वे घर पहुँचकर खोजते हैं। ज़रूरतें बड़ी जालिम होती हैं, यार। पूँछ झड़ने के बाद जिस आदमी की ज़रूरतें दो जून रोटी और सिर पर साया थे—उसी आदमी की ज़रूरतें नयी अलबेली दुनिया में सुरसा के मुँह की तरह ऐसी बढ़ी हैं कि धरती की जान पर बन आयी है!

सड़क के दोनों ओर नीची इमारतें घर हैं जिनमें लोग रहते हैं और ऊँची इमारतें दफ़्तर हैं जिनमें लोग काम करते हैं—सीधी सपाट ऊँची इमारतें इतनी ऊँची हैं कि लगता है, आकाश में छेद कर देंगी। छेद होता नहीं क्योंकि आकाश कोई परदा नहीं, महज एक अवकाश है। छेद धरती में होता है जहाँ ये इमारतें गड़ी हैं।

यह नये गुड़गाँव की धरती है। सामने जो दुहरा फ़्लाईओवर आप देख रहे हैं—इसी के पार पुराना गुड़गाँव शुरू होता है। पुराना यानी असली गुड़गाँव जिसका नाम गुड़ पर पड़ा था क्योंकि यहाँ का गुड़ मशहूर था। यह भी किंवदन्ती है कि पाण्डवों और कौरवों ने इस गाँव को द्रोणाचार्य को भेंट किया था। इस प्राचीन मिथक में दो दिलचस्प बातें हैं : एक, जब यह भेंट सम्पन्न हुई, उस समय पांडवों और कौरवों में बैर शुरू नहीं हुआ था। दो, तब तक बालक अश्वत्थामा अपने पिता द्रोण की गरीबी के दौर में आटे के घोल को दूध मानकर पी चुका था। गुड़गाँव के स्वामी का बेटा भला जूठा दूध कैसे पी सकता था?

जब द्रोण महाभारत के युद्ध में कौरवों के सेनापति हुए तो

गुड़गाँव की आत्मा में दरार पड़ गयी। हजारों वर्षों के पार क्या वही दरार सामने दुहरे पुल के नीचे कसक रही है?

अब हम पुराने गुड़गाँव में हैं। इस सड़क के दोनों तरफ़ दुकानें हैं जिनका नक्शा भारत के सारे कस्बो में फैला है। अलबत्ता सारे कस्बों के बगल में डी.एल.एफ. सिटी नहीं है, जो अमरीका की यादें जगाए! यह भारत का अनूठा शहर है जिसमें उदास द्रोणाचार्य की छाया स्काई-स्क्रेपरों पर गिर रही है।

आप इस सड़क पर बिना आँखें बन्द किये यह सोच सकते हैं कि आप लखनऊ, आगरा या झाँसी में हैं। कोई फर्क नहीं पड़ेगा। हमारे देश की धूसर एकता अखण्ड है...हाँ, मैं देर से चुप हूँ। रिक्शेवाले, ए रिक्शेवाले...क्या यह रास्ता कभी खत्म नहीं होगा?

आप भी थक गये। लीजिए, फिर भरा-पूरा बाज़ार शुरू हो गया। लगता है, हम सदर बाज़ार में आ गये हैं। बस-स्टैंड भी पास ही होगा जहाँ हमें उतरना है। असली गुड़गाँव का गाँव कहीं और आगे होगा जो गुरु द्रोणाचार्य को भेंट में मिला था। यह सदर बाजार अंग्रेज़ों के ज़माने का है जैसे हिन्दुस्तान के हर शहर में होता है। हमारे शहर इसी तरह पनपे। यह बस-स्टैंड आ गया। उतरिए। क्या पता बताया था आपने अपने दोस्त का? लक्ष्मी टॉकीज के पीछे। कमाल है। झाँसी में भी लक्ष्मी टाकीज है जहाँ मैं लड़कपन में सिनेमा देखने जाता था। झाँसी का लक्ष्मी टाकीज अब बन्द हो गया है। यहाँ चालू है। चायवाले ने यही बताया। उसने कहा कि दाईं तरफ सीधे नाक की सीध में चले जाइए, आप लक्ष्मी टाकीज पहुँच जायेंगे। चलिए, सड़क पार करके सीधे गली में घुसते हैं। गली में बाज़ार है। दोनों तरफ़ दुकाने लगी हैं। बीच में निकलने का रास्ता है। लोग मज़े-से आ-जा रहे हैं। फिर सड़क आ गयी। यह भी बाज़ार है। दोनों तरफ दुकानें हैं। सड़क पर हर किस्म के वाहन हैं और भीड़ है। यह भीड़ हर छोटे शहर की भीड़ की तरह कुछ मैली, कुछ धूसर है और कुछ उदास। कोई चमचमाती गाड़ी ज़रूर इसे—इस भीड़ को-चीरती हुई बार-बार निकल जाती है। सामने फिर गली है। सड़क बाईं ओर मुड़ गयी है। देखिए, गली के पार सब्जी-मण्डी है। यह सब्जी-मण्डी देखकर मुझे झाँसी की सब्जी-मण्डी याद आ गयी जहाँ लड़कपन में मैं सब्जी खरीदने जाता था। हाँ, यह आपने ठीक कहा।

यह सब्जियों के दुहराव की वजह से है। आखिरकार, धरती के इस टुकड़े पर सब्जियाँ तो एक-जैसी ही हैं। वही आलू, टिंडे, टमाटर, पालक, मैथी, मूली, बैंगन...अब बैंगन को भटा कहने से कोई उसका स्वाद तो बदल नहीं जायेगा!

लीजिए, फिर सड़क और सड़क पर बाज़ार आ गया। चायवाले ने ठीक कहा था। देखिए, उधर दाईं ओर लक्ष्मी टाकीज का बोर्ड भी है। आपके दोस्त का घर उसके पीछे है। चलिए, दाईं ओर गली में घुसकर लक्ष्मी टॉकीज का पीछा ढूँढ़ते हैं। इस गली में भी बाज़ार है। छोटे शहरों का यही हाल है। बाज़ार गलियों और मोहल्लों में फैल गया है जैसे बाज़ार बाज़ार में न समा रहा हो। देखिए, मोहल्ला आ गया। दोनों तरफ दुकानें हैं। चलिए, किसी दुकान पर ही आपके दोस्त का पता पूछते हैं।

अफ़सोस है, आपके दोस्त पिछले साल रिटायर हुए और मकान बेचकर झुंझनू अपने पुश्तैनी शहर चले गये। वे इसी दुकान से ब्रेड और मक्खन लेते थे। दुकानदार की खबर पक्की है। अब आप वह मकान तो देखना नहीं चाहेंगे जिसे आपको दोस्त बेच गया। देखिए, सामने मकान-ही-मकान फैले हैं जो किसी भी छोटे शहर या किसी कस्बे के किसी मोहल्ले में होते हैं। इन मकानों के झुण्ड को आप किसी भी शहर में रख दीजिए। मुझे अपना झाँसी का गुसाईं पुरा याद आ रहा है। हाँ, ठीक है, हम लक्ष्मी टॉकीज के पीछे से लौटकर लक्ष्मी टॉकीज के आगे चलते हैं।

आप ऊपर क्या देख रहे हैं? आह, यह 'दिलवाले दुल्हनियाँ ले जायेंगे' का पोस्टर है जिसमें काजोल हँस रही है और शाहरुख खान मुस्कुरा रहा है। क्या, आप फिल्म देखेंगे? चलिए, चलिए, दोस्त न सही, फ़िल्म ही सही। अच्छा, आपने टिकट भी ले लिए। हाँ, बाल्कनी के लिए सीढ़ियाँ अन्दर से ही होंगी। फ़िल्म शुरू हो गयी है। मगर इससे क्या फर्क पड़ता है? आपने ठीक कहा। मैं भी एक बार पूरी फिल्म देख चुका हूँ। फ़िल्म कहीं भी शुरू हो, उसका सुखद अन्त तो हमें पता ही है। देखिए, हॉल के अँधेरे में घुसते हुए ऐसा लग रहा है जैसे हम पिछली सदी में घुस रहे हों। क्या नये और पुराने गुड़गाँव के बीच सिर्फ एक सदी का फासला है? नहीं, असली फासला तो सदियों के परदों के पीछे द्रोणाचार्य और एम्बीएंस मॉल के बीच फैला

है। खैर, अभी बैठकर फिल्म देखते हैं।

आपने देखा, इस फिल्म में पश्चिम और पूरब का अद्भुत सम्मिलन है जैसे इंग्लैंड में रहने से हिन्दुस्तानी की आत्मा पर खरोंच भी न आयी हो। जैसे आत्मा सचमुच कोई शाश्वत, सनातन परिंदा हो! आत्मा का यह स्वप्न भी एक भूमण्डलीय करिश्मा है, जिसे शाहरुख खान अंजाम देता है। असल में शाहरुख खान भूमण्डलीय भारतीय का प्रतीक है जो दुनिया-भर को घर समझता है। वह काजोल के साथ इंग्लैंड में गाता है, इटली में नाचता है और इण्डिया में शादी करता है। वह दुनिया जीतता है। साम, दाम, दण्ड, भेद-कैसे भी। वह कभी हारता नहीं। वह डी.एल.एफ. सिटी का देवता है। उसे एन.आर.आई. पूजते हैं।

यह देवता हँसता क्यों नहीं? फिल्म में ही नहीं, फिल्म के बाहर भी। वह कभी नहीं हँसता। देवता हँस नहीं सकता।

यह कैसा अभिशप्त देवता है?

क्या शाहरुख़ ख़ान इसलिए नहीं हँस पाता कि उसकी महत्त्वाकांक्षा की कोई सीमा नहीं? शुरू से ही। वह किंग खान होना चाहता था। उसकी हँसी की मुक्ति हवाई छलाँग में फँस गयी। वह सिर्फ मुस्करा सकता है। लेकिन उसकी मुस्कान तिरछी क्यों है? उसमें व्यंग्य क्यों झाँकता रहता है? क्या वह दुनिया पर हँसता है जिसे उसने मुट्ठी में कर लिया है? पिछले दशक की शुरुआत में ही वह सदी के महानायक की 'एंग्री यंग मैंन' की छवि की केंचुल छोड़कर आगे बढ़ गया था। वह एक ऐसा नायक है जिसका नैतिकता से कोई वास्ता नहीं, चाहे वह पिछले महानायक की समाजवाद की नैतिकता ही क्यों न हो। नव-उदारवाद का आवारा ज़माना है। वह नये जमाने का सार्वभौम देवता है जो कुछ भी कर सकता है।

ज़रा, उसकी टेढ़ी मुस्कान को गौर से देखिए!

लीजिए, हम लोग बस-स्टैंड आ गये। चलिए, बस से ही चलते हैं। देखिए वह मिनी बस छूट रही है। उसमें कोई भीड़ भी नजर नहीं आती। आइए, ऊपर आ जाइए। उधर सीट ख़ाली है। लोग बिखरे-से इत्मीनान से बैठे हैं। अभी दोपहर की धूप बाकी है। खुशनुमा धूप। जिसने बस, सड़क और सड़क पर चलते लोगों को ढक लिया है। नहीं, ढका नहीं, खोल दिया है। सड़क मुस्कुराती-सी लगती है। बस

के भीतर भी चेहरों पर भीड़ का तनाव नहीं है। देखिए, उस ठहाके को देखिए जो ड्राइवर के बगलवाली सीट पर बैठे आदमी ने अपने पास बैठी औरत की किसी बात पर लगाया है। आदमी का मुँह खुला है जैसे बस के स्टार्ट होने की आवाज़ उसी के मुँह से आ रही हो।

जिस कोमल छुअन से आप चौंके हैं वह एक दुधमुँहे बच्चे की है जो हमारे पीछेवाली सीट पर एक युवती की गोद में है और हँस रहा है। हँसते-हँसते उसने अपने नन्हें-नन्हें हाथ इधर-उधर चलाए हैं और आपकी गर्दन को छू लिया है। बच्चे को गोद में लिए युवती भी बच्चे के साथ हँस रही है और बच्चे की हथेली आपकी गर्दन से हटा रही हे। एक हँसती माँ की गोद में एक हँसता हुआ शिशु—शायद यह सृष्टि का सुन्दरतम दृश्य है! एक बार पीछे मुड़कर देखिए। तबियत निहाल हो जायेगी। लगता है, बस में उजाला अचानक बढ़ गया है। शिशु की किलकारी बस में गूँज गयी। ऐसा लगता है जैसे बस में लोग उसी किलकारी को सुनने आये हैं।

मगर ड्राइवर ने ट्रांज़िस्टर चला दिया है। हाँ-हाँ यह 'दिलवाले दुल्हनियाँ...' का ही गाना है जो अभी हम लक्ष्मी टॉकीज में शाहरुख खान के होठों से सुनकर आ रहे हैं। उसके होठों पर ये आवाज़ें उधार की थीं। परदे पर असली कुछ नहीं होता। परदे पर सिर्फ एक झूठ होता है। हम उस झूठ को सच समझकर हँसते-रोते हैं।

देखिए, दूसरी तरफ बैठे दो लड़के अचानक खिलखिलाए जैसे शाहरुख के दुल्हनियाँ-जोश पर खुश हुए हों। खुश तो बस में सभी लोग नज़र आते हैं। खुश से ज़्यादा सहज जैसे अभी यात्रा की छुट्टी पर हों। काश, हम अपनी जीवन-यात्रा इसी सहजता से गुज़ार सकते!

सुनिये, अचानक बच्चे की किलकारी युवा खिलखिलाहट और गाने के ऊपर छा गयी है।

हम लोग अब दोहरे जयपुर-दिल्ली फ़्लाईओवर के नीचे से गुजर रहे हैं। आगे नया गुड़गाँव है। डी.एल.एफ. सिटी! यह नये बक्त का करिश्मा है। यह जुड़वाँ शहर कुछ ऐसा है जैसे हवाईजहाज में बैलगाड़ी का पहिया लगा हो। बैलगाड़ी पीछे टूट गयी। अब हम हवाई शहर की तरफ बढ़ रहे हैं। लेकिन एक पेंच ज़रूर है। क्या ऐसा हवाई जहाज चल सकता है जिसमें बैलगाड़ी का पहिया लगा हो?

इस खुली, चौड़ी सड़क पर चमचमाती कारों के बीच यह पुरानी

मिनी बस एक बड़े धब्बे जैसी लगती है। तब तो और भी ज़्यादा जब हम दृश्य में दोनों ओर गगनचुम्बी इमारतों को शामिल कर लें जो अमरीका से चुराई हुई लगती हैं। आकाश में सूरज की तरफ़ लौटती हुई रोशनी है जहाँ पीला सूरज एक तरफ़ खड़ा है।

बड़ी अजीब बात है। बस सड़क पर चल रही है। लेकिन दृश्य नहीं बदल रहा। चमचमाती कारें और इमारतें अपने को दोहराती हुई लगती हैं जैसे किसी परदे पर बार-बार एक ही इबाररत चमक रही हो।

यह क्या हुआ? बस के अन्दर चेहरे भी चुप और सन्न से हो गये हैं। या मुझे ही ऐसा लग रहा है। बस, शाहरुख का गाना किसी रेगिस्तान में गूँजता हुआ लगता है। क्या शाहरुख दुल्हनियाँ रेगिस्तान में ले जायेगा?

वाह, एल डोरेडो एस्टेट में घुसते हुए देखिए : चाँद सामने आकाश में ऊपर आ रहा है और पीछे सूरज डूब रहा है। बीच में पृथ्वी और आकाश हैं। चलिए, धुर ऊपर चलते हैं। जहाँ पेन्ट-हाउस है। छत से नीचे चारों ओर धरती पर फैला हुआ डी.एल.एफ. शहर नज़र आता है जिसमें रोशनियाँ जल रही हैं। यह गोधूलि की बेला है। लेकिन डी.एल.एफ. में इसे झुटपुटा कहेंगे जिससे रोशनियों का द्वन्द्व शुरू हो गया है। अभी रात की रोशनियाँ जीत जायेंगी और अँधेरा शहर को घेरे दूर अरावली की पहाड़ियों में सिमट जायेगा। तब अँधेरे आसमान के नीचे शहर तिलिस्मी लगेगा! यहाँ हवा कुछ तेज़ और ठण्डी है। इन ऊँचाइयों पर कोई बाधा नहीं है। कभी दिल सहम जाता है, कभी फड़फड़ाने लगता है। यहाँ से सड़क पर दौड़ता मिनी बस का कोई धब्बा नजर नहीं आयेगा। सिर्फ नीचे रोशनियाँ नजर आयेंगी और ऊपर हवाईजहाज नजर आयेगा। अपना-आप भूल जायेगा।

देखिए, नीचे चहल-पहल बढ़ गयी है। जैसे ही हम लिफ़्ट से बाहर आये, आदमियों का झुण्ड अन्दर घुसा। आपने देखा, सब चेहरे चुप और संजीदा थे। कोई मुस्कुरा नहीं रहा था। लॉबी में भी जितने लोग खड़े हैं, कोई मुस्कुरा नहीं रहा। इनके चेहरे एक-साथ देखो तो शक होने लगता है कि कहीं कोई षड्यन्त्र तो नहीं हो रहा। नाक सतर्क होकर हवा को सूंघने लगती है। कुत्ते की तरह। बन्धु, क्या आपको नहीं लगता कि ये सब चेहरे जो चुप और संजीदा हैं किसी षड्यन्त्र में लिप्त हैं?

सात

चलिए, आज शाम चक्कर लगाते हैं। हाँ-हाँ, अपने एल डोरेडो एस्टेट के चक्कर। एल डोरेडो यानी सोने का दमकता देश! कैसा फ़ंटूश अंग्रेज़ी नाम है—जैसे हम इंग्लैंड या अमरीका में टहल रहे हों।

यह भारत में उपजे अमरीका की परिक्रमा है। कम-से-कम पाँच परिक्रमाएँ लगानी होंगी जैसे हम मन्दिर में ईश्वर की परिक्रमा लगाते हैं। तब तक अँधेरा हो जायेगा। अभी शाम का उजाला है जिसमें लड़के-लड़कियाँ टेनिस खेल रहे हैं। क्या, आपको गेंद नज़र नहीं आ रही? लगता है, ख़ाली बल्लों से खेल का अभिनय हो रहा है। क्या हम भी जीवन-भर हाथ में ख़ाली बल्ला लिए असली गेंद नहीं ढूढ़ते!

उस जाड़े की सुबह मैं माइक्रोवेव से खुद चाय बनाकर डाइनिंग टेबिल पर बैठा चाय सुड़कता हुआ अखबार पलट रहा था जब मेरी नज़र उस खबर पर पड़ी। यह नरेगा में हुए घपले की खबर थी जो लखनऊ के पास ही लखीमपुर में पकड़ा गया था। इस घपले की प्रक्रिया सनसनीखेज़ थी। इसमें ग्राम प्रधान, बी.डी.ओ. और लक्ष्मी

बैंक के मैनेजर मुख्य भूमिका में थे। ग्राम प्रधान ने फ़र्जी नामों के कार्ड बनाये थे, बी.डी.ओ. ने फ़र्जी काम की तस्दीक की थी और बैंक मैनेजर की मिलीभगत से फ़र्जी एकाउन्ट खुले थे जिनमें पैसा जमा हुआ था। पच्चीस लाख का गबन था। खबर का शीर्षक था : नरेगा को कौन भरेगा? यह सच है कि खबर पढ़ते हुए लक्ष्मी बैंक का नाम देखकर मुझे राहत मिली थी क्योंकि वहाँ भारत बैंक भी हो सकता था। मैं अब वरिष्ठ प्रबन्धक हो गया था और भारत बैंक की कार्रवाइयों के लिए अपने को भी ज़िम्मेदार मानने लगा था। नरेगा का सीधा असर मैंने अपने सूबे में गाँवों से पलायन की संख्या में कमी में देखा था। इस संख्या को और गिरने से रोकने में भारत बैंक आड़े आये, यह मेरे लिए शर्म की बात थी, खासकर यह बेईमानी यदि मेरे ही क्षेत्र में हो तो यह निजी शर्म हो जाती! मैं इसी उलझन में था जब बेला बाथरूम से बाहर आयी और उसने हँसकर टेबिल पर रखे चाय के भरे कप की तरफ इशारा किया जिसमें चाय ठण्डी हो गयी थी। उसने कप उठाकर माइक्रोवेव में रखा और तुरन्त मेज पर फिर गर्म चाय आ गयी। क्या लखीमपुर का सार्वजनिक पैसा माइक्रोवेव से गर्म चाय की तरह वापिस लौट सकता था?

माइक्रोवेव कमाल की मशीन थी। वह आनन-फानन अपना काम कर देती थी। मैं गर्म चाय की चुस्कियाँ लेता हुआ अखबार के पन्ने पलटने लगा। गर्म चाय से मेरी नज़र कुछ और तेज हो गयी। माइक्रोवेव पर मुग्ध होते हुए मुझे हरी राम की याद आयी—वही माइक्रोवेव लाया था और उसने इसे घर में लगा दिया था जैसे यह उसी का घर हो! उसे अभी प्रोन्नति मिली थी और वह शाखा प्रबन्धक हो गया था। उसकी तरक्की में मैं अपनी भूमिका को नकार नहीं सकता था—हालांकि उसकी कार्य-क्षमता ही उसकी प्रोन्नति का आधार थी। उस सुबह के बाद हर सुबह मैं अख़बार को ज्यादा गौर से पढ़ने लगा। खासकर मेरा ध्यान नरेगा से जुड़ी खबरों पर रहता था जो अन्दर के पृष्ठों पर छपती थीं। मैं अन्दर के पृष्ठों पर नरेगा शब्द ऐसे ढूँढ़ता जैसे कोई रेत में साँप ढूँढ़ रहा हो। मेरे मन में खटका बजने लगा था : कहीं भारत बैंक का ज़िक्र न हो! आहिस्ता-आहिस्ता मैंने जाना कि नरेगा कमाल पर कमाल दिखा रहा था। झूठे सरकारी आँकड़ों की खबर आम थी। जॉबकार्ड जाली बन रहे थे ख़ाते भी या तो अधूरे थे या

जाली थे। खड़ंजे सिर्फ़ कागजों पर बिछ रहे थे। कागजों पर तालाब भी खुद रहे थे, खाइयाँ भरी जा रही थीं और पेड़ लगाए जा रहे थे। कहीं-कहीं जहाँ काम हो रहा था वहाँ ठेकेदारों द्वारा मशीनों से सम्पन्न हो रहा था जो नकली मजदूरों से होता बताया जाता। एक सुबह तो मैं अखबार के सातवें पृष्ठ पर नीचे कोने में एक खबर देखकर दंग रह गया : गोण्डा जिले में नरेगा के तहत जॉबकार्ड धारकों के बच्चों के लिए एक करोड़ रुपये के खिलौने खरीदे गये थे! जो हाथ रोटी के लिए तरस रहे थे, उन हाथों में हवा के हाथी-घोड़े पकड़ाए गये थे—हवा की टेनिस की गेंद की तरह। इसी बजट से पचास लाख के कैलेंडर खरीदे गये थे ताकि भूखी आँखें ख़ाली तारीखें देख सकें। फिर मैं हर सुबह कुछ डरते-डरते अखबार खोलता। न जाने क्यों, मुझे लगता कि कहीं नरेगा के बजट से माइक्रोवेव खरीदने की खबर न हो!

लीजिए, हम लोग मुख्य द्वार पर आ गये। मुख्य द्वार पर दो लोहे के गेट हैं : एक अन्दर आने का, दूसरा बाहर जाने का। गाड़ियाँ इन्हीं दरवाजों से आती-जाती हैं। अन्दर दोनों दरवाजों के बीच एक गमलों की कतार की विभाजक-रेखा है। फूलों से अन्दर-बाहर को बाँटा गया है। जो गाड़ी अन्दर जाती है, वही बाहर आती है। सोचो यार, मध्यवर्ग ही समाज में भ्रष्टाचार का मुख्य द्वार है। अब आप देखिए, नरेगा का कुंडा करने में जो लोग लगे हैं यानी, ग्राम प्रधान, बी.डी.ओ. और बैंक मैनेजर आदि—सभी मध्यवर्ग के हीरे हैं। अलबत्ता कड़ी ऊपर सी.डी.ओ. से भी ऊपर गयी है। अख़बारों और टी.वी. में आपने बयान देखे होंगे कि यदि एक रुपया दिल्ली से आता है तो किसान-मजदूर तक पन्द्रह पैसे या पाँच पैसे या एक ही पैसा पहुँचता है। बाकी निन्यानवे बिचौलिए झपट लेते हैं। आज सुबह मैंने अख़बार में देखा कि दुनिया-भर के भ्रष्टाचार की गणना में चीन भारत से एक ही पायदान ऊपर है। और चीन में तो तानाशाही का कठोर निज़ाम है, वहाँ लोकतन्त्र का लचीलापन नहीं है जिसकी भूलभलैया में बिचौलिए छिप जायें! क्या दोनों देशों में राष्ट्रीय मुक्ति के बाद आत्म-संयम कुछ बरस ही चल सका? फिर लोग अपने में डूब गये। किसी जानवर की तरह। क्या आप जानते हैं बन्धु, कि आदमी और उसके पुरखे बन्दर के डी.एन.ए. पँचानवे प्रतिशत एक-से हैं? यानी मूलतः हम सिर्फ पाँच प्रतिशत मनुष्य हैं! पाँच प्रतिशत मनुष्य नहीं

जानता कि वह अपनी गाड़ी या कोठी के लिए दूसरे मनुष्यों को भूखों मार रहा है। यह हत्या है। विशुद्ध हत्या। जो कि हत्यारे अपने हाथों पर खून नहीं देख पाते। वे एक धुँधलके में जीते हैं।

हम सब एक धुँधलके में जीते हैं। चाहें तो इसे निजी अँधेरा कह लें।

हाँ-हाँ, आपने ठीक कहा। दिल्ली दरबार में कोई अँधेरा नहीं है। दरबारी अपने-अपने अँधरे की खाई लाँघकर ही दरबार में पहुँचते हैं। यह नव-उदारवाद का दरबार पिछले दो दशकों में लगा। इसमें नेता, अफ़सर, दलाल, पत्रकार आदि शामिल हैं—पूँजीपति सिंहासन पर अदृश्य है। लगता है, सिंहासन ख़ाली है। लगता है, है नहीं। यहीं देश की धरती, हवा, पानी और जंगल लूटने के मंसूबे बनते हैं। जब डाका पड़ जाता है, तो लुटे हुए लोग महानगर के फुटपाथों पर या झोपड़-पट्टियों में इकट्ठे हो जाते हैं या आत्म-हत्या कर लेते हैं। हिन्दुस्तान का इतिहास देख लीजिए। क्या किसानों ने पहले कभी आत्म-हत्या की?

देखिए, सामने से दो शोख़ लड़कियाँ आपस में हँसती हुई आ रही हैं। उन्हें दीन-दुनिया की कोई फ़िक्र नहीं। वे फूलों की तरह हैं। फूलों के पीछे एक लड़का दौड़ता हुआ आया और आगे निकल गया। आप ठीक कह रहे हैं। उसने नज़र घुमाकर लड़कियों की तरफ नहीं देखा। इस सभ्य प्रांगण में यही रिवाज़ है। लड़के ने अपनी बहकती नजर झटके से रोकी होगी। यानी देखकर भी न देखना! कभी-कभी मुझे लगता है कि मध्य-वर्ग की जड़ नज़र का भी यही मूल-मन्त्र है : देखकर भी न देखना। हम लोग उन दिनों घर में बहुत खुश थे। हम लोग यानी बेला, अनीता, और मैं—अलबत्ता हरी राम भी कभी-कभी आ जाता था। मेरी पदोन्नति हो गयी थी। वेतन काफ़ी था। जब कुछ कमी लगती, मैं चुपचाप उसे अपने खर्चे में कटौती करके झेल लेता था और बेला को पता भी नहीं चलता था। बेला उन दिनों स्वस्थ और सुन्दर लगती थी, अपनी चढ़ती उम्र के बावजूद। ऐसा नहीं है कि वह उन दिनों कभी झल्लाती नहीं थी या हमारे बीच कोई झड़प नहीं होती थी। असल में औरत का कभी-कभी तुनक जाना या कभी अचानक चहकना हवा के किसी झोंके की तरह है। उसे हवा के झोंके की तरह ही लेना चाहिए। मेरे उन्हीं दिनों एक पड़ौसी थे :

शर्मा जी। उन जैसा स्थितप्रज्ञ पति मैंने नहीं देखा। उनकी पत्नी का स्वर चाहे जितना द्रुत हो, उनका स्वर हमेशा विलंबित और प्यार-भरा रहता था : मालती। मालती के पहले वह 'प्यारी' बोलते नहीं थे, लेकिन 'प्यारी' उनकी स्वर-लहरी में छिपा होता था। मुझमें इतना धीरज नहीं था। लेकिन हर झड़प के बाद बेला मुझसे लिपट जाती या मैं उसे अपनी तरफ खींच लेता—बिस्तर पर भी। बेला की चैन की अन्तर्धारा का मूल कारण यह था कि अनीता के लिए उसका दोस्त आशीष पूरी तरह सीरियस था और बेला को बेटी के विवाह की कोई चिन्ता नहीं थी। एक तरह से हमारा एक आदर्श सुखी, मध्यवर्गीय परिवार था जिसे इधर-उधर देखने की कोई ज़रूरत नहीं थी। दरअसल सारी खुराफ़ात की जड़ यही है : इधर-उधर देखना! गाड़ी चलते हुए आप सीधे देखते हैं, इधर-उधर देखने की फ़ुर्सत नहीं होती। मगर कभी-कभी मेरी गाड़ी खराब होती और मैं रिक्शे से सड़क पर चलता और मेरी नज़र सड़क पर इधर-उधर चली जाती। मुझे याद है, एक बार रिक्शे पर बैठे हुए मेरी नज़र हनुमान सेतु के आस-पास झुग्गियों की तरफ चली गयी थी जहाँ अधनंगे मानव कंकाल चीथड़ों में डोल रहे थे! मैं इस तरह चौंका था जैसे ऐसा नज़ारा शहर में पहली बार पैदा हुआ हो। जबकि हम मध्यवर्गीय लोग हमेशा ऐसे ही परिदृश्य से घिरे होते हैं।

ये दाहिनी तरफ छुटकी-सी इमारत! यह इस बस्ती का निजी बिजली घर है। जब द्रोणाचार्य के शहर में बिजली चली जाती है और ऐसा दिन में कई बार होता है, तब यही बिजली घर बस्ती को रोशनी देता है। इस आलीशान बस्ती में कभी अँधेरा नहीं होता। शहर की रोशनी गुल होती है तो इस बस्ती की रोशनी पैदा हो जाती है जैसे यह कोई स्वायत्त बस्ती हो। अधर में टँगी। धरती और आकाश से जुदा चमचमाती गाड़ी मैं बैठा आदमी कुछ ऐसा ही हो जाता है। हमारे मध्यवर्गीय ने अंग्रेज़ों की नकल में गाड़ी में बैठना पिछली से पिछली सदी में ही शुरू कर दिया था, चाहे सपने में ही हो। यह सपना सच हुआ जब आज़ाद भारत में मारुति कार बनी जिसे 'पीपुल्स कार' या आम आदमी की गाड़ी कहा गया। असल में यह मध्यवर्ग का पुराना सपना था जिसे बीसवीं सदी के आठवें दशक में इंदिराजी के छोटे पुत्र ने अंजाम दिया। आप तो जानते ही हैं कि मारुति का कारखाना

गुड़गाँव में ही डाला गया था, जिसे आगे चलकर अन्तर्राष्ट्रीय हवाईअड्डे के किनारे बसा भारत का पहला भूमण्डलीकृत नगर होना था गोया मध्यवर्ग का स्वर्ग हो। मध्यवर्ग-जिसे सरकारी मुहावरे में आम आदमी कहा जाता है! देखिए, सारी सरकारी योजनाएँ आम आदमी के नाम पर होती हैं जो मध्यवर्ग की प्रोन्नति और विस्तार में काम आती हैं। और जो योजनाएँ सचमुच आम आदमी यानी किसान-मजदूर के लिए होती हैं जैसे नरेगा-उन्हें भी मध्यवर्ग कुतर लेता है। सरकार ही नहीं, सिनेमा और टेलीविजन भी मध्यवर्ग-मय है। फिल्में मध्यवर्गीय मल्टीप्लेक्स के लिए बनती हैं और टेलीविजन के धारावाहिक भी। और तो और टेलीविजन और अखबारों की खबरें भी अधिकतर मध्यवर्ग को ही सम्बोधित होती हैं जैसे मध्यवर्ग ही आम आदमी हो।

क्या हम मध्यवर्ग-युग में जी रहे हैं?

जी हाँ, दाहिनी तरफ लॉन के परे चहारदीवारी के दूसरी तरफ झुग्गी-बस्ती है जिसमें बांगलादेश से आये मुफ़लिस हिन्दू परिवार रहते हैं जिनकी औरतें इस बस्ती में काम करती हैं। चारदीवारी के इस तरफ सामने फलों की दुकान है जिसमें केले तौल से बिकते हैं यानी छिलकों के भी दाम हैं। नहीं, अँगूर गिनकर नहीं बिकते—मतलब, अभी नहीं बिकते। आनेवाले वक्त में क्या हो, कुछ पता नहीं। क्या कभी सोचा था कि ऐसा वक्त आयेगा जब पानी की दो बोलतों की कीमत देश की तीन चौथाई आबादी की प्रतिदिन औसत आय से ज़्यादा होगी? अलबत्ता पहले पानी बोतलों में तो क्या, नदी में भी नहीं बिकता था। ज़रा, बाईं तरफ दब के चलिए। अभी एक गाड़ी मुझे छूती हुई निकल गयी। बस्ती के प्रांगण में इतनी गाड़ियाँ हैं कि चारों तरफ रास्तों पर गाड़ियाँ भी आदमियों की तरह घूमती हैं। अब चमाचम जहाज-सी लम्बी-चौड़ी गाड़ियाँ बाहर झुग्गियों में तो रह नहीं सकतीं। वे अपने मालिकों की तरह बस्ती के अन्दर रहती हैं, छत के नीचे। बन्धु, इस सभ्यता का क्या होगा जिसमें गाड़ियों के सिर पर छत है और आदमियों के सिर पर घास-फूस या नंगा आकाश? यह सम्भव इसीलिए होता है कि ए.सी. गाड़ियों के अन्दर खिड़कियाँ बन्द किये बैठे लोगों की नज़र ही बाहर की दुनिया पर नहीं पड़ती। मैंने आपको अभी अपना किस्सा सुनाया था जब मैंने हनुमान सेतु के पास अचानक झुग्गियों की दुनिया देखी। दरअसल दोनों संसारों

के बीच पुल टूट गया है। मध्यवर्गीय खुद इस पुल को कुतर-कुतर कर खा गये जैसे वे कैडबरी चॉकलेट के बने हों।

एक और मुश्किल है। आदमी की फ़ितरत कुछ ऐसी है कि वह वही देखता है जो देखना चाहता है। अर्जुन को सिर्फ़ मछली की आँख दिख रही थी। जंगल में दौड़ते शेर को सामने कुलाँचें भरता हिरन ही नजर आता है। बन्द गाड़ी में विराजे आदमी को खिड़की के बाहर हाथ पसारे खड़ी औरत नहीं दिखाई देती-उसकी नज़र सामने चौराहे की लाल बत्ती पर होती है, जो अगले क्षण हरी होगी और गाड़ी सर्राटे से चौराहे को पार करती हुई उसे वहाँ ले जायेगी जहाँ वह दो के चार बनायेगा। हाँ, यह ठीक है कि गाड़ी अगर लालबत्ती पर कुछ ज्यादा देर रुकती है तो कोई जनाना हाथ खिड़की के बाहर निकलकर भिखारिन के हाथ पर एक रुपया रख देता है। क्या कहा, भिखारी भी कभी-कभी झूठ बोलते हैं। ठीक है। मगर गाड़ी के अन्दर बैठा आदमी तो सनातन झूठ में जीता है। वह उसी रोटी को छीनता है जो भूखा अपने पेट में डालता है।

नरेगा की लूट और क्या है? और यहाँ तो भिखारी नहीं, मज़दूर है जो सरकारी दस्तावेजों की भूलभुलैया में भूखा खो जाता है। मैं जानता हूँ कि भूख क्या होती है। भूख गाँवों की झोपड़ियों में ताले डालकर आदमियों को शहरों की तरफ भगाती है जहाँ किसान मज़दूर हो जाते हैं और उनकी औरतें बड़े घरों में काम करती हैं। जैसे चहारदीवारी के पार झुग्गियों की बंगलादेशी औरतें। देखिए, भूख बंगलादेश और अपना देश में कोई फ़र्क नहीं करती।

अँधेरा आसमान से पानी की तरह गिरने लगा है। मगर कोर्ट में लड़के अभी भी ख़ाली रैकेट से टेनिस खेल रहे हैं। गेंद कहाँ है, यार? लड़के हाथ-पैर इस तरह चला रहे हैं जैसे गेंद सचमुच उनके बल्लों को चूम रही हो। क्या आपके कानों में गेंद की कोई आवाज़ आयी?

आठ

हाँ, हमारे ब्लॉक के सामने जो अर्थी रखी है, वह अस्सी वर्षीय मेहताजी की है। नहीं वे बीमार नहीं थे। वे कल रात दस बजे तक लॉन में बेंच पर अकेले बैठे रहे थे। गार्ड के कहने पर ऊपर गये। यों वे हर रात सबसे बाद में जाते थे ताकि बहू-बेटा डिस्टर्ब न हों—उनके पास फ़्लैट की चाबी थी। कल आधी रात वे दसवीं मंज़िल पर फ़्लैट की बाल्कनी से सिर के बल नीचे गिरे। उनका बेटा इसे हादसा बताता है। लेकिन इस सवाल का कोई जवाब नहीं है कि वे आधी रात ख़ाली बाल्कनी पर सैर के लिए क्यों गये थे? इधर महानगरों में अपने बच्चों के साथ रहते बूढ़ों की ऐसी अनोखी सैरें कुछ ज्यादा बढ़ी हैं जिनसे वे लौटकर नहीं आते। डी.एल.एफ. सिटी आकार में ज़रूर उतना बड़ा नहीं है, मगर यह महानगरों का महानगर है जो अन्तर्राष्ट्रीय हवाईअड्डे के किनारे बसा है। क्या किया जाये? कम्बख़्त उम्र नहीं रुकती। जो आज जवान हैं, कल बूढ़े हो जाते हैं। कब बाल सफेद हो जाते हैं, कुछ पता ही नहीं चलता। जब पता चलता

है, तब हमेशा देर हो चुकी होती है। ग़नीमत है, अब अमरीका की तरह हमारे यहाँ भी बूढ़ों के घर का चलन हो गया है। किन्तु बूढ़ों के घर में अकेले मरने के लिए बहुत-सा पैसा चाहिए, जो भारतीय बूढ़े अक्सर अपने बच्चों पर पहले ही खर्च कर चुके होते हैं। काश, अकेले जीना उतना ही सम्भव होता जितना अकेले मरना!

देखिए, मुर्दा गाड़ी आ गयी और अर्थी उसके भीतर चली गयी। वह बाहर जा रही है। उसके पीछे दो गाड़ियाँ हैं। हो सकता है, ये दोनों गाड़ियाँ बेटे ओर बहू की हों। यहाँ 'सेकण्ड कार' का रिवाज़ है, जो पहली बड़ी कार से छोटी होती है, छोटी बहिन की तरह। नहीं, बूढ़े की अन्तिम यात्रा में पड़ौसी शरीक हों, यह यहाँ ज़रूरी नहीं है।

हाँ, प्रांगण पूर्ववत् हो गया, वैसा ही कटा-छँटा, सुन्दर। वयस्क काम पर जा रहे हैं, बच्चे बैग पीठ पर लटकाए स्कूल। अर्थी के बाद फूल-से बच्चों को देखना कितना सुकून देता है। आख़िर हम मृत्यु को कभी पूरी तरह स्वीकार नहीं कर पाते। यही अन्तिम पुरुषार्थ है।

चलिए, कुछ देर घास पर बैठते हैं। यहाँ धूप नहीं है। सुबह की ठण्डी हवा है और चारों ओर क्यारियों में फूल मुस्करा रहे हैं। हाँ, यह आपने ठीक कहा। रिटायर होने पर मौत ज़्यादा डराती है। आपका बस चलता तो आप कभी रिटायर न होते। मैंने इस्तीफा क्यों दिया? मैं उसी किस्से पर आ रहा हूँ। उस सुबह की पिछली रात मैं देर तक कॉफ़ी हाउस में दोस्तों के साथ बैठा रहा था जब तक वेटर ने बन्द करने की सूचना नहीं दी। दो दोस्त दिल्ली से आये थे। यू.पी.ए. के दूसरी बार चुनाव जीतने पर बात चल पड़ी थी। बात जीत के विश्लेषण में उलझी तो नरेगा भी एक कारण बताया गया। दिल्ली से आये रेडिकल कवि का कहना था कि नरेगा ने गाँव में मरते लोगों के पेट में थोड़ा अन्न डाल दिया जिससे वे गाँव में ही जिन्दा रुके रहें और यू.पी.ए. को वोट दें! यही लोकतन्त्र है, उसने कहा। उसने पी. साईनाथ के एक लेख का हवाला भी दिया जिसमें एक परिवार में पाँच लोग हैं और साल में एक सदस्य को सौ दिन काम मिलता है तो हर व्यक्ति के हिस्से में क्या आयेगा। कम-से-कम ग्रामीण भारत के लिए अर्जुन सेन गुप्त की रपट सही लगती थी जिसके अनुसार देश के 77 प्रतिशत लोगों की प्रतिदिन आय बीस रुपये से कम है। बीस रुपये में आदमी क्या खाएगा और क्या पहनेगा? कोई बोला कि

अभी प्रधानमन्त्री से पूछा गया कि वे उन बच्चों के लिए क्या कर रहे हैं जो सड़कों पर भीख मांगते हैं। जवाब था कि नरेगा के जरिए किसानों की आमदनी बढ़ा रहे हैं ताकि वे अपने बच्चों को स्कूल भेज सकें! कवि इस बात पर चीखा था कि दिल्ली यदि देश से इतनी दूर है, तो यह लोकतन्त्र कैसे हुआ? उसकी चीख़ काफ़ी-हाउस में गूँजी थी और वेटर फ़ौरन हमारी मेज पर इस सूचना के साथ आया था कि कॉफी-हाउस बन्द होने का समय हो गया है।

उस रात मैं कॉफी-हाउस की बातें दुहराते हुए सोया था। सुबह मैं काफी ताज़ा महसूस कर रहा था जब चाय के कप के साथ मैंने अखबार उठाया। वह खबर सातवें पृष्ठ पर नीचे थी। शीर्षक था : झाँसी में भ्रष्टाचार। मैं चाय भूल गया। पूरी खबर मैंने एक ही साँस में पढ़ी। झाँसी की मोठ तहसील में नरेगा के कार्यान्वन में भ्रष्टाचार पकड़ा गया था जिसमें भारत बैंक के कर्मचारी भी लिप्त थे। खबर में साफ-साफ भारत बैंक का नाम था। शक की कोई गुंजाइश नहीं थी। बस, यही शक था कि तहसील में बैंक की दोनों शाखाएँ इस प्रपंच में शामिल थीं या केवल एक। तहसील में दो शाखाएँ मोठ और चिवरगाँव में थीं।

मैंने सुबह-सुबह प्रार्थना करना जवानी में ही छोड़ दिया था। क्यों? अरे, मुझे लगने लगा था कि आदमी ईश्वर का आविष्कार नहीं है, बल्कि ईश्वर आदमी का सबसे सनसनीखेज़ आविष्कार है। बहरहाल, उस सुबह मैंने प्रार्थना की। जी नहीं, मन्दिर नहीं गया। बेला के घरेलू ठाकुरजी के चरणों में भी नहीं गया। मैंने हाथ भी नहीं जोड़े। मैं भीतर-ही-भीतर रोया कि हे प्रभो, इस नरेगा-काण्ड से चिरगाँव को बचाइओ! रामलाल, कमला भौजी और हरीर राम को बचाइओ, प्रभु!

आपने देखा, ईश्वर कैसे पैदा होता है!

खैर, ईश्वर मुझे बचा न सका। ऑफिस पहुँचते ही मुझे खबर मिल गयी कि चिरगाँव शाखा में ही घुटाला हुआ है। शाम होते-न-होते मुझे चीफ़ ने बुलाया और फ़ौरन चिरगाँव जाकर रिपोर्ट देने को कहा। न जाने क्यों, सुबह से ही मुझे लग रहा था कि कोई चक्रव्यूह मेरे चारों तरफ उग रहा है। घिरते अँधेरे में ऑफ़िस से निकलते हुए यह अहसास भीतर बैठने लगा। बाहर निकलकर मैंने भारत बैंक की ऊँची इमारत को देखा जिसकी चोटी पर घना अँधेरा उतर रहा था। यदि

यह चक्रव्यूह नहीं तो क्या था जिसमें पहले सूबे में नरेगा-भ्रष्टाचार की खबर आयी, फिर चिरगाँव उसकी लपेटे में आया जिसके केन्द्र में भारत बैंक की शाखा थी। आखिरी चाल तब आयी जब जाँच भी मेरी गोद में डाल दी गयी जैसे सब-कुछ मेरा ही किया—धरा हो! बेला ने घर पर मेरा चेहरा उसी तरह पढ़ लिया जैसे सुबह मैंने अखबार पढ़ा था। क्या बात है? क्या बात है? उसने बार-बार पूछा। मैं उसे क्या बताता? अभी तक कोई बात नही थी। सिर्फ धुआँ था। मैंने कहा, कल मुझे चिरगाँव जाना है। बेला बोली, हरी राम से कहना, वह बहुत दिनों से नहीं आया।

हरी राम झाँसी स्टेशन पर मुझे लेने आया। ट्रेन लेट थी। झाँसी में रात हो गयी थी। जब ट्रेन झाँसी की सीमा पर थी, मैंने शहर की तरफ कुछ आकुलता से देखा थाः वहाँ सिर्फ अँधेरा था जिसे कुछ बत्तियाँ उजागर कर रही थीं। शहर और किला अँधेरे में डूब गये थे। प्लेटफार्म से बाहर निकलकर मैंने देखा कि मैदान में लोग गठरियों के साथ गठरियों की तरह एक विराट झुण्ड में सुनसान बैठे थे जैसे कोई मर गया हो। गर्मियों के दिन थे। शहर में गर्म हवाएँ चल रही थीं। हरीर राम ने बताया कि ये गाँवों से रोटी की तलाश में भागे लोग थे जो दिल्ली-मुम्बई की गाड़ियों का इंतजार कर रहे थे।

‘क्या कोई मर गया?’ मैंने झुण्ड की तरफ देखते हुए पूछा।

‘नहीं,’ हरी राम शायद मुस्कराया।

अँधेरा था। मैं उसका चेहरा देख नहीं सका। मेरा बैग उसके हाथ में था। उसने कहा कि मेरे पिता और आपके दोस्त यह चाहते हैं कि रात आप हमारे घर पर ही गुज़ारें। अब रास्ते पर कुछ रोशनी थी। जब मैं उसकी ओर देखते हुए चुप रहा तो उसने मुस्कुराते हुए बताया कि अब घर नया हो गया है। न मेरे मुँह से ‘हाँ’ निकली न ‘न’। मैं चुपचाप उसके पीछे चलता रहा। मेरे दिमाग में मैदान की गठरियों का चुप दृश्य अभी तक चल रहा था और मैं सोच रहा था कि इस इलाके में यदि नरेगा का सही कार्यान्वन होता तो मैदान या तो ख़ाली होता या उसमें इतनी गठरियाँ न होतीं। सारी गठरियाँ मटमैली थीं। सारे चेहरे मटमैले थे। कहीं-कहीं दोनों में फ़र्क करना मुश्किल था। सुलगती बीड़ी की चिनगारी ज़रूर आदमियों को अलग कर देती थी। चिनगारी के उजास में चेहरे काठ नज़र आते थे।

भावहीन। जैसे जानवरों के चेहरे होते हैं। उस क्षण हरी राम के पीछे चलते हुए मुझे मालूम नहीं था कि यही दृश्य मुझसे इस्तीफे की चिट्ठी लिखवाएगा। झाँसी से चिरगाँव की अँधेरी सड़क पर गाड़ी चलाते हरी राम की बगल में बैठे मैंने उससे बैंक के काम के बारे में कोई बात नहीं की। मैं रामलाल और भौजी और पिछली रबी की फ़सल की बात करता रहा, जिस पर फिर सूखे की मार पड़ी थी।

रामलाल मुझे घर के दरवाज़े पर खड़े मिले। दरवाज़े पर यानी पोर्च के नीचे, जहाँ गाड़ी रुकी। मैं यह घर पहचान न पाता। यह अब दुमंजिला था। पूरा पक्का था। उसका स्थापत्य भी उत्तर-आधुनिक था जैसे लखनऊ की कोई कोठी यहाँ लाकर रख दी गयी हो। रामलाल की धजा वही थी : धोती और सलूका। लेकिन अब ये मटमैले नहीं थे, उजले थे। रामलाल के चेहरे की तरह। वह मुस्कुराते हुए मुझसे लिपट गया। लिपटा रहा। मैंने ही उसे अलग किया और पूछा, कैसे हो? यह आदतन मेरे मुँह से निकला था। क्योंकि न इस सवाल की ज़रूरत थी, न इसके जवाब की। वह फिर मुझसे लिपट गया।

रामलाल के घर के अंदर मुझे वह सब-कुछ नजर आया जो लखनऊ की कोठी में हो सकता था। चाहे वह ड्राइंग-रूम का फ़र्नीचर हो या एक दीवार पर लगा एल.जी. का फ़्लैट टी.वी.। फर्श पर काश्मीरी कालीन बिछा था, छत पर फ़िरोजाबादी शैंडेलियर था। किचन से कमला भौजी निकलकर आयीं तो उनका चेहरा चमक रहा था। यह चमक नये घर की रोशनी की परछाई थी या किचन की गर्मी, मैं समझ नहीं सका। वे मुझे किचन दिखाने भी ले गईं जहाँ बहू ने मना करते-करते मेरे पैर छुए। किचन में किचन के सारे औज़ार थे—गैस के चूल्हे से माइक्रोवेव तक। मुझे यह देखकर अचम्भा हुआ कि माइक्रोवेव उसी लाल रंग और एल.जी. कम्पनी का था जो हरीर राम ने लखनऊ में हमारे किचन में लगाया था। एल.जी. माने लाइफ़ इज़ गुड : ज़िन्दगी में बहार है।

जब मैंने कमला भौजी से पूछा कि बेटा-बहू घर आ गये, अब तो आप खुश हैं, तो वे बोली कुछ नहीं, मेरी ओर टुकर-टुकर देखने लगीं और अहिस्ता-आहिस्ता उनकी आँखों में आँसू छलक आये। मैं पहले उनका चेहरा देख रहा था, फिर सिर्फ़ आँसू देखने लगा। ये खुशी के आँसू थे, यह जानने में मुझे कुछ क्षण लगे। उतनी देर में

मुझे इस शंका ने भी घेर लिया कि कहीं कमला भौजी को मेरे आने के प्रयोजन का पता तो नहीं। इसीलिए जब मैं आश्वस्त हो गया कि ये खुशी के आँसू थे तो मुझे तसल्ली हुई। यह तसल्ली कुछ संकोच में बदल गयी जब कमला भौजी ने रोते हुए मेरी ओर हाथ जोड़े। मैंने उनके हाथ अपने हाथों में थाम लिए क्योंकि मेरी तबियत भी रोने-रोने सी होने लगी थी।

यार, सचमुच मैं किसी चक्र-व्यूह में था? चक्र-व्यूह में फँसा आदमी रो नहीं सकता।

सोने के पहले रामलाल ने मुझसे बेला और अनीता के बारे में पूछा। हरीर राम ने उसे मेरी तरक्की के बारे में बता दिया था। उसने कहा कि इस खबर से मुझे बहुत खुशी हुई थी जैसे मैं खुद डिप्टी कलक्टर हो गया हूँ। फिर वह ठहाका मारकर हँसा। न जाने क्यों, वह ठहाका मुझे कुछ खोखला लगा जैसे ख़ाली चना बज रहा हो। मेरा माथा ठनका जब बिना मेरे किसी सवाल के उसने मुझे बताना शुरू किया कि बहू के एक निस्संतान काका अपनी वसीयत में उसके लिए पच्चीस लाख रुपये छोड़ गये। उसी पैसे से यह कोठी बनी है। शायद उसने मेरे चेहरे पर कोई उलझन देखी हो, पता नहीं। उसने तुरन्त बात बदलने के लिए कहा कि मेरी अन्तिम इच्छा अब पोते की सूरत देखने की है। रामलाल ने मुझे नयी कोठी घुमाकर दिखा दी जो मैंने सपने में भी नहीं देखी थी। फिर उसने मुझे उदास स्वर में बताया कि तुम्हारा पुश्तैनी घर जो पहले खण्डहर था, अब ज़मींदोज़ होने को है। उसने मुझसे आज़िजी से पूछा कि अगर मैं चाहूँ तो गिरते घर की जगह कोठी खड़ी हो सकती है। तुम पैसे की चिन्ता न करना, उसने कहा—बाद में हिसाब होता रहेगा।

उस रात मैं यही सोचता हुआ सोया।

हाँ, दिन चढ़ रहा है। लॉन से साए गायब हो गये हैं। धूप कड़ी है। चलिए, चलते हैं।

नौ

हाँ, अन्दर चलिए। इसी पार्क में बैठते है। यहाँ कोई नहीं है। आस-पास कोठियाँ हैं न! कोठीवालों को पार्क में बैठने का अवकाश नहीं होता। उनकी औरतें या बच्चे शायद दिन में कभी-कभी यहाँ आते हों—कम-से-कम बच्चे क्रिकेट खेलने आते होंगे। अभी शाम घिर रही है। ऊपर आकाश में झुटपुटा छाने लगा है। उसी झुटपुटे में देखिए : एक विमान बहुत ऊँचाई पर जा रहा है और उसके पीछे धुएँ की गहरी लकीर की पूँछ है जिसके बाल छितराते जाते हैं। एल डोरेडो के लॉन में बैठे हुए हमने कभी आसमान में हवाई जहाज नहीं देखा। वहाँ नज़र को फ़ुर्सत नहीं मिली। ऐसा कभी-कभी हो जाता है। दृश्य में सनातन उपस्थित किसी चीज पर अचानक हमारी पहली नज़र पड़ जाती है।

इसी बेंच पर बैठ जाते हैं। इस निर्जन लॉन की घास गहरी हरी है और पेड़ बहुत घने हैं। पेड़ों और घास के बीच क्यारियों में रंगबिरंगे फूल खिले हैं। बहुत दिनों बाद इतना सुनसान बाग देखा

जैसे यह फूलों और पेड़ों के लिए बना हो। उस शाम मैं इसी तरह अकेला जी.पी.ओ. के सामने पार्क की बेंच पर बैठा था। सामने पार्क में कोई नहीं था। शायद शनिवार था। लोग जल्दी दफ़्तर से घर चले गये थे। मैं उसी दोपहर चिरगाँव से लौटा था। मन बेचैन था। शाम को हज़रतगंज आ गया था। कुछ देर बाद मैं पार्क से उठकर कॉफ़ी हाउस पहुँचा जहाँ चार दोस्त एक मेज पर बैठे थे। और मेज़ पकौड़ों की प्लेटों और कॉफ़ी के प्यालों से भरी थी। सूरज प्रसाद अहलूवालिया को मैं दूसरी बार देख रहा था। मुझे बताया गया कि कॉमरेड अब लखनऊ आ गये हैं और एक अन्तर्राष्ट्रीय एन.जी. ओ. के रीजनल हैड हैं। मेज़ पर रखे पकौड़े इसी खुशी का इज़हार थे। मैं भी पकौड़ा खाने लगा। लेकिन मुझे समझ में नहीं आया कि खुशी की वजह कॉमरेड का लखनऊ आ जाना था या उसका एन.जी.ओ. हैड हो जाना।

हम इस बहस में न पड़ें कि इन एन.जी.ओ. की आज देश में क्या भूमिका है। मगर इतना तो तय है कि भारत में क्रान्ति का रास्ता किसी एन.जी.ओ. से होकर नहीं जाता जिसे अहलूवालिया खोज रहा था जब वह मुझे इसी टेबिल पर पहली बार मिला। क्या यह पलटी पकौड़ी खाने लायक थी?

अहलूवालिया जल्दी में था। उसने कॉफी-पकौड़े का बिल चुकाया, हम लोगों को अगले दिन शराब की दावत दी और चला गया। जब वह चला गया तो मैंने दोस्तों को अपना एक दशक पुराना एक संस्मरण सुनाया। छुट्टी की एक दोपहर मैं टी.वी. पर लोकसभा की कार्रवाई देख रहा था। शायद किसी अविश्वास प्रस्ताव पर बहस थी। सहसा परदे पर एक युवा सांसद की छवि उभरी। उसके मुखारबिन्द से ओजस्वी शब्द झर रहे थे। वह विशुद्ध जनवादी मुहाविरे में ऐसी भाषा बोल रहा था जो कोई भी नये खून का उग्र नेता बोलता। मैं निहाल हो गया। देश को ऐसे ही युवा नेतृत्व की ज़रूरत है—मेरे भीतर से आवाज़ आयी। उस नेता का नाम दिमाग में अटक गया। अगले सप्ताह ही मैंने किसी पत्रिका में राजनीति और अपराध के गठजोड़ पर एक लेख में उसी युवा नेता की तस्वीर इस सूचना के साथ देखी कि उसके खिलाफ एक हत्या का मामला एक अदालत में चल रहा है। मैं सन्न रह गया। पैने जनवादी तेवर का ऐसा इस्तेमाल! यह

आत्म-केन्द्रित राजनीति का भूत था जो जनवादी लबादा ओढ़े थे। क्या वही अहलूवालिया के पीछे पड़ा था?

इस भूत की आत्मा मध्यवर्गीय थी। स्वतन्त्रता-संघर्ष के ज़माने में इसके पाँव उल्टे नहीं हुए थे। यह अपने को भूलकर जनता की मुक्ति के लिए कटिबद्ध था।

मैंने कॉफ़ी हाउस की टेबिल पर कहा कि हमें रोज़ अपने पैरों की छाया देखना चाहिए। कहीं उल्टी तो नहीं पड़ रही? इस बात पर दोस्त खूब हँसे। यह रणनीति अचूक थी। पहले मुक्ति का रास्ता ईजाद करो जो लोगों की आत्मा तक जाता है, फिर उसी नस से उनका खून चूस लो!

ऊपर देखिए। एक जहाज और आया। अब धुएँ की पूँछ की चमक कुछ कम हो गयी है।

यह एक विडम्बना थी। मैं कॉफी हाउस अपनी बेचैनी भूलने गया था। लेकिन वहाँ मेरी बेचैनी और बढ़ गयी। यह उसी मध्यवर्गीय चक्रव्यूह की असहाय बेचैनी थी जिसका ज़िक्र मैंने पहले किया। एकाएक मुझे लगा कि इसमें सिर्फ अहलूवालिया जैसे लोग ही नहीं थे, बल्कि हम सभी मध्यवर्गीय इससे घिरे थे। हम लोग आपस में शहर के बुज़ुर्ग बुद्धिजीवी दयाशंकर शर्मा पर हँसते थे। जब वे मिलते हम सम्मान से हाथ जोड़ देते। शायद उनकी भव्य छवि ही हमें हाथ उठाने को मजबूर कर देती। वे गौर वर्ण, श्वेत केश, उन्नत ललाट के साथ अमिताभ बच्चन की तरह ऊँचे थे। ऊँचे मंच से जब वे माइक के पीछे अपना मद्धिम स्वर उठाकर तीव्र पर ले जाते तो श्रोता भाव-विभोर होकर तालियाँ बजाने लगते। शहर में ऐसा कोई और वक्ता नहीं था जो वंचितों और शोषितों का शाश्वत पैरोकार हो। चाहे स्त्रियों का मसला हो या दलितों का या मुसलमानों का, वे मंच से आग उगलते। मंच से उतरकर उनका दूसरा जीवन शुरू हो जाता था जो मध्यवर्गीय बिसात की तरह शहर के सांस्कृतिक संस्थानों में बिछा था। दयाशंकर शर्मा कोई नौकरी नहीं करते थे। वे फ्रीलांस लेखक थे। पुराने ज़माने के मुक्त भाले की तरह ही कलम चलाते-जो पैसे देता, उसी के लिए। वे मारुति से ही चलते थे, जिसे वे खुद चलाते। आख़िरकार इज़्ज़तदार गाड़ी चलाने को पेट्रोल चाहिए और पेट्रोल के लिए पैसे, वे कहते। बात सिर्फ़ पेट्रोल की नहीं थी,

दो कुत्तों और तीन बिल्लियों की भी थी जो नॉन-वेज खाते थे और शुद्ध दूध पीते थे। घर में ए.सी. चलता था। पूरा मध्यवर्गीय चोंचला था। शराब से कबाब तक। कब यह मध्यवर्गीय जुगाड़ उनके जनवादी सरोकारों को धूल में मिला देती, उन्हें पता नहीं चलता था—उनका लॉन गोड़ने जो मजदूर आता, वह मजदूरी के बजाय गालियाँ खाकर जाता। हमें पता चल जाता था और हम कॉफ़ी हाउस में हँसते-जब तक वे खुद अवतरित न हो जायें। यही युग-बोध था। हमें दूसरों का पता था। अपना पता नहीं था।

दूसरी शाम चिरगाँव छोड़ते हुए मेरे मन में एक कसक थी। मैं रामलाल से नहीं मिल सका था। बैंक से मैं सीधा झाँसी चला आया था, जहाँ अगली सुबह मुझे बैंक में काम था। चिरगाँव की सुबह जलेबी-समोसे के नाश्ते के बाद जब मैं बैंक जाने के लिए खड़ा हुआ तो रामलाल अचानक भावुक हो गया। ऐसी कोई बात नहीं थी। मगर उसकी आँखों में आँसू थे जैसे उसे पता हो कि इस बार मैं चिरगाँव किसलिए पहुँचा था। उसे कैसे पता चला होगा? क्या हरीर राम को सूचना मिल गयी थी और उसने रामलाल को बता दिया था? कमला भौजी ने आँखों में पानी भरकर फिर हाथ जोड़े जैसे रात का दृश्य फिर दुहरा रही हो जिसका उन्होंने पहले रिहर्सल किया था। या यह सब मेरे मन का ही काँटा था जो मुझे चुभ रहा था? बाहर निकलने से पहले रामलाल भरी आँखों से मुझसे फिर लिपट गया। बाहर निकलते हुए उसने मुझे फिर याद दिलाया, शाम को यहाँ न रुक सको तो मिलते हुए जाना।

मैं रामलाल से नहीं मिल सका।

उस दोपहर झाँसी शहर और किला छोड़ते हुए मुझे लगा कि मैं अपने-आप से पहली बार मिल रहा हूँ। मैं लगातार रेल के डिब्बे की खिड़की के काँच से बाहर देख रहा था जहाँ पथरीले मैदान और झाड़-झंखाड़ और पेड़ों के ठूंठ थे। कहीं-कहीं पहाड़ियाँ थीं जिनकी चट्टानों और आसमानों पर धूप चिलचिला रही थी। उस बियाबान को देखते हुए लगता कि मेरी आत्मा शरीर से निकलकर उसी तरफ कहीं पत्थरों और झाड़ियों में उलझ गयी है। मैं उधर से अपने को वातानुकूलित डिब्बे में बाहर झाँकते हुए देखता और मुझे हँसी आ जाती। मैं अपने पर हँस रहा था।

चक्रव्यूह पूर्ण था। मुक्ति की कहीं कोई गुंजाइश नहीं थी। नरेगा-घोटाला से सम्बन्धित सारे कागजों पर हरीर राम के हस्ताक्षर थे। हरीर राम ने डबडबाई आँखों से कैबिन के एकांत में मुझसे कहा था कि उसे अपने कनिष्ठ अधिकारी पर भरोसा था और कागजों पर उसके हस्ताक्षर देखकर उसने भी दस्तखत कर दिए थे। असली सवाल भरोसे का ही था। किसानों के नाम और अँगूठे जाली पाये गये थे। सारे एकाउन्ट फ़र्जी थे जिनसे रुपया निकाला गया था। यदि रुपया निकालने वाले लोग नापैद थे, तो रुपया कहाँ गया? शक की सुई रामलाल की कोठी पर ही टिकती थी। बैंक के नियमों के अनुसार शाखा प्रबन्धक हरीर राम की पूरी ज़िम्मेदारी थी-जिसके हस्ताक्षर सारे कागजों पर थे। निजी आँसू कागजों के खूनी धब्बों को धो नहीं सकते थे।

जाँच के दौरान मैंने पाया कि फ़र्जी किसानों के फ़र्जी पते चिरगाँव ब्लॉक के ही थे। रामलाल बी.डी.ओ. ऑफ़िस में ही कार्यरत थे, जहाँ उन पतों की तस्दीक हुई थी। चक्रव्यूह का आखिरी रास्ता भी बन्द था।

मैं रामलाल से कैसे गले मिलता? मैं बगल में छुरी लेकर अपने बचपन के दोस्त से नहीं मिल सकता था। दतिया से उरई तक रेलगाड़ी की खिड़की से बाहर झाँकते हुए मैं यही सोचता रहा। बाहर दृश्य बदलता रहा। पहले एक ऊँची पहाड़ी पर एक मन्दिर की सीढ़ियाँ नज़र आईं। सीढ़ियाँ ख़ाली थीं। सीढ़ियों पर पत्थरों के सिवाय कुछ नहीं था। वातानुकूलित डिब्बे में बैठे हुए सीढ़ियों की गर्म हवा और कड़ी धूप का तसव्वुर मुश्किल था। लेकिन चोटी पर मंदिर की देहरी तक दृश्य यही था, जो खिड़की के हरे काँच के बाहर शाश्वत टंगा था। फिर ख़ाली खेत थे जिनमें धूल उड़ रही थी। कहीं-कहीं हवा में हिलती सूखी घास झिलमिलाने लगती। उसके आस-पास कोई जानवर या आदमी भी नज़र आ जाता। जानवर का मुँह घास में होता और आदमी के कन्धों पर दोनों हाथों में फँसी लाठी होती। इस दृश्य की पृष्ठभूमि में कोई नंगा कुआँ भी नमूदार हो जाता। गाँव पास ही होगा, मैं सोचता और गाड़ी गाँव के किनारे से निकल जाती। जिस गाड़ी में मैं बैठा था। वह कोई नदी नहीं थी, जो गाँव के किनारे से निकलते हुए गाँव के किनारे पर बहती रहती। मैं गाँव छोड़कर सिर्फ़ गाँव का सपना देख सकता था जैसे मैं रामलाल का सपना देख रहा था।

उरई के प्लेटफॉर्म पर उतरकर मैंने दो समोसे खाए। इन समोसों का स्वाद पिछली सुबह रामलाल के घर पर खाए समोसों जैसा था। डिब्बे में लौटकर चलती गाड़ी के बाहर देखते हुए मुझे यह खयाल भी आया कि धरती पर समोसे का स्वाद हर जगह समोसे के स्वाद की तरह ही होता है।

देखिए, अब अन्धकार पूरा है। एक चादर की तरह। जो धरती से आसमान तक फैली है। इसमें सलमा-सितारे जड़े हैं। धरती पर बिजली है, आकाश में तारे हैं। तारे कम हैं, बहुत कम, कुछ धुँधले-से आसमान में।

उस रात मैं कॉफी हाउस से देर से लौटा। जब मैं घर में घुसा तो मैंने देखा कि डाइनिंग टेबिल पर दो ख़ाली थालियाँ रखी हैं। बेला ने भी खाना नहीं खाया था। वह इंतज़ार कर रही थी। जब तक अनीता घर में थी, दोनों वक्त से खाना खा लेती थीं, चाहे मैं देर से आऊँ। अनीता की शादी के बाद घर से चले जाने पर भी मैंने बेला से वक्त पर खाने को कहा था। वह खा भी लेती थी। उस रात वह इंतज़ार कर रही थी। मेरे पूछने पर उसने बताया कि इसका कारण मेरा चेहरा था। मैं हँसा, मेरा चेहरा? तुम्हारी हँसी भी झूठी है, बेला बोली। हमेशा की तरह उसने मेरी हँसी का साथ नहीं दिया था। मैंने टेबिल के दूसरी तरफ उसके उदास चेहरे को देखा। हम खाना खा रहे थे जैसे कोई रस्म पूरी कर रहे हों। खाने की मेज पर एक तरफ़ उदासी थी, दूसरी तरफ झूठ था।

बेला न बताया कि वह दोपहर में ही मेरा चेहरा देखकर भाँप गयी थी कि कुछ गड़बड़ है जब मैं झाँसी से लौटा। उसने पूछा भी था। लेकिन मैं टाल गया था। उसे क्या बताता? शायद मैं अपने से ही कुछ छिपाने की कोशिश कर रहा था और उसकी तकलीफ़ स्थगित कर रहा था। रात में फिर मैंने वही प्रहसन दोहराया। खाने के बाद मैंने आदतन टी.वी. खोल दिया और खबरें सुनने लगा। मेरे हाथ में रिमोट था।

बेला के किचन में बर्तन रखने की आवाज़ों की पृष्ठभूमि में मैंने सुना कि तेंदुलकर ने फिर एकदिनी में शतक लगाया और एक गाड़ी उस शाम नोएडा की सड़कों पर बिना ड्राइवर के घूमती रही। यही मुख्य खबरें थीं। एक केन्द्रीय मन्त्री का बयान भी था कि एक बरस

में माओवादियों का खात्मा हो जायेगा। जब एक पत्रकार ने उनसे पूछा कि यह तो देश में भूख का सवाल है, तो मन्त्री महोदय ने कहा कि भूख को बाद में देख लेंगे। मैंने अपने हाथ के रिमोट पर एक उँगली दबा दी। घर में सन्नाटा छा गया। बेला उसी सन्नाटे में किचन से बाहर आयी और उसने रिमोट मेरे हाथ से लेकर टी.वी. चला दिया जिस पर उसका प्रिय सीरियल आ रहा था।

इतनी गर्मी थी कि सोते समय ए.सी. चलाने की ज़रूरत पड़ी। बेला ने ही अँधेरे में उठकर ए.सी. चलाया। साँवली बेला अधनंगी थी। उसने गर्मी का हवाला देते हुए नाइटी उतार दी थी। जब वह पलंग से कुछ दूर हुई तो पल-भर मुझे लगा कि कोई साया कमरे में डोला। मैं उसी साए को पकड़ने की चेष्टा करता रहा।

यौन-क्रिया सृष्टि की सबसे ज़ालिम भूलभलैया है, बन्धु। यह सारी चिन्ताओं की चिता है। इसमें राख के सिवा कुछ नहीं है।

ऊपर देखिए, आकाश में उधर कोई विमान जा रहा है। अब धुआँ नज़र नहीं आता। आसमान के अँधेरे में कोई रोशनी टिमटिमा रही है जैसे कोई तारा हो। चलता हुआ तारा।

अरे देखिए, वह तारा डूबा—या कोई जहाज?

दस

दूर अरावली की पहाड़ियों में अँधेरा है।

क्या आप भूख जानते हैं? नहीं, वह मध्यवर्गीय भूख नहीं जो 'एपिटाइजर' का काम करती है, जिससे भोजन का स्वाद और मात्रा-दोनों बढ़ जाती हैं। मैं उस भूख की बात कर रहा हूँ जो अन्तड़ियों को चीरती हुई पूरे वजूद पर काबिज़ हो जाती है और किलों और बस्तियों को जला देती है। फ्रांसीसी क्रान्ति कैसे शुरू हुई? जी हाँ, मैं उसी भूख की बात कर रहा हूँ जिसे फ्रांस की रानी नहीं जानती थी। नतीजतन, तख्ता पलट गया।

इस घिरती रात में जिस डी.एल.एफ. इमारत के शिखर पर हम बैठे हैं, उस इमारत के लोग भी भूख नहीं जानते। इसीलिए शहर की सड़कों पर मज़दूरों के जत्थे जब अपने ख़ाली पेट का वास्ता देते हैं, तो वह इन इमारतों में एक असुविधाजनक खबर के अलावा कुछ नहीं होती। एक तो चीखते मज़दूरों से सड़कें रुकती हैं। दूसरे, सार्वभौम जी.डी.पी. बाधित होती है। कॉफी हाउस की एक शाम मेरे एक

कवि-मित्र ने कहा था कि जी.डी.पी. फ्रांस की रानी के अदृश्य केक की तरह है जिसे खाने की सलाह रानी ने भूखे नागरिकों को दी थी।

मैंने कल आपको बताया था कि झाँसी से लौटते हुए उरई तक मैं रामलाल से आखिरी बार न मिल पाने के बारे में सोचता रहा था। उरई से लखनऊ तक मैं भूख के बारे में सोचता रहा। यह सोचने से ज़्यादा देखना था। बार-बार देखना! उसी दृश्य को जो मैंने पिछली से पिछली रात झाँसी स्टेशन के बाहर देखा था...जहाँ गाँवों से भागे हुए मजदूर पोटली बने अपनी पोटलियों के साथ बैठे थे। उन्हें कौन खदेड़ रहा था? भूख! लखनऊ स्टेशन पर उतरते-उतरते मैं आश्वस्त हो गया कि इन मज़दूरों को हाँका लगानेवाले झुण्ड में हरी राम शामिल था और उसके पीछे कोई छाया थी जो रामलाल हो सकती थी। मैं उसी छाया से पीछा छुड़ाने शाम का कॉफ़ी हाउस गया था जहाँ अहलूवालिया मिला।

इस वक्त क्षितिज पर अरावली की पहाड़ियाँ नहीं दिख रहीं। आसमान का तम्बू उस तरफ अँधेरे में गड़ा नजर आता है। तम्बू पर चारों तरफ तारे बिखरे हैं। धरती पर बिजली की रोशनियों के झुण्ड हैं, जो अलग-अलग आकारों में सजे हैं। सामने जो शादी की इमारत की तरह जगमगा रही है, वह मॉल है : यहाँ रोज बाज़ार की शादी होती है। बैंड-बाजे की ज़रूरत नहीं। चुपचाप रोशनियाँ खिलखिलाती रहती हैं।

यहाँ से देखो तो गोल अँधेरी धरती कितनी छोटी लगती है। अरे, यह तो स्कॉच है! वाह, यह फ़्लास्क आप जेब में आज के शिखर-कार्यक्रम के लिए रखे थे। लीजिए, अपना घूँट लीजिए।

अगले दिन मैंने अपनी जाँच-रिपोर्ट चीफ़ के पास भेज दी। दिन खत्म होते-न-होते उसने मुझे अपने कमरे में बुलाया। छूटते ही उसने मुझसे पूछा कि चिरगाँव तो आपका ही गाँव है। मैंने कहा कि हाँ, हरीर राम मेरे बचपन के दोस्त का बेटा है। उसने छत की ओर देखते कहा कि मुझे याद आ रहा है कि इंटरव्यू के वक्त आपने उसकी सिफारिश की थी। मेरे मुण्डी हिला देने पर उसने गर्दन नीची की और फिर मेरी आँखों में देखते हुए कहा कि रिपोर्ट में तो आपने कोई गुंजाइश ही नहीं छोड़ी। मैं चुप रहा। मुझे यह कहना भी फ़िज़ूल लगा कि हरी राम ने भी मेरे लिए कोई गुंजाइश नहीं छोड़ी थी। वह

मुझे भरोसा दिलाना चाहता था कि ग़बन उसके मातहत ने किया है, उसने सिर्फ दस्तखत किये हैं!

तवक़्क़ो उठ गयी थी। उस शाम घर लौटते हुए मैंने हज़रतगंज से एल.जी. का माइक्रोवेव खरीदा-इत्तेफ़ाकन लाल रंग भी मिल गया। मैंने डिब्बा गाड़ी की डिक्की में ही रहने दिया। मैं अकेला घर में घुसा। मैंने चाय पीते हुए बेला को बता दिया कि हरी राम निलम्बित हो गया है। वह आँखें फाड़े मेरी तरफ देखती रही जैसे मैं कोई मज़ाक कर रहा हूँ।

देखिए, देखिए, उधर देखिए। अरावली की अदृश्य पहाड़ियों में अँधेरा कुछ हिलता-सा लगता है।

दो दिन बाद सुबह जब घण्टी बजी और मैंने दरवाज़ा खोला तो हरी राम सामने खड़ा नीचे देख रहा था। मैंने उसे अन्दर बुलाया और बेला को बताया कि हरी राम आया है। फिर मैंने गाड़ी की चाबी ली और माइक्रोवेव का डिब्बा उठाकर अन्दर ले आया। हरी राम डाइनिंग टेबिल पर बेला के सामने बैठा रो रहा था। बेला अपनी नाइटी की बाँह से अपने आँसू पोंछ रही थी। मैंने डिब्बा मेज पर दोनों के बीच रख दिया और एक कुर्सी खींचकर बैठ गया। धीरे-धीरे मुझे लगने लगा कि मैं कोई फ़िल्म दोबारा देख रहा हूँ।

कोई कुछ बोल नहीं रहा था। जैसे शब्द मर गये हों और उन्हीं पर आँसू बहाए जा रहे हों। कुछ पल बाद हरी राम ने रोते हुए जेब से एक चिट्ठी निकाली और मेरी और बढ़ा दी। यह रामलाल का खत था जिसमें तवक़्क़ो की दास्तान थी। इसे पढ़ते हुए एकाएक मेरे आँसू भी निकल आये जैसे मेरे सामने ही मेज़ पर कोई मर गया हो जहाँ माइक्रोवेव रखा था।

मुझे तब पता नहीं था कि अगले माह मैं इसी जगह बैठा अकेला इसी तरह रोऊँगा जब बेला अचानक मुझे छोड़कर चली जायेगी। अनीता के जाने के बाद वह अकेली हुई थी। हरीर राम के साथ रोकर वह और अकेली हो गयी। जब वह एक सुबह अचानक चल बसी तो मैंने पाया कि धरती पर मैं निपट अकेला हूँ और रो रहा हूँ।

फिर दो महीने बाद हरी राम को नौकरी से निकाल दिया गया। उसी दिन मैंने इस्तीफा दे दिया। चीफ़ ने जब कारण पूछा तो मैंने मुस्कुराते हुए बताया कि अब मेरा मन नहीं लगता। दरअसल मैं

मन-ही-मन अपने को हरी राम के लिए ज़िम्मेदार मान रहा था गोकि यह अहसास तब इतना साफ नहीं था। बस, कोई खटका था जो मुझे भीतर-ही-भीतर खाए जा रहा था। शायद यही खटका था जिसने मुझे झाँसी जाने के लिए मजबूर किया जब मुझे पता चला कि वह ग़बन के इल्जाम पर जेल में है। सीखचों के बाहर मेरी अचानक रामलाल से भी आखिरी मुलाकात हुई जिसके न हो पाने का मुझे अफसोस था।

हवा ठण्डी है। जिस्म पर दस्तक-सी लग रही है। लाइए, फ़्लास्क दीजिए, शराब के घूँट की ज़रूरत है।

मैं जब सलाखों के इस तरफ खड़ा हरीर राम की कुशल-क्षेम पूछ रहा था, तो कोई हाथ मेरे कंधे पर पड़ा। मैंने नज़रें घुमाई, जो सीधी रामलाल की नजरों से जा मिलीं। मैं उसकी आँखों की तकलीफ़ देखता रह गया। मैंने कोई आवाज़ सुनी : जेल में हरी राम की कुशल–क्षेम पूछने आये हो? मैंने बारी-बारी से देखाः रामलाल और हरी राम दोनों के होंठ खुले नहीं थे। शायद मेरे कान बज रहे हैं, मैंने सोचा। बाद में जेल से बाहर आते हुए मुझे लगा कि मेरी पूरी देह ही बज रही थी। पता नहीं, क्या-क्या आवाज़ें मुझे घेरे थीं। शायद इन्हीं आवाज़ों की वजह से मुझे रामलाल और हरी राम की बातें ठीक-से सुनाई नहीं दे रही थीं। मेरी समझ में नहीं आया कि रामलाल घर के बर्बाद होने की बात कैसे कर रहा था जबकि उसकी आलीशान कोठी चिरगाँव में सिर उठाए खड़ी थी। मैं हरीर राम की बातें नहीं सुन रहा था; उसका चेहरा देख रहा था जिस पर गुस्से के साए थे : उसका जुर्म झूठा था, उसे फँसाया गया था! मैं उसे इस झूठ से निकाल सकता था, लेकिन मुझे कोई फ़िक्र नहीं थी। मैंने उसका आखिरी सवाल साफ़-साफ़ सुना जो उसने अपने पिता से किया—आप तो कहते थे, ये आपके भाई की तरह हैं। अगर मेरी जगह इनका बेटा होता, तो क्या ये उसे सलाखों के पीछे भेज देते?

उस क्षण मुझे लगा कि मैं जेल की सलाखों के उस तरफ़ हूँ और सीधा सवाल मुझसे ही किया गया है। इस सवाल का जवाब यह नहीं हो सकता था कि मेरा कोई बेटा नहीं है।

यह अजीब स्थिति थी। हरीर राम सीखचौं के पीछे भी होकर वहाँ नहीं था, और मैं सीखचों के बाहर खड़ा सीखचों के अन्दर चला गया था। दरअसल मैं इन सलाखों से तभी घिर गया था जब मैंने

त्याग-पत्र दिया।

देखिए, दूर अरावली के अँधेरे में कोई छाया फिर उछली। पहले मुझे लगा था कि यह गुरु द्रोण की छाया है जो दिन में शहर के स्काई-स्क्रेपरों के चक्कर लगाती है। मगर अभी मेरे कानों में एक चीख़ की आवाज आयी। क्या आपने सुनी? यह असल में खून से लथपथ अश्वत्थामा का आर्तनाद है। यह अभिशप्त खून उसी सभ्यता का है जिसे उसने ब्रह्मास्त्र से नष्ट करने की चेष्टा की थी। सुनिये, गौर से सुनिये, यह चीख नहीं, चेतावनी है!

अच्छा, आपने भी कई बार अपने वितरकों से कीमती उपहार लिए-घूस प्रत्यक्ष हो या परोक्ष, कैश हो या काइण्ड, इससे कोई फर्क नहीं पड़ता-और उससे किसानों को खाद महँगी मिली। क्योंकि विक्रेता काफ़ी स्वायत्त हो गये। आप एक खाद कम्पनी में ही मैनेजर थे, मिस्टर धीरेन्द्र वर्मा। आपकी आत्मा भी कभी-कभी आपको कुरेदने लगती है जब आप अखबार में किसानों की आत्महत्या की खबर पढ़ते हैं—हमारे देश में हर तीस मिनट बाद एक किसान खुद अपनी जान लेता है। खबर यह भी है कि किसानों ने अपनी किडनी और औरतें बेचीं। भूख के सामने आत्मा हार गयी।

मध्यवर्गीय आत्मा माईक्रोवेव और मोटर-गाड़ी से हारी।

हाँ, आपने ठीक समझा। मैं अपनी कहानी आपकी ज़ुबानी सुनना चाहता था। इसीलिए मैं नौ दिन से उसे सुना रहा था। हर बार श्रोता बदल जाता है, कुछ तफ़सीलें बदल जाती हैं। मगर कहानी एक ही रहती है। जब से मैंने भारत बैंक छोड़ा, मेरा यही काम है : एक ही कहानी को बार-बार सुनाना जिसे अन्ततः श्रोता भी दुहरा देता है।

आखिरी घूँट-फ़रेबी मध्यवर्गीय आत्मा के लिए!

❑❑

प्रस्तावना

पर्यायकी (synonymy) का विषय इस देश के लिए प्रायः नया-सा है। कुछ वर्षों पहले तक दो ऐसे शब्दों को एक-दूसरे के पर्याय (synonyms) कहते थे, जिन्हें एक-दूसरे के स्थान पर बिठाया जा सके। परंतु अब इस शब्द का अर्थ व्यापक हो गया है। अब तो दो ऐसे शब्दों को पर्याय कहते हैं जिनमें कोई एक सारभूत अर्थ सामान्य हो। ऐसे शब्दों में भी अर्थ-छटाएँ भिन्न-भिन्न होती हैं। किसी भी भाषा में ऐसे दो शब्द कदाचित् ही मिलें जिनकी सारी अर्थ-छटाएँ एक-सी हों।

'काला' का अर्थ कोशों में दिया है : काजल, कोयले या धुएँ के रंग का/श्याम/कृष्ण/जैसे—काला आदमी, काला कपड़ा।

'साँवरा' (साँवला, साँवर) का अर्थ है 'हल्का काला'।

इस प्रकार 'काला' और 'साँवरा' पर्यायवाची हुए। किंतु दोनों शब्दों की विवक्षाओं में आकाश-पाताल का अंतर है।

'काला' सामान्यतः अशुभ अथवा बुरे का द्योतक माना जाता है। एक भजन जो आजकल बहुत लोकप्रिय हो गया है, यह है—

यशुमति मैया से बोले नँदलाला—
'राधा क्यों गोरी, मैं क्यों काला !'

इसमें भी भाव तो वही है। किंतु क्या 'काला' का अर्थ सदैव बुरा ही होता है। किसी काले व्यक्ति के शरीर पर कोई सफेद दाग हो तो कोढ़ का चिह्न माना जाता है, किंतु गोरी चमड़ी पर काला तिल गोरे व्यक्ति के सौंदर्य में चार चाँद लगा देता है।

'काला' शब्द से कई संज्ञाएँ भी निकली हैं, जैसे—कालिमा, कलुष, कालस।

कुछ पद भी बहुत प्रचलित हो गए हैं, जैसे—काला-कलूटा, काला-स्याह, काला-भुजंग, काला-आबनूस।

काला स्वयं भी कहीं-कहीं पर संज्ञा-रूप में प्रयुक्त होता है। असहयोग आंदोलन के दिनों में एक गाना लोगों की जुबान पर चढ़ गया था–

आ जा, आ जा, तू मेरे बाँसुरीवाले आ जा,
मेरे काले, मुझे गोरों से बचा ले आऽजा।

एक भजन बहुत प्रचलित हो गया है–

ऊधो मैंने सब कारे अजमाए।
कारे सारे मन के कपटी, कारे विष के जाए।।
कारे नाग पिटारी में राखे, हँसि-हँसि दूध पिलाए,
जब सुधि आई अपने कुटंब की, अँगुरि माँ डसि खाए !

यहाँ यह मान लिया गया है कि काला व्यक्ति हृदय का भी काला, अर्थात् कपटी होता है।

'काला' का अर्थ अनुचित और निंदनीय भी होता है. जैसे–काली करतूत, काली सूची, काले कारनामे, काला धन।

कभी-कभी इसका अर्थ बहुत ही अनर्थकारी भी होता है, जैसे–काला चोर।

कहीं-कहीं पर 'काला' शब्द कलंक या लांछन का भी द्योतक हो जाता है, जैसे–काला मुँह लेकर कहाँ जाएगी।

जब किसी की अत्यधिक निंदा करनी होती है, तो कहते हैं–'वह तो काला नाग है', क्योंकि काला साँप बहुत विषैला होता है। काले नाग के लिए केवल 'काले' का भी प्रयोग होता है, जैसे–उसे काले ने छू दिया है। इसका अर्थ यह है कि उसे काले साँप ने काट लिया है।

यों 'काले कोसों' का अर्थ बहुत दूर होता है, जैसे–'उसका घर काले कोसों दूर है।' यहाँ अशुभवाला भाव नहीं है।

कोशों में साँवला का अर्थ है–हल्का काला। परंतु जहाँ काला में अशुभ की भावना है, वहाँ साँवरा बहुत बार सौंदर्य का द्योतक हो जाता है। भगवान कृष्ण साँवले रंग के कहलाते थे। एक भजन की पहली पंक्ति है–

साँवरे घनश्याम, तुम तो प्रेम के अवतार हो।

एक अन्य भजन है–

साँवरा वंशीवाला, नँदलाला, गोकुल का उजियाला।

एक ओर काली कोठरी अथवा काली गुफा का अर्थ होता है, ऐसी कोठरी अथवा गुफा जिसमें प्रकाश बिल्कुल न हो; घुप अँधेरा हो, दूसरी ओर उपरिलिखित

पंक्ति में साँवरे को गोकुल का उजियाला कहा गया है। साँवरा भगवान कृष्ण का द्योतक तो हो ही गया है, जैसे–

घर आया मेरा साँवरिया, फिर से बाजी बाँसुरिया।

इसके अतिरिक्त बहुत बार 'पति' का सूचक भी हो जाता है। सैकड़ों भजनों में पति के लिए सँवरिया अथवा समलिया का प्रयोग होता है। 'साँवरा न जाने मोरी पीर' में भगवान कृष्ण की ओर संकेत है, किंतु 'समलिया से हम से नाहीं बनी रे' में कदाचित् पति की ओर इंगित है।

पर्यायकी का विषय बहुत ही रोचक है। कभी-कभी पर्यायों के अर्थों के सूक्ष्मांतरों की व्याख्या करने में हम आनंद-विभोर हो जाते हैं। सन् 1986 में मैंने एक पुस्तक लिखी थी–'शब्द-चर्चा', जो बाद में 'राजकमल' से प्रकाशित हुई।

उक्त कृति में मैंने संज्ञाओं और क्रियाओं की थोड़ी-सी पर्याय-मालाएँ दी थीं। ऐसी सूचियाँ कभी परिपूर्ण तो हो ही नहीं सकतीं। कदाचित् उसी ढंग की सैकड़ों शब्द-मालाएँ छूट गई होंगी। उन सबकी पूर्ति करना मेरे बस की बात नहीं है। अतः मैंने सोचा कि कम-से-कम थोड़े-से विशेषणों की पर्याय-मालाएँ और दे दूँ, तो मेरा इस क्षेत्र का काम कुछ आगे बढ़े। अतः यह तुच्छ प्रयास पाठकों के सम्मुख है।

ब्रज मोहन

विषय-क्रम

विशेषण

विशेषण-मालाएँ

विशेषण

1. विशेषण की परिभाषा

1.1

'विशेषण' शब्द का कोशीय अर्थ है किसी संज्ञा की विशेषता बतानेवाला शब्द, जैसे चतुर लड़का। इस पद में 'चतुर' विशेषण है जो 'लड़का' के चातुर्य गुण का द्योतन करता है। उक्त लड़के में यह विशेषता है जो और बहुत-से लड़कों में नहीं पाई जाती। यह विशेषता भावात्मक भी हो सकती है, अभावात्मक भी। 'सावित्री मंदबुद्धि है', इस वाक्य से सावित्री की हीनता द्योतित होती है। किंतु व्याकरण की भाषा में इसे भी विशेषता ही कहेंगे।

परंतु इस सार्वीकरण से भी काम नहीं चला। हम बहुत-से ऐसे शब्दों को विशेषण मानते हैं जो कोई विशेषता अथवा हीनता नहीं बताते, जैसे 'दस नीबू' पद से नीबुओं की संख्या ज्ञात होती है, कोई विशेषता अथवा हीनता ज्ञात नहीं होती। इसी प्रकार 'दो किलो आम' से आमों का परिमाण ज्ञात होता है। इसी तरह पाँच लिटर दूध से। इन पदों में विशेषता अथवा हीनता का कोई प्रश्न नहीं है। अतः हम अपनी परिभाषा को और व्यापक बनाकर कहेंगे कि–

"विशेषण उस शब्द को कहते हैं जो किसी संज्ञा की कोई गुणवत्ता, गुणकर्म अथवा विशेषता बताए।"

अतः इन समस्त पदों के पहले शब्द विशेषण हैं : जंगली जानवर, पहाड़ी मैना, बनारसी बोली, लँगड़ा आम, दो बैल, चालीस चोर, ढेरों अमरूद।

1.2

(1) यदि हम कहें 'फूल' तो इस शब्द में संसार के सारे फूलों का समावेश हो गया। किसी भी स्थान पर कोई भी फूल हो, चाहे किसी रंग का, कैसी भी सुगंध का, किसी भी आकार का ··· उसका द्योतन 'फूल' शब्द से हो जाएगा। परंतु यदि हम कहें 'पीला फूल' तो इस पद की विवक्षा से वे सारे फूल निकल गए जो सफ़ेद, लाल, नीले हों अथवा पीले के अतिरिक्त और किसी रंग के हों। अतः हम कह

सकते हैं कि 'पीला' कहने से फूल की व्यापकता मर्यादित हो गई। इसी प्रकार 'काला आदमी' कहते ही 'आदमी' की व्यापकता मर्यादित हो गई।

(2) किंतु यह नहीं समझना चाहिए कि प्रत्येक विशेषण सदैव संज्ञा की व्यापकता का ह्रास ही करता है। जब हम कहते हैं 'सम्राट अशोक' तो इसमें 'अशोक' की व्यापकता पर कोई प्रभाव नहीं पड़ता। जो 'अशोक' है, वही सम्राट अशोक है। इसी प्रकार 'सती सावित्री' अथवा 'चंचला लक्ष्मी' कहने से तत्संबंधी संज्ञा की व्यापकता ज्यों-की-त्यों बनी रहती है।

(3) यह तो रही व्यक्तिवाचक संज्ञाओं की बात। जातिवाचक संज्ञाओं की व्यापकता भी विशेषणों के द्वारा सदैव मर्यादित नहीं होती। जब किसी जातिवाचक संज्ञा के साथ कोई ऐसा विशेषण प्रयुक्त होता है जो उक्त संज्ञा का साधारण गुणधर्म व्यक्त करता हो, तो संज्ञा की व्यापकता पर आँच नहीं आती। 'काली भैंस' कहने से भैंस की व्यापकता नहीं घटती, क्योंकि भैंसें तो सभी काली होती हैं। इसी प्रकार अबोध बालक, मीठी रबड़ी और मूक पशु को भी समझना चाहिए। एक विवादग्रस्त प्रश्न यह है कि 'स्त्री' के पहले 'बातूनी' कह देने से 'स्त्री' की व्यापकता घटती है या नहीं।

पत्नी (पति से)–क्यों जी, क्या तुम नहीं मानते कि बातूनी स्त्रियाँ लोकप्रिय होती हैं ?

पति–स्त्रियाँ और किस-किस प्रकार की होती हैं, जरा यह भी बताओ !

ऐसे शब्द जो किसी संज्ञा के सामान्य गुण का ही द्योतन करते हैं, कोई नई बात नहीं बताते, समानाधिकरण कहलाते हैं, जैसे–'ओ, उड़नेवाले पंछी !' 'ओ, मेरे मिट्टी के शेर !'

किंतु यदि किसी पद में परस्पर विरोधी गुण दिए हों तो उसका कोई अर्थ ही नहीं होता, जैसे मीठा नमक, उबलता हुआ बरफ, लंबा बौना।

(4) विशेषण संज्ञा के अतिरिक्त सर्वनामों की भी विशेषता बताते हैं, जैसे–गोपाल बिन आई में मारा गया, वह तो बड़ा ईमानदार था। यहाँ ईमानदार सर्वनाम 'वह' का विशेषण है।

(5) विशेषण का प्रयोग दो प्रकार से होता है। [क] जब वह संज्ञा अथवा सर्वनाम से पहले आता है, तब विशेष्य-विशेषण अथवा उद्देश्य विशेषण कहलाता है, जैसे–झूठी बात मत बोलो। [ख] जब वह विशेषण के पश्चात् आता है, तब उसे विधेय-विशेषण कहते हैं, जैसे–वह बात झूठी थी।

उदाहरण

विशेष्य-विशेषण	**विधेय-विशेषण**
पहलवान लक्ष्मण हार गया।	लक्ष्मण पहलवान है।
खिलाड़ी लड़के स्वस्थ होते हैं।	रामदास का लड़का खिलाड़ी है।
किसी दुष्ट व्यक्ति के साथ मत जाना।	कल जिसके साथ गए थे, वह दुष्ट था।

पति (पत्नी से)–सुनते हैं कि मूर्ख व्यक्ति बहुधा सुंदर स्त्रियों से विवाह करते हैं।

पत्नी–अहा ! आज पहली बार तुमने इतने बढ़िया शब्दों में मुझे सुंदर कहा है !

यहाँ पहले वाक्य में 'मूर्ख' और 'सुंदर' विशेष्य-विशेषण हैं। दूसरे वाक्य में 'पहली' और 'बढ़िया' विशेष्य-विशेषण हैं, सुंदर विधेय-विशेषण।

(6) विधेय-विशेषण समानाधिकरण होते हैं। "मोटे लोग मंदबुद्धि होते हैं।" यहाँ 'मोटे' विशेष्य-विशेषण है, 'मंदबुद्धि' विधेय-विशेषण। 'मोटे' शब्द से 'लोग' की व्यापकता घटती है। 'मंदबुद्धि' कहने से और नहीं घटती। केवल 'मोटे लोगों' के विषय में एक नई सूचना मिलती है।

(7) विशेषण विकारी शब्द होते हैं। इनका लिंग, वचन और कारक विशेष्य के साथ बदलता है, जैसे [क] लिंग के अनुसार–काला कुत्ता, काली कुतिया, पीला मुर्ग़ा, पीली मुर्ग़ी; [ख] वचन के अनुसार–काले कुत्ते, पीले मुर्ग़े, काली बिल्लियाँ, काले बादल; [ग] कारक के अनुसार–काले कुत्तों ने, पीले मुर्ग़ों में, नीली गायों पर। किंतु ये परिवर्तन अधिकतर आकारांत पुल्लिंग शब्दों में ही होते हैं। 'नीला घोड़ा' का स्त्रीलिंग रूप 'नीली घोड़ी' होगा, बहुवचन 'नीले घोड़े' होगा, कारक-रूप 'नीले घोड़ों पर' होगा। परंतु इसके विपरीत 'काली मैना', 'काली मैनाएँ' और 'काली मैनाओं का' रूप ही रहेंगे।

यह बात भी ध्यान देने योग्य है कि लिंग, वचन, कारक का प्रभाव विशेष्य पर ही पड़ता है, विशेषण पर नहीं। हम 'कालियों मैनाओं को' नहीं कहते, यद्यपि पंजाब की ओर कुछ लोग ऐसे प्रयोग भी करते हैं, परंतु उन्हें अपवादस्वरूप मानना चाहिए। इसी प्रकार 'सुंदर पुरुष' का स्त्री-रूप 'सुंदर स्त्री' होगा, 'सुंदरी स्त्री' नहीं। 'सुंदर लड़का' का बहुवचन 'सुंदर लड़के' होगा, 'सुंदरे लड़के' नहीं।

यदि किसी वाक्य में कई विशेष्य हों और उनके लिए एक ही विशेषण पद का प्रयोग किया गया हो, तो विशेषण का लिंग, वचन और कारक विशेषण के निकटस्थ विशेष्य के लिंग, वचन और कारक के अनुसार होगा। जैसे–काला घोड़ा और गाय चले गए, हरी घास और चने देखने में सुंदर लगते हैं।

1.3

विशेषण तीन प्रकार के होते हैं–(क) सार्वनामिक, (ख) गुणवाचक (ग) परिमाणवाचक।

कुछ लेखक एक चौथे प्रकार का विशेषण भी परिभाषित करते हैं–प्रविशेषण। जो शब्द विशेषण के विशेषण होते हैं, प्रविशेषण कहलाते हैं, जैसे–अर्जुन बड़ा बहादुर था, रंजना बहुत सुंदर है, वह अत्यंत बुद्धिमान है।

2. सार्वनामिक विशेषण

2.1

ऐसे सार्वनाम जो विशेषण के रूप में प्रयुक्त किए जाते हैं, सार्वनामिक विशेषण कहलाते हैं। जैसे–**वह** नौकर आया तो था, पर लौट भी गया। **यह** बात तो मुझे भी मालूम थी। चले ही जाओगे तो **कौन-सा** ग़ज़ब हो जायगा ?

पुरुषवाचक सर्वनामों (मैं, हम, तू, तुम, आप) और निजवाचक सर्वनाम (आप) को छोड़कर सारे सर्वनाम विशेषणों की तरह प्रयुक्त होते हैं। जब ये शब्द अकेले आते हैं, तब सर्वनाम होते हैं; जब किसी संज्ञा से संलग्न रहते हैं, तब सार्वनामिक विशेषण कहलाते हैं। जैसे–

सर्वनाम	**सार्वनामिक विशेषण**
यही तो मैं भी कहता हूँ।	**यही** बात तो मैं भी कहता हूँ।
वह खा रहा है।	**वह** लड़की खा रही है।
किसी को बुलाओ।	**किसी** छात्र को बुलाओ।
कौन कहता है ?	**कौन-सा** मुँह लेकर जाऊँ ?
एक बस तुम ही हमारे न हुए, वरनः दुनिया में **क्या** नहीं होता।	मेरे लिए **क्या** शब्द कहकर जा रहे हो, यह याद रखना।

यह बात ध्यान देने योग्य है कि पुरुष और निजवाचक सर्वनाम संज्ञा के साथ आने पर भी विशेषण नहीं बन जाते, बल्कि संज्ञा के समानाधिकरण कहलाते हैं, जैसे–(i) मैं, प्रीतम सिंह, मानता हूँ कि मुझसे गलती हो गई है। यहाँ प्रीतम सिंह 'मैं' के अर्थ को स्पष्ट करता है। जो 'मैं' हूँ, वही प्रीतम सिंह है। इसी कारण क्रिया भी 'मैं' के अनुसार ही है। (ii) "मैं आप चला आऊँगा" में 'आप' और "वह महिला स्वयं विदुषी है" में 'स्वयं' समानाधिकरण हैं।

2.2

सार्वनामिक विशेषण व्युत्पत्ति के विचार से दो प्रकार के होते हैं : (क) मूल सार्वनामिक–मूल सर्वनाम जो बिना किसी रूपांतर के विशेषण-रूप में प्रयुक्त होते हैं, जैसे–यह अल्मारी, वह शरीफ़े, कुछ तितलियाँ, कोई फूल। इन उदाहरणों में यह, वह, कुछ, कोई अपने मूल रूप में प्रयुक्त हुए हैं, अर्थात् इनमें कोई परिवर्तन नहीं हुआ है, और ये विशेषणों का काम दे रहे हैं। अतः ये मूल सार्वनामिक विशेषण हैं।

(ख) यौगिक सार्वनामिक–जो मूल सर्वनामों में प्रत्यय आदि लगाने से बनते हैं, जैसे–

'यह' से इतना, इतनी, इतने, ऐसा, ऐसी, ऐसे;
'वह' से उतना, उतनी, उतने, वैसा, वैसी, वैसे;

'जो' से जितना, जितनी, जितने, जैसा, जैसी, जैसे;

'कौन' से कितना, कितनी, कितने, कैसा, कैसी, कैसे।

उदाहरण–इतना दूध, कैसे आम, कितनी दवा, जितना तेल कहो, उतना लाऊँ, ऐसा घोड़ा। इनमें से ऐसे, वैसे, जैसे आदि क्रिया-विशेषण का काम भी देते हैं, जैसे–

ऐसे मत चलो, सीधे चलो; वैसे तो वह भला मानुस है; जैसा करोगे, वैसा भरोगे; आज कैसे आए ?

किंतु 'जैसा देश, वैसा भेष' में जैसा और वैसा संज्ञा-विशेषण ही हैं, क्रिया-विशेषण नहीं।

विशेषणों के विशिष्ट प्रयोग

(1) संज्ञा-रूप में प्रयोग–कभी-कभी विशेषण का स्वतंत्र रूप से प्रयोग होता है, अर्थात् बिना किसी संज्ञा के साथ के। ऐसी स्थिति में उक्त विशेषण संज्ञा ही कहलाते हैं, जैसे–मैंने अच्छे-अच्छों को देखा है; क्षमा बड़िन को चाहिए, छोटन को उत्पात; भूखे को रोटी का, बेकार को रोज़ी का इंतज़ार है; बड़े आए मुझे ताना मारनेवाले।

(2) यौगिक संबंधवाचक सार्वनामिक विशेषणों के साथ उनके नित्यसंबंधी विशेषण आते हैं, जैसे–खाना बहुत कम खाता है, फिर भी जैसे का तैसा बना हुआ है। मच्छी-मच्छी कित्ता (कितना) पानी, सौन चिरैया इत्ता (इतना) पानी।

3. गुणवाचक विशेषण

3.1

व्याकरण की दृष्टि से दोषों और अवगुणों का समावेश भी गुणों में ही होता है। जैसे–दानी व्यक्ति, कंजूस लाला, बहादुर सिपाही, डरपोक व्यापारी।

गुणवाचक विशेषणों की संख्या सबसे अधिक है। इनके वर्गीकरण के कुछ आधार इस प्रकार हैं–

(1) दृश्यता : आकर्षक, कमनीय, चारु, छबीला, मंजुल, मनोरम, मनोहर, मुग्धकारी, मोहक, ललाम, ललित, सलोना, सुंदर।

(2) रंग : काला, चमकीला, चटक, चटकीला, गहरा, तेज, धुँधला, नीला, पक्का, पीला, फीका, बैंगनी, लाल, हल्का, हरा, सफेद, सुनहरी।

(3) गंध : खुशबूदार, दुर्गंधपूर्ण, बदबूदार, सुगंधित।

(4) स्वाद : कड़आ, कसैला, खट्टा, चटपटा, नमकीन, मीठा।

(5) आकार : गोल, चौड़ा, टेढ़ा, तिरछा, नुकीला, लंबा, वर्तुल।

(6) स्थौल्य : दुबला, पतला, मोटा, स्थूल।

(7) स्पर्श : ऊबड़-खाबड़, कठोर, कोमल, खुरदरा, नर्म, समतल।

(8) गुण : अच्छा, दयालु, भला, शांत, सज्जन, सुशील।

(9) अवगुण : अधम, आसुरी, कमीना, कुटिल, खल, खोटा, झूठा, दुष्ट, नीच, पाजी, पामर, पैशाचिक, बुरा, लुच्चा।

(10) स्वास्थ्य : मजबूत, रोगी, स्वस्थ।

(11) दिशा : उत्तरी, दक्षिणी, पश्चिमी, पूर्वी।

(12) स्थान या देश : देशी, विदेशी, भारतीय, रूसी, यूरोपीय।

(13) समय : दैनिक, मासिक, वार्षिक, साप्ताहिक।

ये वर्ग उदाहरणस्वरूप दिए गए हैं। इसी प्रकार के सैकड़ों अन्य वर्ग बनाए जा सकते हैं। और यह आवश्यक नहीं है कि नए वर्ग युक्तिसंगत ही हों। प्रत्येक लेखक अपने ही ढंग से वर्गीकरण करेगा।

3.2

एक विवादग्रस्त प्रश्न यह है कि सर्वनामों के संबंध के कारकीय रूपों--मेरा, हमारा, तेरा, तुम्हारा, आपका—को सार्वनामिक विशेषण माना जाय या नहीं। प्रयोग में तो ये सब विशेषण-से ही लगते हैं क्योंकि इनका प्रयोग विशेषण-रूप में ही होता है, जैसे—मेरा पंखा, हमारी पुस्तक, तेरे बाल, तुम्हारा मकान, आपकी मेज।

किंतु पंडित किशोरीदास वाजपेयी का मत यह है कि इन्हें 'भेदक' माना जाय। इस विषय में उनके विचार पठनीय हैं। (*हिंदी शब्दानुशासन*, नागरी प्रचारिणी सभा, काशी, तृतीय संस्करण, पृ. 302)

ये संबंधकारकीय रूप, वस्तु के किसी अंतर्निहित गुण के द्योतक नहीं हैं, केवल सांयोगिक स्वामित्व की अभिव्यक्ति करते हैं। इसके अतिरिक्त, यदि इन सबको विशेषण मान लिया जाए तो इन संबंध कारकों का क्या होगा—राम का बेटा, लकड़ी का संदूक, लखनऊ के ख़रबूज़े, देश की जलवायु।

इन्हीं से मिलते-जुलते ये शब्द भी हैं—बनारसी आम, पहाड़ी आलू, जंगली जानवर। यदि हम कहते हैं 'लखनऊ के ख़रबूज़े' तो मतलब होता है, ऐसे ख़रबूज़े जो लखनऊ में पैदा किए गए हों, किंतु यदि हम कहें 'लखनौआ ख़रबूज़े' तो ये उन ख़रबूज़ों की गुणवत्ता के द्योतक हो जाएँगे। 'बनारसी आम' में एक विशेष प्रकार की मिठास होती है, किंतु 'बनारस के आम' में वह बात नहीं है। यदि हम बनारसी लँगड़े का बीज ले जाकर सहारनपुर में बो दें, और पौधा पनप जाय तो उसे भी बनारसी लँगड़ा ही कहा जायगा, क्योंकि उसमें भी वही गंध होगी जो बनारस में बोए हुए

बनारसी लँगड़े में होती है। किंतु यह आवश्यक नहीं है कि बनारस के प्रत्येक आम में वही गंध हो। इस कठिनाई से बचने के लिए कुछ वैयाकरणों ने विशेषणों के एक अन्य प्रकार का आविष्कार किया—व्यक्तिवाचक विशेषण का, जो किसी व्यक्ति अथवा नगर, देश आदि के नाम से संबद्ध हो, जैसे—भारतीय रेल, बंबइया छपाई, देशी परवल। यहाँ तक तो ठीक है, किंतु कुछ लोग 'लखनऊ के ख़रबूज़े' पद का प्रयोग 'लखनौआ ख़रबूज़े' के अर्थ में करते हैं। फिर, हापड़ के पापड़, संडीले के लड्डू, बुटुअल का घी, क्या केवल उक्त वस्तुओं के उद्गम की ओर ही इंगित करते हैं, या इनकी गुणवत्ता के भी द्योतक हैं ? फिर, इस प्रकार की अभिव्यंजनाएँ किस वर्ग में रखी जाएँगी—भगीरथ-प्रयत्न, हनुमान-कूद (बहुत लंबी कुदान), अंगद-कूद (बहुत ऊँची कुदान) ?

पहाड़ी आलू केवल पहाड़ पर ही नहीं, मैदान में भी पैदा किए जाते हैं। जंगली जानवर केवल जंगलचारी ही नहीं होते, वे ऐसे होते हैं जो आसानी से पालतू नहीं बनाए जा सकते, और जंगली पौधे वे होते हैं जो आप-से-आप उग आते हैं।

हमारे विचार से सुविधा इसी में है कि हम उन शब्दों को विशेषण मानें जो संबंध प्रत्ययों द्वारा बनाए गए हों, जैसे—देहरादूनी चावल, नागपुरी संतरा, विलायती अनार। और, जिन पदों में संबंध विभक्ति हो, वे संबंध कारक ही समझे जायँ, उन्हें विशेषण न कहा जाय, जैसे—आम की बाड़ी, अमृतसर के आड़ू, बंगाल का बाघ।

किंतु यह भी समस्या का कोई संतोषजनक हल नहीं है। यदि 'जौनपुरी इमरती' को 'जौनपुर की इमरती', संभली सिंघाड़े को 'संभल का सिंघाड़ा' कहें तो कौन रोक लेगा। बातचीत के दो अंश देखिए—

जज (गवाह से, जो एक मछेरा है)—क्या तुम्हें पता नहीं कि देश में 'स्वदेशी खरीदो' का आंदोलन चला हुआ है और सरकार की भी यही नीति है।

मछेरा—जी हुजूर, बिल्कुल पता है।

जज—फिर तुम ये मछलियाँ पकड़कर क्यों लाए हो। ये तो हिंदुस्तानी नहीं हैं। ऐसी मछलियाँ तो उत्तरी ध्रुव सागर में होती हैं।

मछेरा—हुजूर, हिंदुस्तानी बनने के लिए ही ये मछलियाँ उत्तरी ध्रुव सागर से तैरकर हिंद महासागर में आई थीं।

× × ×

पूछ-ताछ आयोग (गवाह से)—हम जानना चाहते हैं कि तुम्हारी राष्ट्रीयता क्या है। अपने जन्म-स्थान और परिवार आदि के विषय में कुछ बताओ।

गवाह—मेरे पिता अमेरिकन थे, और माता जर्मन। मैं एक चीनी जहाज में तब पैदा हुआ था, जब वह हिंद महासागर में भ्रमण कर रहा था।

आयोग—ओह, तुम तो स्वयं एक राष्ट्रसंघ हो !

सोचने की बात यह है कि 'बहुत' सुंदर का विशेषण है जो स्वयं भी एक विशेषण है। किंतु क्या 'बहुत' सदैव, अथवा सामान्यतः विशेषण को ही विशेषित करता है। "वह बहुत क्रोधी है।" इस वाक्य में 'बहुत' क्रोधी विशेषण का विशेषण है, किंतु "श्याम के पास बहुत धन है", इसमें 'बहुत' धन का विशेषण है, जो एक संज्ञा है। इस दोहे पर विचार कीजिए–

बहुत देर से दर पे आँखें लगी थीं,
हुजूर, आते-आते बहुत देर कर दी।.

इस दोहे में दो बार 'बहुत' का प्रयोग हुआ है, और दोनों बार संज्ञा के विशेषण-रूप में। प्रकृतिशः कोई विशेषण संज्ञा अथवा सर्वनाम को ही विशेषित करता है, किंतु कभी-कभी विशेषण को भी विशेषित कर देता है। उसके लिए कोई अलग नाम रखना अनावश्यक है। यों चाहे उन्हें विशेषण का विशेषण कह दें, चाहे प्रविशेषण।

4. परिमाणबोधक विशेषण

परिमाणबोधक विशेषणों के दो वर्ग होते हैं : 1. संख्यात्मक, 2. मात्रात्मक।

[1] संख्यात्मक विशेषण

संख्यात्मक विशेषणों से वस्तुओं अथवा व्यक्तियों की संख्या का ज्ञान होता है, जैसे–दस पुस्तकें, छठा अध्याय, दोनों लड़के, सैकड़ों आदमी। ये सब निश्चित संख्यात्मक विशेषणों के उदाहरण हैं। अनिश्चित संख्यात्मक विशेषणों से विशेष्यों की अनिश्चित संख्या का बोध होता है, जैसे–थोड़े-से बादाम, कुछ लोग, बहुत-सी चींटियाँ, सबके सब आम।

निश्चित संख्यात्मक विशेषण पाँच प्रकार के होते हैं–

(1) गणनात्मक, अर्थात् गिनती बतानेवाले, जैसे–एक, दो, तीन, आठ, ग्यारह, पचास, सौ। ये भी दो प्रकार के होते हैं : (क) पूर्णांक बोधक–एक, दो, दस, चालीस; (ख) अपूर्णांक बोधक–चौथाई, आधा, डेढ़, ढाई।

(2) क्रमात्मक, जो क्रम का ज्ञान कराते हैं, जैसे–पहला, दूसरा, नौवाँ, बाईसवाँ, सौवाँ।

(3) समूहवाचक, जैसे–दोनों, तीनों, सातों, हजारों।

(क) अब देखें श्री ओमप्रकाश शर्मा की पुस्तक, *हिंदी व्याकरण–नवमूल्यांकन*,

सूर्य प्रकाशन, दिल्ली। पृष्ठ 205 पर आप लिखते हैं : "एक वर्ग की सभी वस्तुओं का एक ही साथ उल्लेख करने के लिए संख्या के साथ 'ओं' लगाया जाता है, जैसे—चारों वेद, सातों ग्रह··· 'दो' और 'सौ' इसके अपवाद हैं, क्योंकि दो के साथ नों लगता है। और सौ के साथ सैकड़ा लगकर उसके साथ ओं लगता है, जैसे सैकड़ों आदि।" इसी संदर्भ में देखें श्री कामताप्रसाद गुरु का *हिंदी व्याकरण*, अंक 179 (ई) : "बीस, पचास, सैकड़ा, हज़ार, लाख और करोड़ में ओं जोड़ने से अनिश्चय का बोध होता है, जैसे बीसों आदमी, पचासों घर, सैकड़ों रुपए, हजारों बरस, करोड़ों पंडित··· "

हम उक्त दोनों लेखकों से असहमत हैं। यदि बैठक में 20 आदमी बैठे हों, और सबके सब चले जायँ तो हम कहेंगे कि बीसों आदमी चले गए। किंतु जब हम कहते हैं कि बीसियों आदमी रोगी को देखने आते हैं तो मतलब यह होता है कि बीस से कहीं अधिक व्यक्ति आते हैं। यों इक्कीस के लिए भी बीसियों का प्रयोग कर देते हैं, किंतु वह कोई बढ़िया प्रयोग नहीं है। स्पष्ट है कि कुछ संख्याओं के दो-दो बहुवचन-रूप होते हैं : एक निश्चित संख्यात्मक, दूसरा अनिश्चित संख्यात्मक, जैसे—दस : दसों, दसियों, पचास : पचासों, पचासियों; सौ : सौओं, सैकड़ों। यदि बाग़ में आम के 100 पेड़ हैं, और सबमें कीड़ा लग जाय, तो हम कहेंगे कि सौओं पेड़ों में कीड़ा लग गया। किंतु यदि बाग़ में सैकड़ों पेड़ हैं और बहुतों में कीड़ा लग जाय तो हम कह सकते हैं कि सैकड़ों पेड़ों में कीड़ा लग गया। मतलब यह है कि कम-से-कम 100 में तो लग ही गया। पहले प्रयोग में सौओं के बदले सैकड़ों नहीं आ सकता, दूसरे में सैकड़ों के बदले सौओं नहीं आ सकता।

पहेली : ना मारा, ना खून किया, बीसों का सिर काट लिया।

(ख) कभी-कभी सामूहिकता द्योतित करने के लिए 'के' का प्रयोग करते हैं, जैसे—वह तो दस के दसों आम खा गया। पचास के पचासों पौधे सड़ गए।

(ग) जब दो संख्यात्मक विशेषणों का समास बनाकर प्रयोग किया जाता है, तब उससे अर्ध-निश्चय का बोध होता है, जैसे—दो-चार क्या, मैं दस-पाँच को भी अपने आगे कुछ नहीं समझता। क्यों दो-चार रुपयों के लिए जान दिए देते हो।

(घ) यदि किसी पूर्णांक के आगे 'एक' लगा दिया जाय तो उसमें अनिश्चितता आ जाती है, जैसे—होंगे कोई बीस-एक शरीफ़े। अर्थात्, शरीफ़ों की संख्या बीस के आसपास होगी; 18-19 भी हो सकती है; 21-22 भी। इसी प्रकार, पुलिस की भिड़ंत में कोई पचास-एक आदमी मारे गए होंगे। प्रायः, लगभग, करीब-करीब भी इसी वर्ग में आते हैं। किसी ज़माने में पुलिसमैनों की भर्ती के लिए सरल अंकगणित की परीक्षा हुआ करती थी। एक बार एक प्रश्न आया : 14 को 7 से गुणा करो। एक प्रत्याशी का उत्तर था—निन्यानवे। परीक्षक ने उसे पूरे अंक

दे दिए, और उसकी कापी पर लिख दिया—उत्तर करीब-करीब ठीक है।

(ङ) कुछ समूहवाचक संख्याओं के विशेष नाम पड़ गए हैं :

दो=जोड़ा, जोड़ी।	तीन=तिकड़ी।
चार=चौकड़ी, गंडा।	पाँच=पंजा, गाही।
दस=दहाई।	छह=छक्का।
बीस=कोड़ी, बीसी।	बारह=दर्जन।
बत्तीस=बत्तीसी।	पचीस=पचीसी।
सौ=सैकड़ा।	चालीस=चालीसा।

भारत ने माप-तोल की दशमिक प्रणाली सन् 1957 में अपनाई थी। उससे पहले दर्जनों प्रणालियाँ काम करती थीं। आम, दीये और आँवले पंजों में बिकते थे। जब कभी इन वस्तुओं का भाव पूछना होता था, प्रश्न यह नहीं होता था कि रुपए में कितने, वरन यह कि रुपए में कितने पंजे।

एक बात और भी अचरज की थी : सैकड़ों का अर्थ गिनती के 100 नहीं होता था। कहीं 26 पंजे होता था, कहीं 30 पंजे, कहीं 36 पंजे। यदि उपलों का भाव 40 पैसे सैकड़ा होता था तो 40 पैसे में 36 पंजे, अर्थात् 180 उपले मिलते थे।

तौलिया अद्दों में बिकता था, नारंगियाँ दर्जनों में, काग़ज़ दस्तों में (एक दस्ता=25 काग़ज़) या ग्रुस में (एक ग्रुस=144 काग़ज़)। काग़ज़ को कहीं-कहीं तख़्ता भी कहते थे।

भिन्न-भिन्न प्रणालियों का एक कारण यह अवश्य रहा होगा कि पुराने समय में यातायात के साधन बहुत कम थे। अतः एक गाँव के निवासी दूसरे गाँव के निवासियों के संपर्क में बहुत कम आते थे। इसलिए विचार-विनिमय और आदान-प्रदान हो नहीं पाता था। नाप-तोल की जो प्रणाली किसी गाँव में चल पड़ी, वह उसी गाँव की होकर रह गई।

किंतु एक प्रथा प्रायः सर्वसामान्य दिखाई देती है। अधिकतर लोग जब उँगलियों से गिनती गिनते हैं, बाएँ हाथ की उँगलियों से ही आरंभ करते हैं। कारण यह रहा होगा कि हमारे पुरखे सुरक्षा के लिए दाहिने हाथ में लाठी या कोई हर्बा रखते थे। अतः गिनती के लिए बायाँ हाथ ही खाली रहता था।

कानपुर का एक बरतनों का दुकानदार था। उसकी आदत थी कि बाएँ हाथ से गिनती गिनता रहता था, और दाहिने हाथ से सिर खुजाता रहता था। एक दिन मैं उसकी दुकान पर बैठा हुआ था कि एक ग्राहक आया, जिसने दुकानदार से चम्मच दिखाने को कहा। दुकानदार ने कदाचित् सुनी-अनसुनी कर दी। ग्राहक ने अपनी माँग दुहराई, तो मैं उससे बोला—"देखते नहीं, दोनों हाथ घिरे हुए हैं ! तुम्हें चम्मच कैसे दिखाएँ !"

उस दिन से न तो दुकानदार ने दाहिने हाथ से सिर खुजाया, न बाएँ हाथ से गिनती गिनी।

(च) जब से भारत सरकार ने द्रव्य में दशमिक प्रणाली अपनाई है, तब से आना, चौअन्नी, अठन्नी, आदि शब्द निरर्थक हो गए हैं। 'पाँच पैसों का सिक्का और दस पैसों का सिक्का'–इन सिक्कों के कोई विशेष नाम नहीं रखे गए हैं। इनके बदले 'पाँच पैसे' और 'दस पैसे' जैसे पदबंधों से काम चला लेते हैं, किंतु ये नाम ग़लत हैं। यदि हम एक-एक पैसे के पाँच सिक्के पास-पास रख दें तो उन्हें पाँच पैसे कहेंगे। किंतु पाँच पैसे के सिक्के को 'पाँच पैसे' कदापि नहीं कह सकते। इस संबंध में हम ऐसा प्रस्ताव देते हैं जिससे ऐसे सारे नाम एकरूप हो जाएँगे। हम जानते हैं कि आधे रुपए, अर्थात् 50 पैसे के सिक्के का एक नाम 'धेली' भी था। इसी प्रकार 25 पैसे के सिक्के का नाम पाउली भी था। हम इन दोनों नामों का उपयोग करके अपना प्रस्ताव इस रूप में देते हैं :

1 पैसे का सिक्का=पैसी, इस प्रकार पुराने पैसे से इसका अंतर भी स्पष्ट हो जायगा। स्पष्ट है कि पुराना पैसा=लगभग $1\frac{1}{2}$ पैसी।

2 पैसे का सिक्का	=	दुग्गी
3 पैसे का सिक्का	=	तिग्गी
5 पैसे का सिक्का	=	पंजी
10 पैसे का सिक्का	=	दहली
25 पैसे का सिक्का	=	पाउली
50 पैसे का सिक्का	=	धेली
100 पैसे का सिक्का	=	1 रुपया = 1 रूपी

यदि हम अंग्रेजी शब्द रूपी को अपना लें तो हमारी सारी नामावली एकरूप हो जाए। हमने यह प्रस्ताव केंद्रीय सरकार के पास भेजा, किंतु किसी ने ध्यान ही न दिया।

अपूर्णांक बोधक

अपूर्णांक बोधक संख्याओं को भिन्नात्मक संख्याएँ भी कहते हैं, जैसे–

पाव=चौथाई भाग	= $\frac{1}{4}$	=	सवा	$=1\frac{1}{4}$
आधा	= $\frac{1}{2}$	=	डेढ़	$=1\frac{1}{2}$
पौन	= $\frac{3}{4}$	=	पौने दो	$=1\frac{3}{4}$
ढाई, अढाई	= $2\frac{1}{2}$	=	ढाई सौ	= 250
पौने चार हज़ार	= 3750		सवा नौ हज़ार	=9250

तीन मित्र एक नौका में भ्रमण कर रहे थे। दिन-भर यात्रा करते थे, रात को किनारे के किसी नगर के पास नौका लगा लेते थे। उनमें से दो सौदा लेने नगर चले जाते थे। एक नौका की रखवाली के लिए रह जाता था।

एक दिन जो व्यक्ति रखवाली कर रहा था, उसने कुछ अधिक ही चढ़ा ली थी। जब वे दोनों लौट आए तो यह उन पर बरस पड़ा—तुम लोग तो नगर में मौज कर रहे थे। मेरे प्राण संकट में डाल गए।

उनमें से एक (जिसका नाम भोला था)—संकट कैसा ?

वह—तुम्हारे पीछे $26\frac{3}{4}$ हंसों ने मुझ पर आक्रमण किया। मुझे लहूलुहान कर दिया।

भोला—$26\frac{3}{4}$ हंस का क्या मतलब ?

वह—26 हंस तो पूरे थे, एक मरणासन्न था।

भोला—पर, तुम्हारे शरीर पर तो रक्त का कोई चिह्न नहीं है।

वह—तो क्या मैं झूठ बोल रहा हूँ।

भोला—नहीं, नहीं, तुम तो सत्यवादी हो। पर हंस कुल कितने थे ?

वह—$21\frac{3}{4}$ ।

भोला—आधे हंस का क्या मतलब ?

वह—उनमें से एक बौना था।

भोला—पर तुमने अभी तो हंसों की संख्या $26\frac{3}{4}$ बताई थी।

वह—बिल्कुल ग़लत। मैंने तो $26\frac{1}{4}$ बताई थी। क्या तुम समझते हो कि मुझे गिनना भी नहीं आता।

सवेरे जब उन दोनों ने एक-दूसरे से पूछा कि क्यों भई, रात हंसों का क्या किस्सा था ? तो—

वह—हंस कैसे ?

भोला—तुमने रात कहा था कि तुम्हारे ऊपर हंसों ने आक्रमण किया था।

वह—तुमने कोई स्वप्न देखा होगा।

x x x

कभी-कभी एक और आधा मिलाकर एकाध समास बना लेते हैं, जैसे—आज भूख नहीं है, एकाध रोटी भले ही खाऊँ। यहाँ एकाध का अर्थ है एक या डेढ़, अधिक से अधिक दो।

क्रमवाचक विशेषण

जैसाकि नाम से ही स्पष्ट है, क्रमवाचक विशेषण संख्याओं का क्रम द्योतित करते हैं। प्रतियोगिताओं में क्रम-संख्याएँ ही काम में आती हैं। उन्हीं के अनुसार प्रथम, द्वितीय पारितोषिक दिए जाते हैं।

तिथियों के नामों में भी यही संख्याएँ प्रयुक्त होती हैं, जैसे—दूज, तीज, चौथ, पाँचें, अथवा द्वितीया, तृतीया, चतुर्थी।

(क) *महाभारत* में एक प्रसंग देवकी की प्रथम संतान का आता है। कंस को ज्योतिषियों ने बताया था कि देवकी का आठवाँ पुत्र कंस का हंता होगा। अतः जब देवकी का पहला पुत्र हुआ, तो कंस ने सोचा कि यह तो पहला पुत्र है। इसको मारना अनावश्यक हत्या है। उसे छोड़ दिया। घूमते-घामते नारदजी वहाँ पहुँच गए। वे चाहते थे कि कंस के पापों का घड़ा शीघ्र ही भर जाय ताकि भगवान कृष्ण के प्रादुर्भाव में देर न लगे। उन्होंने कंस के सामने आठ गुट्टे एक वृत्त में रख दिए और बोले कि अब बताओ, कौन-सा गुट्टा पहला है और कौन-सा आठवाँ। यों समझना चाहिए कि वे चाहते थे कि कंस गण-संख्या से काम ले, न कि क्रम-संख्या से। कंस चक्कर खा गया और उसने देवकी के प्रथम पुत्र को मार दिया।

(ख) एक शराबी ने सड़क की एक पटरी पर खड़े होकर किसी से पूछा कि सड़क की दूसरी पटरी किधर है ?

वह बोला कि देखते नहीं हो, सामने ही है।

शराबी बोला—बड़ी परेशानी है। जब उस पटरी पर जाता हूँ तो लोग बताते हैं कि दूसरी पटरी इधर है। इधर आता हूँ तो लोग कहते हैं कि उधर है। समझ में नहीं आता, किधर जाऊँ।

गुणात्मक विशेषण

जैसे—दुगुना, तिगुना, अठगुना, सौगुना।

इन विशेषणों के नामों में स्थान-भेद से थोड़ा परिवर्तन भी हो जाता है, जैसे—

दुगुना का दूना, छहगुना का छक्का, सतगुना का सत्ता।

इकहरा शरीर, दुहरा थान, तिहरी तह, चौहरी परत जैसे अभिव्यंजक भी इसी श्रेणी में आते हैं।

देखने में ये शब्द बहुत सीधे-सादे दिखाई पड़ते हैं, परंतु एक प्रयोग कीजिए। एक पतला काग़ज़ लीजिए। मान लीजिए उसकी मोटाई $\frac{1}{10}$ मिलीमीटर है। उसको दुहरा कीजिए, तो मोटाई $\frac{2}{10}$ मिलीमीटर हो जायगी। फिर दुहरा कीजिए। इसी प्रकार करते जाइए। यदि किसी लड़के से पूछिए कि 32वें मोड़ पर काग़ज़ की मोटाई कितनी होगी तो वह अनुमान से बताएगा—दस-बीस सेंटीमीटर। फिर हिसाब लगाकर देखिए। उत्तर इतना अधिक आएगा कि सहसा विश्वास नहीं होगा।

वितरणात्मक विशेषण

जैसे—प्रत्येक व्यक्ति, हर चौथे दिन पैंठ लगती है, तीन-तीन घंटे पीछे दवा देना, मूल्य 2 रु. प्रति पुस्तक। एक-एक पेड़ पीछे सौ-सौ रुपए मिले।

उसने चारों व्यक्तियों के सवा तेरह-तेरह हज़ार रुपए मार लिए, वह तो हर वक्त गाली देता रहता है।

(1) रोगी–डॉ. साहब, मेरी आँखें खराब हो गई हैं। मुझे एक-एक के दो-दो दिखाई देते हैं।

डॉक्टर–क्या तुम चारों में से प्रत्येक को यही रोग है ?

(2) हरेक बात पे कहते हो तुम कि 'तू क्या है।'–ग़ालिब

(3) जो बात की, खुदा की क़सम लाजवाब की।

यहाँ 'जो बात' से तात्पर्य 'हर बात' से है।

[2] मात्रात्मक विशेषण

मात्रात्मक विशेषण से वस्तुओं की नाप-तोल का पता चलता है, जैसे–

नाप–2 मीटर लट्ठा, 4 किलोमीटर की दौड़, तीन एकड़ ज़मीन।

तोल–$1\frac{3}{4}$ किलो चावल, 5 लिटर दूध, थोड़ा-सा घी, मनों गेहूँ।

मात्रात्मक विशेषण दो प्रकार के होते हैं : (1) **निश्चित मात्रात्मक** ऐसे विशेषण होते हैं जो निश्चित नाप-तोल का ज्ञान कराते हैं, जैसे–पाँच किलो आलू, ग्यारह ढेर आम, 40 मीटर लंबा रमना। (2) **अनिश्चित मात्रात्मक** ऐसे विशेषण होते हैं, जिनसे वस्तुओं की केवल अनिश्चित नाप-तोल का ही पता चलता है, जैसे–बहुत सारे आम, थोड़ा-सा घी, अधिक लंबी मार।

निश्चित मात्रात्मक

(क) एक हलवाई की दुकान पर लिखा हुआ था–यहाँ प्रत्येक वस्तु ठीक नाप-तोल की दी जाती है। एक मनचला पहुँचा और हलवाई से बोला कि मुझे $1\frac{3}{4}$ मीटर दूध चाहिए।

हलवाई उठा। दूध की कढ़ाई से कुछ दूध निकाला और उससे ज़मीन पर $1\frac{3}{4}$ मीटर लंबी एक लकीर खींच दी।

ग्राहक भी कोई कम नहीं था। उसने जेब से रूमाल निकाला, और हलवाई की ओर फेंककर बोला कि लो, इसमें डाल दो !

(ख) अतिथि–यह कौन बहुत बड़ा प्याज है। एक बार हमारे गाँव में एक आलू हुआ था जो वड़े के बराबर था।

आतिथेय–बस घड़े के बराबर ही ! हमारे गाँव में एक बार एक बैंगन हुआ था जो ऊँट के बराबर था।

अतिथि–ऊँट के बराबर ! तो वह ऊँट बैंगन के बराबर था। मतलब बिल्ली के बराबर रहा होगा।

आतिथेय–बिल्ली के बराबर क्यों ? तुम्हारे घड़े के बराबर था !

अनिश्चित मात्रात्मक

थोड़ा, बहुत, बहुतेरा, सारा, सब, कम, अधिक। इन विशेषणों से किसी वस्तु की नाप-तोल का ठीक-ठीक ज्ञान नहीं होता। उसका उपसन्न मान अवश्य मिल जाता है।

[क] 'थोड़ा' का अर्थ है अल्प मात्रा में, 'बहुत' का अर्थ है प्रचुर मात्रा में। 'अल्प' और 'प्रचुर' आपेक्षिक शब्द हैं। इनका वास्तविक अर्थ प्रसंग पर निर्भर है। सामान्यतः 'थोड़ा' से मतलब होगा, 'आधे से कम' या 'आवश्यकता से कम', और 'बहुत' का मतलब होगा, 'आधे से अधिक' या 'आवश्यकता से अधिक।' "बहुत-से आम तो मैं खा गया, थोड़े-से बचे हैं।" यहाँ तो यही अर्थ है कि जितने आम थे, उनमें से आधे से अधिक मैं खा गया। किंतु "उसका व्याकरण का ज्ञान बहुत थोड़ा है।" यहाँ आधे का अर्थ नहीं लगाया जा सकता, क्योंकि 'पूरे ज्ञान' का मापदंड क्या होगा ?

'थोड़ा' के साथ कई प्रकार के प्रयोग चलते हैं–

(i) बहुत थोड़ा=बहुत ही कम, अल्प मात्रा में।

(ii) थोड़ा-बहुत=आवश्यकता से कम। 'थोड़ा-बहुत' तो मैं खा आया हूँ, शेष अब खा लूँगा। इसका अर्थ यह है कि मैं पेट-भर खाकर नहीं आया हूँ। जो कसर रह गई है, वह अब पूरी करूँगा।

(iii) एक रोगी एक नेत्र-विशेषज्ञ के पास पहुँचा। वह बहुत मोटा चश्मा पहने थे। डॉक्टर ने पूछा कि क्या तुम्हें बिल्कुल दिखाई नहीं देता ?

रोगी–मुझे थोड़ा-बहुत दिखाई देता है।

डॉक्टर उसे परीक्षण-चार्ट के पास ले जाकर बोला कि कहो, इस पंक्ति में तुम्हें कै बिंदियाँ दिखाई देती हैं ?

रोगी–पाँच बिंदियाँ।

डॉक्टर–हैं, इसमें तो केवल तीन बिंदियाँ हैं।

रोगी–यही तो मैं कहता हूँ। 'थोड़ा' होता है तो मुझे 'बहुत' दिखाई देता है !

(iv) नानाजी सख़्त बीमार हैं। 'थोड़े' लिखे को 'बहुत' समझना। यहाँ बिल्कुल ही दूसरा अर्थ है।

[ख] प्रायः सारा, सब, बहुत, बहुतेरा… एकवचन संज्ञा के साथ ही मात्रात्मक होते हैं। बहुवचन संज्ञाओं के साथ में बहुधा संख्यात्मक हो जाते हैं।

अनिश्चित मात्रात्मक	**अनिश्चित संख्यात्मक**
थोड़ा दूध	थोड़े बेर
बहुत-सा पानी	बहुत-से रुपए
और चाय	और पैसे
सारा जंगल	सारे जंगल

किंतु "सारे जंगल में केवल चार पेड़ आम के हैं"–इस वाक्य में 'सारा जंगल' का तिर्यक रूप है। अतः यह एकवचन संज्ञा ही है। इसी प्रकार–सारा देश, सारे देश।

किंतु "सारे देश में बीमारी फैली हुई है" में भी वही बात है। इसके विपरीत, "मैंने सारा देश छान मारा" और "मैंने सारे देश छान मारे"–इन दोनों वाक्यों में से पहले में अनिश्चित मात्रात्मक विशेषण है, दूसरे में अनिश्चित संख्यात्मक।

'बहुतेरा' दोनों रूपों में चलता है–बहुतेरा उपाय, और बहुतेरे उपाय। इसी प्रकार–"मैंने बहुतेरों को धराशायी कर दिया।"

[ग] थोड़ा-बहुत की ही भाँति कई अन्य पदबंध भी रूढ़ हो गए हैं, जैसे–

कमती-बढ़ती 10 किलो, न्यूनाधिक 21 रुपए

बहुत-कुछ ठीक, अति क्षीण आशा

[घ] कभी-कभी एक के बदले 'भर' का प्रयोग करते हैं, जैसे–

एक रत्ती सोना=रत्ती-भर सोना।

एक परात लड्डू=परात-भर लड्डू।

मुहा.–गज़-भर की जुबान।

[ङ] कभी-कभी द्विरुक्ति से भी काम लिया जाता है, जैसे–बहुत-बहुत आशीष, थोड़ी-थोड़ी घनिष्ठता, कोटि-कोटि धन्यवाद।

थोड़ा-सा, बहुत-सा। 'सा' एक संबंध-सूचक अव्यय है, जो कहीं प्रत्यय बन जाता है, कहीं विशेषण, कहीं क्रिया-विशेषण। प्रत्यय के रूप में यह 'रीति, रूप, प्रकार' आदि का द्योतन करता है, जैसे–

इस-सा = ऐसा। किस-सा = कैसा।

जिस-सा = जैसा। उस-सा = वैसा।

सामान्यतः 'सा' सादृश्य, तुल्यता अथवा बराबरी द्योतित करता है, जैसे–

ओस-सा ठंडा।

बादाम-सी आँख।

नीम-सा कडुआ।

एक बहुत ही लंबा व्यक्ति एक कुँजड़िन के पास जाकर बोला, "नीबू क्या भाव दिए ?" वह बोली, "बाबूजी, ये नीबू नहीं, संतरे हैं।" वह बोला, "मुझे तो साफ नीबू दिखाई दे रहे हैं।" कुँजड़िन ने उत्तर दिया, "बाबूजी, इतनी ऊँचाई से देखने पर तो नीबू दिखाई देंगे ही।"

कुछ और उदाहरण लीजिए–

वह तो राम-सा लगता है। उसकी चाल शेरों की-सी है। बुलाकी की मूँछे राज़पूतों-जैसी हैं।

दो भँगेड़ी एक अजायबघर में जाकर मूर्तियाँ देखने लगे। एक मूर्ति के सामने

जा खड़े हुए। वार्तालाप यों होने लगा–

एक–यह मूर्ति तो जवाहरलाल-जैसी है।

दूसरा–किंतु देखने में तो नेहरूजी-जैसी लगती है।

पहला–अरे बौड़म, जवाहरलाल और नेहरूजी एक ही व्यक्ति के नाम हैं।

दूसरा–यह तो मैं भी जानता हूँ, परंतु यह मूर्ति नेहरूजी से अधिक मिलती है, जवाहरलाल की अपेक्षा।

उपरिलिखित सारे पदबंधों में 'सा' के साथ किसी न किसी संज्ञा का प्रयोग हुआ है, अतः 'सा' विशेषण का काम दे रहा है।

अब हम दूसरे प्रकार के उदाहरण देते हैं, जिनमें 'सा' का प्रयोग विशेषण के साथ हुआ है, अतः क्रिया-विशेषण की भाँति–

डरपोक-सा आदमी।

पागल-सा कुत्ता।

नन्हा-सा पौधा।

जब 'सा' किसी कृदंत के साथ आता है, तब भी निरूपण तो सादृश्य का ही करता है, परंतु इसमें 'बहुत कुछ' या 'लगभग' की विवक्षा भी रहती है, जैसे–

मुरझाया हुआ-सा चेहरा।

वह आज खोया-खोया-सा लग रहा था। अथवा–

शाम से कुछ बुझा-सा रहता है,
दिल हुआ है चिराग़ मुफ़लिस का।

यों तो 'सा' एक अव्यय है, किंतु इसका संसर्ग संज्ञाओं, विशेषणों और विभक्तियों से रहता है, इसलिए इन शब्द-भेदों के गुण इसमें भी आ जाते हैं, अर्थात् लिंग और वचन के अनुसार इसमें भी विकास आ जाता है–और इसके तीन रूप सा-सी-से बन जाते हैं। जैसे–

बच्चों का-सा व्यवहार।

मूर्खों की-सी आदतें।

वृद्धों के-से बाल।

जब 'सा' किसी ऐसे विशेषण के साथ प्रयुक्त होता है जिसके द्वारा निरूपित गुण की नाप-जोख अथवा तुलना हो सके तो यह उक्त गुण पर ज़ोर देता है, और 'कुछ' अथवा 'कुछ-कुछ' अथवा 'बहुत कुछ' का भाव देता है। यदि हम कहें कि उसका बाग़ बड़ा है, तो यह सामान्य कथन होगा। किंतु यदि हम कहें कि उसका बाग़ बड़ा-सा है, तो हम बाग़ के बड़ेपन पर जोर दे रहे हैं, और श्रोता का ध्यान उस पर विशेष रूप से आकृष्ट कर रहे हैं। यही बात इस प्रकार के अन्य प्रयोगों में भी है, जैसे–

नन्ही-सी जान।

ठंडा-सा कमरा।

अच्छा-सा मुहूर्त।

किंतु प्रयोग से इनमें से कुछ पदबंधों में कुछ नई विवक्षाओं का भी समावेश हो गया है।

'छोटा आदमी' का अर्थ है निम्नवर्ग का व्यक्ति, जैसे बीड़ीवाला, रिक्शावाला। किंतु 'छोटा-सा आदमी' का अर्थ है कद में छोटा आदमी।

उर्दू की एक पुरानी पाठ्य-पुस्तक में एक कविता थी–

झुटपुटे के वक़्त लेकर एक मिट्टी का दिया
एक बुढ़िया ने सरे-रह लाके रौशन कर दिया
ताकि रहगीर और परदेसी कहीं ठोकर न खाएँ
राह से आसाँ गुजर जाए हरेक छोटा बड़ा।

यहाँ भी छोटा-बड़ा का वही अर्थ है, 'निम्नवर्ग' और 'उच्च वर्ग' का व्यक्ति।

'छोटी बात' का अर्थ है अनुचित बात, अर्थात् जो बात मर्यादा के अनुकूल न हो। किंतु 'छोटी-सी बात' का अर्थ है ऐसी बात, जिसका कोई महत्व न हो।

'सा' का प्रयोग एक मान-सूचक शब्द के रूप में भी होता है। यदि हम कहें कि ज्योति के पास बहुत संपत्ति है, तो यह एक साधारण-सा कथन है। किंतु जब हम कहते हैं कि ज्योति के पास बहुत-सी संपत्ति है, तो हम उसकी संपत्ति की बहुलता पर जोर दे रहे हैं। दोनों वाक्यों के अर्थों में और कोई अंतर नहीं है। इसी प्रकार के प्रयोग हैं–

थोड़े-से श्रोता।

बहुत-से आम।

ढेर-सारी चीनी

उसका मुँह इतना-सा निकल आया।

कभी-कभी किसी विशेषण में 'सा' लगाकर एक विशेषण पदबंध बनाया जाता है। 'ज़रा अचारी देना' का अर्थ है, 'अचारी मुझे उठा दो।' किंतु 'ज़रा-सी अचारी देना' का अर्थ है, अत्यल्प मात्रा में अचारी दे दो।

'तनिक-सी बात' का अर्थ है, कोई महत्वहीन बात, किंतु 'तनिक बात' का कोई अर्थ नहीं है।

5. विशेषणों की तुलना

संसार में ऐसा कोई प्राणी नहीं होगा जिसमें गुण ही गुण हों, दोष कोई हो ही नहीं। भगवान कृष्ण तो संपूर्ण अवतार कहलाते थे, किंतु उनमें अर्जुन के प्रति घोर पक्षपात था। एकलव्य की कथा, कर्ण-वध का प्रसंग, द्रोणाचार्य का वध इस बात के ज्वलंत उदाहरण हैं।

रावण पापी और दुष्कर्मी था, किंतु महापंडित भी था। शिवजी के चरणों में घोर तपस्या करके उसने वरदान पाए थे।

प्रत्येक व्यक्ति की यह आकांक्षा होती है कि किसी न किसी बात में मैं औरों से बढ़कर निकल जाऊँ।

एक बटोही सड़क पर जा रहा था। उसने देखा कि एक व्यक्ति पास के एक पेड़ पर बैठा है। उसके बग़ल में गुब्बारा फैला पड़ा है। उससे पूछा कि कहो, क्या हाल है ? उसने उत्तर दिया, "क्या बताऊँ। मैं इस गुब्बारे में उड़ने गया था, इस आशा में कि एक नया कीर्तिमान स्थापित करूँगा, किंतु भाग्य का फेर, गुब्बारा उलट गया और इस पेड़ पर आ गिरा।"

बटोही बोला, "इसमें निराश होने की कौन-सी बात है। तुम तो अब भी एक नया कीर्तिमान स्थापित करोगे। तुम संसार में पहले व्यक्ति होगे जो पेड़ पर नीचे से ऊपर जाने से पहले ऊपर से नीचे उतरोगे !"

यदि हम कहें कि राम श्याम से लंबा है तो हम राम की तुलना श्याम से कर रहे हैं। तुलना का आधार लंबाई है। इसी प्रकार 'द्रौपदी लीला से अधिक सुंदर है' में तुलना का आधार सौंदर्य है।

तुलना का आधार किसी विशेषता का आधिक्य ही नहीं होता, न्यूनता भी होती है, जैसे 'गोविंद मनोहर से कम विद्वान है।' 'जमना प्रियंवदा से कम सुंदर है।'

विशेषण की तीन अवस्थाएँ होती हैं–

(1) मौलिक अवस्था, जिसे मूलावस्था कहते हैं।

(2) उत्तरावस्था, जिसमें दो वस्तुओं अथवा व्यक्तियों की तुलना होती है।

(3) उत्तमावस्था, जिसमें दो से अधिक वस्तुओं अथवा व्यक्तियों की तुलना की जाती है।

मूलावस्था में किसी विशेषता का सामान्य कथन होता है। किसी से तुलना नहीं होती। जैसे–कृष्ण अच्छा लड़का है। यह मकान बढ़िया है। उसके घर का मार्ग कंकरीला है। करेला कड़ुआ है।

जब हम दो वस्तुओं की तुलना करते हैं, तो तुलना का कोई आधार होता है। एक में उक्त आधार की अधिकता दिखाने के लिए कोई चिह्न लगाना पड़ता

है, जैसे–

अधिक, न्यून, बढ़कर, कहीं अधिक, की अपेक्षा, की बनिस्बत। श्यामा भामा से अधिक लंबी है। बेटा बाप से भी बढ़कर है। यह तोता उस तोते से कहीं अधिक सुंदर है।

[i] यह तो रही सिद्धांत की बात। व्यवहार में 'कम', 'अधिक' जैसे शब्दों की आवश्यकता नहीं रहती। विशेषणों की मूलावस्था में ही 'से', 'अपेक्षा', 'बनिस्बत' आदि लगा देने से काम चल जाता है, जैसे–

(क) बल्ली, बाँस से लंबी है। यह कपड़ा उस कपड़े से बढ़िया है। वह लड़की इस लड़की से चालाक है।

(ख) सौ से बुरा, हज़ार से अच्छा बना दिया।

(ग) तकल्लुफ़ बरतरफ़, तुझसे तेरी तस्वीर अच्छी है।

(घ) जो बात तुझमें है, तेरी तस्वीर में नहीं।

(ङ) मंज़िल तो क्या, बह जाए किनारा।
ऐसी है तेज समय की यह धारा, तुझको चलना होगा।

[ii] तुलनात्मक अवस्थाएँ केवल गुणवाचक विशेषणों में ही होती हैं, मात्रात्मक अथवा संख्यात्मक विशेषणों में नहीं होतीं। हम दो वस्तुओं की मात्रा अथवा संख्या की तुलना तो कर सकते हैं, किंतु उनकी मात्रा अथवा संख्या की गुणवत्ता की तुलना नहीं कर सकते। हम कह सकते हैं कि इस साबुन में अधिक सफ़ेदी है उस साबुन से, किंतु यह नहीं कह सकते कि इस साबुन में '5 सेरपन' अधिक है उस साबुन से।

8 मीटर लंबा बाँस अधिक लंबा होता है 6 मीटर लंबे बाँस से। दूसरे बाँस की लंबाई पहले बाँस से पौनी होती है, किंतु क्या यह कह सकते हैं कि दूसरे बाँस से पहले बाँस से 'लंबाईपन' पौना होता है।

[iii] इसके विपरीत कुछ गुणवाचक विशेषण भी ऐसे होते हैं, जिनमें तुलनात्मक अवस्थाएँ होती ही नहीं। जैसे–

(क) नकारात्मक विशेषण : अशिक्षित, असभ्य, अप्रिय, अक्षम्य इत्यादि।

(ख) अभावात्मक विशेषण, जैसे अंधा, लूला, लँगड़ा।

[iv] जब दो वस्तुओं अथवा व्यक्तियों में किसी विशेषता की समानता दिखाई जाती है, तो भी मूलावस्था का ही प्रयोग होता है, क्योंकि इनमें किसी गुण की अधिकता अथवा न्यूनता नहीं दिखाई जाती। जैसे–

चमेली कमलिनी के समान सुंदर है। गोपाल और कृष्ण टक्कर के हैं। जैसा एक, वैसा दूसरा।

सच पूछिए तो बहुत-सी उपमाएँ भी इसी वर्ग में आती हैं, जैसे–चाँद-सा मुखड़ा, आबनूस-सा कुंदा, बरफ़-सा सफ़ेद।

किंतु इन पदबंधों में अतिशयोक्ति की मात्रा अधिक होती है।

[v] उत्तमावस्था में दो से अधिक वस्तुओं की तुलना की जाती है, और एक को सबसे अच्छा बताया जाता है। जैसे--

उसके बेटों में सबसे चतुर दामोदर है। सुंदरी अपनी कक्षा में सबसे तेज़ है। गोपाल की टक्कर का तो उस मुहल्ले में कोई खिलाड़ी है ही नहीं।

स्वयंवर में बड़े-से-बड़े योद्धा बैठे थे--यह उत्तमावस्था है, किंतु वहाँ बड़े-बड़े योद्धा बैठे थे–यह उत्तरावस्था है। अच्छे-अच्छे साधु आए थे–उत्तरावस्था, अच्छे-से-अच्छे साधु आए थे--उत्तमावस्था।

सबसे अधिक, सबसे कम, सबसे सुंदर–ये सब उत्तमावस्था के द्योतक हैं।

मूलावस्था के संस्कृत के शब्दों में भी बहुधा 'तर' और 'तम' लगाकर उत्तरावस्था और उत्तमावस्था के शब्द बनाए जाते हैं, जैसे--

लघु	लघुतर	लघुतम
उच्च	उच्चतर	उच्चतम

कहीं-कहीं पर फ़ारसी शब्दों में 'तर' और 'तरीन' भी लगते हैं, जैसे--

बद	बदतर	बदतरीन
कम	कमतर	कमतरीन

संस्कृत के कुछ शब्दों में 'यस' और 'दृष्ट' लगते हैं, किंतु व्यवहार में उक्त शब्दों के उत्तमावस्थावाले रूप ही रह गए हैं, शेष दोनों उड़ गए हैं, जैसे–श्रेष्ठ, कनिष्ठ, ज्येष्ठ।

6. विशेषणों की रचना

कुछ शब्द तो अपने मूल रूप में ही विशेषण होते हैं। उनमें न ही कोई काट-छाँट करनी पड़ती है, न उनमें कोई शब्द अथवा शब्दार्थ मिलाना पड़ता है। ये तो ज्यों-के-त्यों विशेषणों का काम दे देते हैं। अतः रचना की दृष्टि से विशेषण कई वर्गों में बाँटे जा सकते हैं :

[1] मूल रूप से–जैसे अच्छा, बुरा, जवान, बूढ़ा, मोटा, पतला, गोरा, काला।

[2] उपसर्गों से–जैसे अगाध, अथाह, अभिन्न, अतुल, निर्धन, निरीह, निश्चल, निश्छल।

दुस्तर, दुष्कर, दुर्जन, दुस्सह।
सतर्क, सचेत, सटीक, सबल।

बेचैन, बेहोश, बेरहम।

नासमझ, नाबालिग, नालायक, नाकारा।

[3] प्रत्ययों से (इनके पाँच प्रकार हैं)–

(क) संज्ञा से–मुरादाबाद-मुरादाबादी, आपत्ति-आपत्तिजनक, संख्या-संख्यात्मक, आदर-आदरणीय।

(ख) सर्वनाम से–हम-हमारा, तू-तेरा, ऐसा, वैसा, आप-आपसा।

(ग) विशेषण से–काला-सा, पीली-सी, लंबा-सा, लंबोत्तरा।

(घ) क्रिया से–चालू, दिखाऊ, उठाऊ, चलती, भुलक्कड़, उड़न-छू।

(ङ) अव्यय से–दूरगामी, ऊपरवाला, अंदरूनी, बाहरी।

[4] उपसर्ग-प्रत्यय से–अनगिनत, अबोध्य, अनुपमेय, अतुलनीय, अमापनीय।

[5] समस्त पद–एक से अधिक संज्ञा, विशेषण, क्रिया आदि के मिलने से–उलटा-पुलटा, औंधा-सीधा, टेढ़ा-बुचका, भग्न-हृदय, अस्थिर-चित्त, ऐसा-वैसा।

[6] कभी-कभी कई शब्द मिलकर एक वाक्यांश बनाते हैं जो विशेषण का काम करता है। उसे विशेषण पदबंध कहते हैं। कभी-कभी वाक्यांश अथवा पूर्ण वाक्य भी बन जाता है–

(क) हर एक चीज़ जो चमकती है, सोना नहीं होती।

(ख) मीर वही जो पहले मारे।

(ग) एक चिरैया ऐसी देखी जिसके सिर, पर, पाँव।

(घ) अपने उपकार करनेवाले के आगे मैं मस्तक झुकाता हूँ।

(ङ) जो फिल्म पिछले रविवार को दिखाई गई थी, बढ़िया थी।

7. क्रिया-विशेषण

जिस प्रकार विशेषण संज्ञा और सर्वनाम की व्यापकता मर्यादित करते हैं, उसी प्रकार कुछ शब्द क्रिया को विशेषित करते हैं, उसकी व्यापकता मर्यादित करते हैं। ऐसे शब्दों को क्रिया-विशेषण कहते हैं।

रामू का घोड़ा तेज़ दौड़ता है। यहाँ 'तेज़' कह देने से 'दौड़ता है' की व्यापकता मर्यादित होती है। कोई घोड़ा धीरे दौड़ता है, कोई सरपट दौड़ता है, कोई दुलकी चलता है, कोई रुक-रुककर चलता है, कोई 'नाखून खाता है'। इस प्रकार चलनेवाले सारे घोड़े तेज़ दौड़नेवाले घोड़ों के वर्ग से निकल गए। अतएव 'तेज़' क्रिया-विशेषण है जो दौड़ने को विशेषित करता है।

मज़मून एक उर्दू का शब्द है जिसका सामान्य अर्थ है 'विषय'। किंतु कभी-कभी निंदात्मक रूप से इसका अर्थ 'मुखड़ा' अथवा 'चेष्टा' भी हो जाता है, जैसे—आपका मज़मून देखिए। चेहरे पर 12 बज रहे हैं।

दो मित्र थे, मौलवी साहब और मुल्लाजी। दोनों घोड़ों के शौकीन थे। दोनों के पास एक-एक घोड़ा था, जिसे वे बेहद प्यार करते थे।

मौलवी साहब का घोड़ा यों तो खूब चलता था, किंतु कभी-कभी चौराहे पर अड़कर खड़ा हो जाता था। मुल्लाजी का घोड़ा भी सामान्यतः तो खूब दौड़ता था, किंतु जब मौलवी साहब के घोड़े को देखता था तो तार के खंभे की तरह जमकर खड़ा हो जाता था। टस-से-मस नहीं होता था।

एक दिन मौलवी साहब घोड़ा दौड़ाए चले जा रहे थे कि चौराहे पर पहुँचकर घोड़ा अड़ गया। पीछे से मुल्लाजी का घोड़ा आया तो मौलवी साहब के घोड़े को खड़ा देखकर वह भी अड़ गया।

मौलवी साहब यह नहीं दिखाना चाहते थे कि घोड़ा अड़ा खड़ा है। उन्होंने अपनी जेब से एक काग़ज़ निकाला और पढ़ने लगे—यह दिखाने के लिए कि मैं तो पत्र पढ़ने के लिए रुका हुआ हूँ।

मुल्लाजी ने सोचा कि मौलवी साहब ने यह तरकीब अच्छी निकाली। वह भी जेब से कोई काग़ज़ निकालने लगे। संयोग से कोई काग़ज़ निकला नहीं, तो मौलवी साहब के घोड़े के पास जाकर खड़े हो गए, और उन्हीं का पत्र पढ़ने लगे।

मौलवी साहब बोले, "यह क्या शिष्टाचार है ? मेरा पत्र आप क्यों पढ़ रहे हैं ?"

मुल्लाजी बोले, "मौलवी साहब, बिगड़ते क्यों हैं। ख़त आपका हो या मेरा, मज़मून दोनों का एक ही है।"

किंतु समस्त क्रिया-विशेषणों से क्रिया की व्यापकता मर्यादित नहीं होती। 'वह लड़की कम बोलती है' का प्रायः वही अर्थ है जो 'वह लड़की औरों से कम बोलती है' का है।

(क) जिन शब्दों से क्रिया के व्यापारों, अथवा स्थितियों आदि की विशेषता जानी जाती है, उन्हें क्रिया-विशेषण कहते हैं। जैसे पास बैठो, धीरे चलो, आगे बढ़ो, कल आओगे या परसों। इन वाक्यों में पास, धीरे, आगे, कल, परसों सब क्रिया-विशेषण हैं।

(ख) यह नहीं समझना चाहिए कि क्रिया-विशेषण केवल क्रियाओं को ही विशेषित करते हैं। वे विशेषणों और क्रिया-विशेषणों की भी विशेषता बताते हैं।

विशेषण की विशेषता

गवैए की आवाज़ अच्छी है। गवैए की आवाज़ बहुत अच्छी है। लड़की का रंग

ठीक है। लड़की का रंग थोड़ा ठीक हो गया है।

क्रिया-विशेषण की विशेषता

अध्यापक पढ़ाता कम है, मारता अधिक है। अध्यापक पढ़ाता बहुत कम है, मारता बहुत अधिक है। श्यामा गाती अच्छा है। श्यामा गाती बहुत अच्छा है।

8. क्रिया-विशेषणों का वर्गीकरण

क्रिया-विशेषणों के वर्गीकरण के विषय में वैयाकरण एकमत नहीं हैं। अधिकतर वैयाकरण इनका वर्गीकरण तीन आधारों पर करते हैं–(1) प्रयोग, (2) अर्थ, (3) रूप या रचना।

प्रयोग के आधार पर क्रिया-विशेषणों का वर्गीकरण : बहुत-से शब्द अपनी रंगत बदलते रहते हैं। एक शब्द कभी संज्ञा हो जाता है, कभी विशेषण, कभी संबंध-बोधक, कभी क्रिया-विशेषण। जैसे–

[क] बेटी का ब्याह अपने सामने ही कर जाऊँ, पीछे कौन करेगा। (क्रिया-विशेषण)

[ख] घर के पीछे एक आम की बाड़ी है। (संबंध-बोधक)

[ग] उसका पीठ-पीछा है। (संज्ञा)

प्रयोग के आधार पर क्रिया-विशेषण तीन प्रकार के होते हैं–(क) साधारण, (ख) संयोजक, (ग) अवधारक।

[क] साधारण क्रिया-विशेषण : जो क्रिया-विशेषण शब्द किसी वाक्य में स्वतंत्र रूप से, अर्थात, बिना किसी विभक्ति के प्रयुक्त होते हैं, जैसे–

अब पानी पीने जा रहा हूँ। देखो, जल्दी **मत** करना।
तुम्हारा जन्मदिन **कब** है। मैं **नहीं** जाऊँगा।

स्याह शब्द साधारण क्रिया-विशेषण हैं।

[ख] जो शब्द दो उपवाक्यों को मिलाते हैं, संयोजक क्रिया-विशेषण कहलाते हैं, जैसे–

जो मैं गया तो काम करके ही लौटूँगा। **जैसा** कहोगे, वैसा करूँगा।
'आना है तो सम्मुख आओ चर्म-चक्षुओं के मेरी।
अगर नहीं तो मन-मंदिर में करो न मन-मानी फेरी।'
ज्यों ही मैं स्टेशन पर पहुँचा, गाड़ी चल दी।

पहले, दूसरे और चौथे वाक्यों में 'जो', 'जैसा', 'ज्यों ही' संयोजक क्रिया-विशेषण

हैं। तीसरे वाक्य में 'आना' के पहले 'जो' गुप्त रूप से उपस्थित है। इसके अतिरिक्त 'अगर नहीं तो' भी संयोजक क्रिया-विशेषण है। इसे क्रिया-विशेषण पदबंध भी कह सकते हैं।

[ग] अवधारक क्रिया-विशेषण : इस संबंध में निम्नलिखित पुस्तक पठनीय है– ओमप्रकाश शर्मा : *हिंदी व्याकरण-नवमूल्यांकन*, प्रथम सं. 1977, सूर्य प्रकाशन, दिल्ली।

अवधारक क्रिया-विशेषण के विषय में आप पृष्ठ 406 पर लिखते हैं : जिन शब्दों का प्रयोग क्रिया के निश्चय या सीमा-निर्धारण के लिए होता है। तत्पश्चात् आपने छह उदाहरण दिए हैं, जिनमें से दो इस प्रकार हैं–

अब मैं **भी** वहाँ जाऊँगा। मुझे आपने **ही** भेजा था।

इन दोनों वाक्यों में से 'भी' और 'ही' को आप अवधारक क्रिया-विशेषण कहते हैं। हम आपसे सहमत नहीं हैं। 'भी' तो 'मैं' पर बल देता है, और 'ही' 'आपने' पर। दोनों वाक्यों में यह [illegible] सर्वनामों पर पड़ता है, न कि क्रियाओं पर। न ही ये दोनों शब्द किसी क्रिया का सीमा-निर्धारण कर रहे हैं। अतः उपरिलिखित पुस्तक की दी हुई परिभाषा के अनुसार ये दोनों शब्द अवधारक क्रिया-विशेषण नहीं कहला सकते।

कामताप्रसाद गुरु के हिंदी व्याकरण में अवधारक क्रिया-विशेषण की दी हुई परिभाषा अधिक संतोषजनक है–

अवधारक क्रिया-विशेषण वे होते हैं जिनका प्रयोग अवधारण के लिए किसी भी शब्द-भेद के साथ हो सकता है। जैसे–

यह **तो** किसी ने धोखा **ही** दिया है। मैंने उसे देखा **तक** नहीं। आपके आने-**भर** की देर है। अब मैं **भी** तुम्हारी सखी का वृत्तांत पूछता हूँ।

ये चारों उदाहरण उपरिलिखित परिभाषा के अनुसार ठीक हैं, यद्यपि श्री ओमप्रकाश शर्मा की परिभाषा के अनुसार 'तो', 'ही', 'भी' अवधारक क्रिया-विशेषण नहीं कहला सकते, क्योंकि ये किसी क्रिया का निश्चय नहीं करते।

9. अविकारी शब्द (अव्यय)

जिन शब्दों में लिंग, वचन, कारक के कारण परिवर्तन होता है, उन्हें विकारी शब्द कहते हैं। संज्ञा, सर्वनाम, क्रिया, विशेषण सब विकारी शब्द हैं।

संज्ञा : लड़का गया, लड़की गई, लड़के गए। लड़के को क्यों मारा।

सर्वनाम : मैं जाऊँगा, हम जाएँगे, तुम जाओगी। किसने गाली दी।

विशेषण : अच्छा चित्र, अच्छी बिल्ली, बिल्ली ने चूहे को पकड़ लिया।

अपवाद : घटिया आदमी, घटिया दुकान, घटिया घर, कम पैसा, कम आदमी, कम लड़कियाँ।

क्रिया : उठना, उठेगा, उठूँगा, उठा था, उठा लाओ।

जिन शब्दों में लिंग, वचन, कारक के कारण कोई परिवर्तन नहीं होता, उन्हें अविकारी शब्द या अव्यय कहते हैं, जैसे–

घोड़ा तेज़ चलता है, लोमड़ी तेज़ चलती है।

वह तेज़ चलता है, लड़की तेज़ चलती है।

तुम तेज़ चलते हो, तू तेज़ चलता है।

इन वाक्यों में लिंग, वचन, पुरुष आदि से कोई परिवर्तन तेज़ शब्द में नहीं आया, अतः 'तेज़' अव्यय है।

10. अव्यय शब्दों के भेद

अविकारी शब्द चार प्रकार के होते हैं : (1) क्रिया-विशेषण, (2) संबंध-बोधक, (3) योजक (समुच्चय-बोधक), (4) द्योतक (विस्मय-बोधक)।

[i] क्रिया-विशेषण सामान्यतः अविकारी होते हैं, इसीलिए इन्हें अव्ययों के वर्ग में रखा जाता है। किंतु विकारी क्रिया-विशेषणों की संख्या भी नगण्य नहीं है।

(क) वह सोकर चल दी, वे सोकर चल दिए, मैं सोकर चल दिया। 'सोकर' में कोई विकार नहीं होता, अतः यह अविकारी है। इसी प्रकार–

(ख) वह खाते-खाते चल दी, वे खाते-खाते चल दिए, मैं खाते-खाते चल दिया। 'खाते-खाते' अविकारी है। किंतु–

(ग) वह दौड़ा-दौड़ा आया, वह दौड़ी-दौड़ी आई, वे दौड़े-दौड़े आए। दौड़ा-दौड़ा विकारी है।

(घ) थोड़ा-सा पानी, थोड़ी-सी मदिरा, थोड़े-से लोग। बहुत-से लोग ऐसा भी कहते हैं। अब भी बहुतों से अच्छा हूँ।

(ङ) वह टेढ़ा खड़ा है। गाड़ी टेढ़ी-टेढ़ी चल रही है। प्यादे से फ़र्जी भयो, टेढ़ो-टेढ़ो जाय।

[ii] सकर्मक क्रिया के कर्तरि और कर्मणि प्रयोग में क्रिया-विशेषण कर्म के लिंग, वचन के अनुसार बदल जाता है। जैसे–

चोर उलटा लटकाया गया है। तस्वीर उलटी टँगी है। रोगियों को उलटे

लिटाया गया है।

मगर पानी को सीधा काटता है। शीशागर शीशे को सीधे काटता है। गणितज्ञ रेखा सीधी बनाता है।

[iii] अकर्मक क्रियाओं के अधिकतर क्रिया-विशेषण कर्ता के लिंग, वचन के अनुसार बदल जाते हैं।

बुढ़ापा है, फिर भी वह सीधा चलता है। सीधे चले जाओ, वहीं पहुँच जाओगे। चींटी सदैव सीधी चलती है।

[iv] आकारांत विशेषण जब क्रिया-विशेषण बनकर आते हैं तो प्रायः उनमें विकार नहीं होता।

कृष्ण थोड़ा सोता है। राधा थोड़ा सोती है। रोगी थोड़ा सोते हैं।

अपवाद : इतना तेल, इतनी दवाई, इतने लोग। इसी प्रकार के शब्द हैं–अच्छा, बुरा, भला, कितना।

इसके विपरीत कुछ शब्द ऐसे भी होते हैं जो विकारी कहलाते हैं, फिर भी उनमें परिवर्तन नहीं होता। तिस पर भी उनकी गिनती अव्ययों में नहीं होती।

मधुर वचन, मधुर औषधि। 'मधुर चाँदनी धो जाती है खाली कलियों के प्याले'–महादेवी वर्मा *(नीहार)*।

इसी प्रकार के शब्द हैं–कोदों, सरसों, रासो।

अर्थ के अनुसार क्रिया-विशेषणों का वर्गीकरण

अर्थ के आधार पर क्रिया-विशेषणों के चार भेद होते हैं : (क) कालवाचक, (ख) स्थानवाचक, (ग) परिमाणवाचक, (घ) रीतिवाचक।

[क] कालवाचक क्रिया-विशेषण वे होते हैं जो किसी क्रिया के करने या होने का समय सूचित करते हैं, जैसे–

नंदन कल आएगा। क्या नौकरानी आज आई थी ? अभी तो मैं जा रहा हूँ, परसों फिर आऊँगा। जब तक तुम बिस्तर पर हो, मैं बहुधा तुम्हें देखने आऊँगा।

कालवाचक क्रिया-विशेषण तीन उपवर्गों में बाँटे जा सकते हैं–

(i) समयवाचक–सवेरे, दोपहर, सायं, रात, अभी, कभी, जभी, परसों, परले दिन, आगे, पीछे।

(ii) अवधिवाचक–हफ्ता-भर, महीने-भर, साल-भर, सदा, सर्वदा, कब का, बड़ी देर का।

(iii) बारंबारतावाचक–बार-बार, कई बार, हर बार, घड़ी-घड़ी, प्रायः, बहुधा।

[ख] स्थानवाचक क्रिया-विशेषण वे होते हैं जो किसी क्रिया के होने का स्थान सूचित करते हैं, जैसे–

यहाँ से तो वह कब का चला गया, अब पता नहीं कहाँ है। कहीं दुबका बैठा होगा। आजकल तो मैं इधर-उधर से पैसा उधार लेकर काम चला रहा हूँ।

स्थानवाचक क्रिया-विशेषण भी दो उपवर्गों में बाँटे जा सकते हैं--

(i) स्थितिवाचक। जैसे--यहाँ, जहाँ, कहाँ, ऊपर, नीचे, पास, दूर, अंदर, बाहर।

दिलों की बात ज़माने के दरमियाँ पहुँची।
कहाँ की बात थी, लेकिन कहाँ-कहाँ पहुँची।

(ii) दिशावाचक। जैसे--इधर, उधर, आमने-सामने, उस ओर, उरे, परे।

[ग] परिमाणवाचक--जिन क्रिया-विशेषणों से किसी क्रिया के परिमाण (न्यूनता या अधिकता) का ज्ञान होता है।

हज़ारों ख़्वाहिशें ऐसी कि हर ख़्वाहिश पे दम निकले
बहुत निकले मेरे अरमान, लेकिन फिर भी कम निकले।

मैं तुम्हें छोड़कर और किसी का लिहाज नहीं करता।

परिमाणवाचक क्रिया-विशेषण पाँच प्रकार के होते हैं--

(i) न्यूनताबोधक--थोड़ा, ज़रा-सा, तनिक-सा, कुछ-कुछ।

(ii) अधिकताबोधक--अधिक, बहुत, अत्यधिक, बहुत-सा।

(iii) पर्याप्तिबोधक--काफी, यथेष्ट, पर्याप्त।

(iv) तुलनाबोधक--कम-से-कम, अधिक-से-अधिक, सबसे बढ़कर, इतने से भी कम, जितना, कितना।

(v) श्रेणीबोधक--एक-एक करके, क्रमशः धीरे-धीरे, थोड़ा-थोड़ा करके बहुत हो जाता है, फुइयों-फुइयों करके तालाब भर जाता है।

[घ] रीतिवाचक--कुछ क्रिया-विशेषण क्रिया की रीति, ढंग, निश्चय, स्वीकृति आदि के सूचक होते हैं। इन्हें रीतिवाचक क्रिया-विशेषण कहते हैं। इनकी संख्या अनंत है। जब समझ में नहीं आता कि अमुक क्रिया-विशेषण किस वर्ग में डाला जाय तो उसे रीतिवाचक के वर्ग में डाल देते हैं। जब घर में कोई ढंग की दाल न हो तो अरहर की दाल तो बनेगी ही।

हम यहाँ रीतिवाचक के कुछ मुख्य रूप देते हैं, किंतु ये केवल दृष्टांत स्वरूप दिए जाते हैं--

(क) स्वीकृति के अर्थ में : हाँ, जी हाँ, सत्यवचन, सच, ठीक।

(ख) निषेध के अर्थ में : न, ना, नहीं, मत।

(ग) निश्चय के अर्थ में : अवश्य, निःसंदेह, बेशक, वस्तुतः।

(घ) अनिश्चय के अर्थ में : कदाचित्, शायद, संभवतः।

(ङ) प्रकार के अर्थ में : ऐसे, वैसे, कैसे।

(च) एकाएक के अर्थ में : अकस्मात्, अनायास, अचानक, सहसा।

(छ) कारण के अर्थ में : के कारण, के उद्देश्य से, क्योंकि, इसलिए, के निमित्त, अतः।

इनमें कई शब्द ऐसे हैं, जो एक से अधिक वर्गों में रखे जा सकते हैं। न ही यह कोई बहुत तर्कसंगत वर्गीकरण है। प्रत्येक लेखक अपना वर्गीकरण स्वतंत्र रूप से कर सकता है।

अब हम क्रिया-विशेषणों के भिन्न प्रयोग दिखाते हैं, जिनसे यह पता चलता है कि ये शब्द कितनी रंगतें बदलते हैं।

स्थान	**समय**
(क) आगे	
आगे आगे तुम चलो।	(भूतकाल) आगे चना गुरु मात दिए, सो लिए तुम चाबि, हमें नहिं दीने (नरोत्तमदास के *सुदामा चरित* से)।
आगे एक कुआँ पड़ेगा।	(भविष्यत काल) अब आगे का सुनो हवाल, जैसा करोगे, तुम्हारे आगे आएगा।
(ख) पीछे	
पेड़ है मंदिर के पीछे।	पीछे की पीछे देखी जायगी।
पीछे का मकान छोटा है।	ये सब बातें पीछे होती रहेंगी।

विशेष प्रयोग : वह मेरे पीछे पड़ा हुआ है। वह तो मेरे आगे-पीछे घूमता है।

(ग) इधर	
इधर का हाल अच्छा नहीं है।	इधर किस काम में फँसे हुए हो ?
हवा का रुख इधर है।	इधर वह पाजीपन पर उतर आया है।
इधर-उधर का आदमी=अनजाने स्थान का आदमी।	
(घ) उधर	
उधर को मुँह करके बात करो।	उधर तो मैं निर्वाचन में फँसा रहा।
उधर कौन-सा नया गुल खिला है।	उधर मैं बीमार था।
(ङ) पास	
चलो, देख लें, रोगी पास ही में तो है।	रक्षाबंधन पास ही है; राखियाँ बिकने लगी हैं।
पास ही में रॉक गार्डन है।	दीवाली बिल्कुल पास है।

कभी-कभी दूरी से मनोवैज्ञानिक दूरी का अर्थ भी होता है, जैसे–

तुम मेरे पास होते हो गोया
जब कोई दूसरा नहीं होता–**मोमिन**।
ये कैसे फ़ासले हैं जो बढ़ने से कम हुए।

मैं हूँ इतनी पास पिया के, फिर भी इतनी दूर,
ज्यों नदी के दो किनारे, मिलने से मजबूर।

(च) दूर

अभी स्कूल कोसों दूर है।	परीक्षा बहुत दूर है।
रेल और वायुयान के ज़माने में क्या दूर, क्या पास।	परीक्षा कौन बहुत दूर है।

11. अन्य प्रकार के प्रयोग

इनके अतिरिक्त कुछ अन्य प्रकार के प्रयोग भी किए जाते हैं। उदाहरण के लिए देखिए–

(i) **तक :** कल तक लौट आना। हम तो यहाँ तक कहने को तैयार हैं। राम तक कुछ न बोला।

(ii) **कहाँ :** कहाँ की बात ले बैठे। दिलों की बात ज़माने के दरमियाँ पहुँची / कहाँ की बात थी, लेकिन कहाँ-कहाँ पहुँची। कहाँ राजा भोज, कहाँ गंगू तेली।

(iii) **कहीं :** बदमाश कहीं का; कहीं की ईंट कहीं का रोड़ा, भानुमती ने कुनबा जोड़ा। यह कपड़ा उस कपड़े से कहीं (बहुत) अच्छा है। कहीं हँसी ही न निकले।

(iv) **ही :** एक तुम्हीं हो जो बहक जाते हो तौबा की तरफ / वरना रिंदों में बुरा चाल-चलन किसका है। दिन-ही-दिन में चले जाओ। जब आ ही गए हो तो थोड़ी देर रुककर जाना। एक ही दिन मे काम-तमाम हो गया। दोनों भाई पास ही पास रहते हैं। बात ही बात में झगड़ पड़े। बड़े शौक से सुन रहा था ज़माना / तुम्हीं सो गए दास्ताँ कहते-कहते।

(v) **भर :** राज्य-भर में डुग्गी पिटवा दो। वह जाड़े-भर बीमार रहा। कहने-भर की देर है। भर-आँख देख तो लेने दो। फिर आँख भर आई है / फिर याद तेरी आई।

(iv) **मात्र :** भगवान का नाम मात्र रह गया है। नाम मात्र को आटा बचा है। ब्राह्मण मात्र को निमंत्रण है–इसके दो अर्थ हैं : (क) ब्राह्मणों को निमंत्रण है, क्षत्रिय, वैश्य आदि को नहीं, (ख) सारे ब्राह्मणों को निमंत्रण है। कोई ब्राह्मण छूटने न पाए।

रूप (रचना) के अनुसार क्रिया-विशेषण तीन प्रकार के होते हैं : [क] मूल,

[ख] स्थानीय, [ग] यौगिक।

[क] मूल क्रिया-विशेषण दूसरे शब्दों से मिलकर नहीं बनते, जैसे–ठीक, ग़लत, तो, जी, फिर, कल, परसों, नरसों, अचानक, सहसा, सदैव, यों।

[ख] जब कोई संज्ञा, सर्वनाम, विशेषण आदि शब्द बिना किसी प्रत्यय के रूपांतर के क्रिया-विशेषण के रूप में प्रयुक्त होता है तो उसे स्थानीय क्रिया-विशेषण कहते हैं। जैसे–

(i) संज्ञा

अब वह क्या आएगा ?	वह गया क्या ख़ाक !
आज उसे हो क्या गया है ?	दो क़दम पर थक गया, चला क्या पत्थर!

(ii) सर्वनाम

मुझे गया ही समझो, लो मैं यह गया, वह गया।	फूटे मुँह से कुछ न बोले, पाँव के छाले मेरे।
अब इस साइकिल का क्या बिगड़ेगा।	मैं तो आप ही दुखी हूँ।

(iii) विशेषण

मुझे गले से लगा लो, बहुत उदास हूँ मैं।
ऊपर ही ऊपर से सुन रही हूँ।
नाला इस ज़ोर से क्यों मेरा दुहाई देता
ऐ फ़लक, गर तुझे ऊँचा न सुनाई देता।

(iv) पूर्वकालिक कृदंत : मैं यही ख़बर सुनकर आ रहा हूँ। सोकर चलोगे तो देर हो जायगी। क्यों जान-बूझकर अनजान बनते हो।

[ग] यौगिक क्रिया-विशेषण के प्रकारों की संख्या अनंत है। ये कोई से भी दो शब्द-भर मिलाने से बन सकते हैं। कुछ उदाहरण–

कृपापूर्वक, नियमानुसार, क्रमशः, ज्यों-त्यों।
उड़ती-उड़ती ख़बर, गिरते-पड़ते दाम, रोते-झींकते ही बीतेगी,
थमते-थमते थमेंगे आँसू।
रोना है, कोई हँसी नहीं है।

[घ] क्रिया-विशेषण पदबंध–ध्यान से, मुफ़्त में, मज़े का, दिन-भर, ज़बरन, अनजाने, बेसमझे-बूझे, प्रतिदिन।

विशेषण-मालाएँ

विशेषणमाला शीर्षक-सूची

विशेषण-मालाएँ

1. अंतर्गत

अंतर्गत	*included*
अंतर्हित	*contained*
गर्भित	*impregnated*
विवक्षित	*implied*
संनिविष्ट	*inserted*
समाविष्ट	*incorporated*

इन सारे शब्दों में एक बात सामान्य है : एक भाव दूसरे में समाया हुआ है, दो भाव एक-दूसरे में सम्मिलितप्राय हो गए हैं।

मान लीजिए हम मतदाताओं की एक सूची बना रहे हैं। अब प्रश्न यह है कि महिलाओं के नाम पुरुष मतदाताओं के साथ ही रख दिए जाएँ या उनकी सूची अलग बनाई जाए। यदि दोनों को मिलाकर एक ही सूची बना दी जाए तो हम कहेंगे कि महिला मतदाताओं के नाम पुरुष मतदाताओं की सूची के अंतर्गत ही आ गए।

मान लीजिए कि सारी सूची में एक प्रदेश–संथाल परगना–के मतदाताओं के नाम भरने से छूट गए। अब हम एक-एक मतदाता का नाम लेते जाएँगे और उसे क्रमानुसार यथास्थान भरते चले जाएँगे। इसे संनिवेशन कहते हैं। जब ऐसे सारे नाम खप जाएँगे, तो हम कहेंगे कि उक्त परगने के मतदाताओं के नामों का भी समावेश पूरी सूची में हो गया।

'समाविष्ट' का अर्थ है "चारों ओर से आवेष्टित, आच्छादित।" बेठन शब्द इसी से निकला है। यह वह कपड़ा होता है जो किसी वस्तु को धूल आदि से बचाने के लिए लपेट दिया जाता है। हम कभी-कभी यह भी कहते हैं कि बादलों ने धरती को आवेष्टित कर रखा था।

'गर्भ' का अर्थ है 'आंतरिक भाग' या 'केंद्र'। इस प्रकार 'गर्भित' का अर्थ हुआ 'केंद्र में स्थित'। जब कोई महत्वपूर्ण भाषण होता है तो हम कहते हैं कि "भाषण सारगर्भित था।" अर्थात् उसमें बहुत तथ्य था।

'अंतर्हित' का अर्थ है "गुप्त", "छिपा हुआ", "अंतर्धान"। श्रीमती महादेवी वर्मा *नीहार* की रचना 'स्वप्न' में कहती हैं–

हो गईं कहाँ अंतर्हित सपने लेकर वे रातें।
जिनका पथ आलोकित कर बुझने जाती हैं आँखें।।

कुछ इसी ढंग के भाव उर्दू के इस शेर में हैं–

आँखों में घिरे आँसू पलकों पे नहीं आते।
ये कैसे मुसाफ़िर हैं, रुकते हैं न चलते हैं।

और भी–

रोनेवाले तुझे रोने का सलीक़ा भी नहीं।
अश्क पीने के लिए हैं या बहाने के लिए।

एक स्थिति ऐसी आती है जब आँसू और मुस्कान में अंतर नहीं रहता, रुदन आनंदातिरेक में परिणत हो जाता है, भक्त और भगवान एकाकार हो जाते हैं। वहाँ है प्रेम की अंतिम पराकाष्ठा।

तनिक कंकरी के परें, नैन होत बेचैन।
उन नैनन की कह गति, जिन नैनन में नैन।।

सपना भी आप ही हैं, हक़ीक़त भी आप ही।
बस आप आप आप ही ख़ुद में समाए हैं।

जब हम कोई बात मुँह से निकालते हैं, तो बहुधा उसके अंतर्गत कुछ ध्वनितार्थ भी छिपा रहता है जो जिह्वा पर नहीं आता। जब हम किसी वैद्य को बुलाने जाते हैं तो हमारे आमंत्रण में यह विवक्षा रहती है कि हम वैद्यजी की फ़ीस देंगे, और सवारी का किराया भी। विवक्षा का अर्थ है–छिपा हुआ अर्थ।

मान लीजिए हम एक बँगला ख़रीदते हैं जो कई बँगलों के बीच में स्थित है और सारे बँगलों का एक ही मार्ग है, जो उस हाते के फाटक तक जाता है। तो उक्त सौदे में यह विवक्षा रहेगी कि हमें फाटक से बँगले तक जाने का मार्ग मिलेगा, अर्थात् उस मार्ग पर जाने का हमें अधिकार होगा। यदि हमने एक बाग़ ख़रीदा है तो बाग़ के पेड़ों के फल भी ख़रीद लिए हैं।

एक व्यक्ति हिंदू धर्म को छोड़कर ईसाई हो गया। किंतु परंपरागत आदतों के कारण छुआछूत बरतता था। धुली धोती पहनकर खाना खाता था। चौके के चारों ओर लकीर खींच लेता था। किसी ने उससे पूछा कि तुम तो ईसाई हो गए हो, फिर यह छुआछूत कैसी ? वह बोला कि ईसाई हो गया हूँ तो क्या अपना धर्म भी छोड़ दूँ !

2. अंतिम[1]

अंततम	*latest*
अंततोगत, चरम	*ultimate*
अंतिम, आख़िरी	*last*
आंतिक	*final*
आवसानिक	*terminal*
समापक, समांतिक	*concluding*

यदि कोई परणासन्न होता है और उसके होश-हवास ठीक रहते हैं, तो उससे पूछते हैं कि तुम्हारी कोई इच्छा हो तो कहो। यदि रोगी बताता है तो उसे अंतिम अभिलाषा कहा जाता है। इसका अर्थ यह है कि अब वह अपने जीवन-काल में और कोई इच्छा व्यक्त कर नहीं पाएगा। इसी प्रकार शव-यात्रा को 'अंतिम यात्रा' भी कहते हैं।

कभी-कभी किसी की आकस्मिक मृत्यु हो जाती है। उसकी इच्छा होती है कि अपने किसी बहुत ही प्रिय मित्र अथवा संबंधी को दर्शन दे दे। यदि इच्छा-शक्ति प्रबल होती है तो वह वास्तव में सूक्ष्म शरीर से अपने मित्र के सामने उपस्थित हो जाता है। इसी को दूरदर्शन कहते हैं। इस ढंग की घटनाएँ एक-दो नहीं, सैकड़ों हुई हैं जिनके वृत्तांत विद्यमान हैं। संदर्भ के लिए देखें लेखक की एक अन्य पुस्तक।[2]

कभी-कभी किसी-किसी मैच-शृंखला में कई-कई प्रतियोगिताएँ होती हैं। प्रत्येक प्रतियोगिता में जो खेल अंत में होता है, उसे भी एक प्रकार से अंतिम कह सकते हैं। किंतु उसके बाद अगली शृंखला आरंभ होती है। अतः उसे सारी शृंखला का अंत नहीं कह सकते। इसके लिए अंग्रेजी का शब्द final प्रयुक्त होता है। हिंदी में इसका समानक 'आंतिक' बनाया गया है। इसी प्रकार ये नए शब्द चलाए जा रहे हैं–

semi-final	*अर्धांतिक*
quarter-final	*चतुर्थांतिक*

इस संदर्भ में ये पद भी पठनीय हैं–दीये की अंतिम लौ, अंतिम वसीयत, अंतिम निर्णय।

कोई लेखक पुस्तकें लिखता जाता है। हम उसकी प्रत्येक कृति पढ़ते हैं। कोई

---

1. इस संबंध में देखिए : ब्रज मोहन : *शब्द-चर्चा* (संज्ञा-माला : अंत, अवसान, समाप्ति), राजकमल प्रकाशन, नई दिल्ली।
2. ब्रज मोहन : *भटकती आत्माएँ*, पृ. 19, 'अंतिम दर्शन', प्रचारक बुक क्र.ब, हिंदी प्रचारक संस्थान, वाराणसी (1981)।

हमसे पूछता है कि क्या तुमने उसकी अंतिम रचना पढ़ी है ? इसका अर्थ है, 'उसकी अब तक की लिखी हुई सबसे ताज़ी रचना।'

हम किसी पहाड़ पर चढ़ रहे हैं। हमारा लक्ष्य है उसकी सबसे ऊँची चोटी। उक्त चोटी को हम अपने अभियान का चरम बिंदु कहेंगे।

यदि हम समतल पर चल रहे हैं, तो जब हम आख़िरी बिंदु पर पहुँचेंगे, तो उसे यात्रा का अवसान कहेंगे। किसी भी यात्रा का एक आरंभ-बिंदु होता है और एक अवसान-बिंदु। इसी उपमा के आधार पर दिन के मुँदने को 'दिवस का अवसान' कहते हैं।

हम कोई पुस्तक पढ़ते हैं, तो उसके अंतिम अध्याय को समापक अध्याय कहेंगे। इसी प्रकार किसी भाषण के अंतिम भाग को 'समापक भाग' कहेंगे। 'समाप्ति' में भाव किसी क्रियाकलाप की पूर्णता का है। मान लीजिए हमने किसी उपन्यास के थोड़े-से अंतिम पृष्ठ पढ़ लिए। तो हमने उसका 'अंत' तो जान लिया, किंतु हम यह नहीं कह सकते कि हमने उपन्यास समाप्त कर लिया। ये शब्द हम तभी कहेंगे जब उसे आदि से अंत तक पढ़ लें। 'अंत' में ज़ोर सिरे अथवा छोर पर रहता है, 'समाप्ति' में किसी काम की पूर्णता पर।

एक वक्ता महोदय भाषण देने के लिए खड़े हुए। बोले कि मुझे बोलने के लिए केवल 10 ही मिनट दिए गए हैं। समझ में नहीं आता कहाँ से आरंभ करूँ।

श्रोताओं में से एक बोला, "नवें मिनट से आरंभ कीजिए !"

3. अच्छा

अच्छा	*good*
उत्तम	*best*
बढ़िया, उमदा	*excellent, fine, choice*
भला	*noble, gentle*

'अच्छा' एक छोटा-सा विशेषण है जो हमारे दैनिक जीवन में बहुत प्रयुक्त होता है। प्राणियों पर तो लगता ही है, जैसे–अच्छा आदमी, अच्छी बकरी, अच्छा कुत्ता। बेजान वस्तुओं के संबंध में भी इसका प्रयोग होता है, जैसे–अच्छी मेज, अच्छा कपड़ा, अच्छी दवा। अमूर्त वस्तुओं से भी इसको परहेज नहीं है, जैसे–अच्छी आदतें, अच्छा स्वभाव, अच्छे विचार।

यह सब तो ठीक है परंतु आज तक इस बात पर बहुत कम लेखकों ने विचार

किया है कि वास्तव में 'अच्छा' की परिभाषा क्या होगी ?

मनुष्य की सबसे प्राथमिक आवश्यकता भोजन है। 'अच्छा भोजन' में मुख्य भाव है 'पौष्टिक आहार' का। यदि किसी डॉक्टर से पूछा जाए कि 'अच्छा भोजन' किसे कहते हैं तो कदाचित् वह यही कहेगा कि जिसमें विटामिनों और भोजन के पोषक तत्वों का उचित संतुलन हो। किंतु यदि किसी चटोरे व्यक्ति से यही प्रश्न किया जाए तो वह कहेगा कि जो भोजन स्वादिष्ट हो, वही अच्छा है। यह संभव है कि कोई मांसाहारी 'मुर्ग मुसल्लम' को सबसे स्वादिष्ट भोजन बताए, और अमांसाहारी 'उर्द की दाल' को।

सुना है ग़ालिब आमों के बहुत शौक़ीन थे। एक बार महफ़िल जमी हुई थी। आमों का ज़िक्र हो रहा था। एक सज्जन बोले, "जब तक आम में तुर्शी न हो, तब तक आम का मज़ा ही क्या।"

दूसरे सज्जन बोले, "वह आम ही क्या, जिसमें तुर्शी हो।"

तीसरे बोले, "तुर्शी हो किंतु नाममात्र की ही हो।"

इसी प्रकार की टीका-टिप्पणी हो रही थी। अंत में लोगों ने ग़ालिब से पूछा, "आपकी इस बारे में क्या राय है ?"

हज़रत ग़ालिब बोले कि आम में केवल दो बातें चाहिए : मीठा हो, और बहुत हो।

कभी-कभी कुछ लोग ऐसा प्रश्न करते हैं कि तुम खाने के लिए जीते हो, या जीने के लिए खाते हो।

हमारे विचार में इन दोनों प्रश्नों का उत्तर नकारात्मक है। हम केवल खाने के लिए ही नहीं जीते, और भी बहुत-से काम करते हैं : नहाना-धोना, मित्रों से मिलना, सैर-सपाटा करना··· और हम केवल जीने के लिए ही नहीं खाते। यदि केवल जीने के लिए ही खाते होते, तो केवल नाज ही खाते या कंद-मूल खाते। हम फल खाते हैं, मिठाई खाते हैं, नमकीन खाते हैं–स्वाद के लिए।

भोजन के पश्चात् हमारी दूसरी प्राथमिक आवश्यकता है वस्त्र। 'अच्छा वस्त्र' किसे कहते हैं। एक कहावत है, "खाओ मन भावता, पहनो जग भावता।" अर्थात् पहनो ऐसा जिसे दुनिया अच्छा कहे।

सामान्य रूप से उसे 'अच्छा वस्त्र' कहेंगे जिसमें रंगों की अत्यधिक विषमता न हो। वस्त्रों के रंगों में मेल हो। भूरे और धूसर रंगों का मेल अधिकतर रंगों से बैठ जाता है। किंतु गहरा पीला रंग और गहरा नीला रंग आँखों को खटकता है।

फिर सुविधा का प्रश्न भी है। यदि वस्त्र ऐसा हो कि आसानी से पहना जा सके तो वह 'वस्त्र' ही क्या हुआ। ढीला-ढाला वस्त्र कार्यालय अथवा प्रयोगशाला में काम नहीं देगा। पर इतना कसा भी न हो कि पहनते ही मसक जाए। प्राचीन

समय में रजवाड़ों में जब कोई चूड़ीदार पजामा बनवाता था तो पिंडलियों पर की सीवन खुली छोड़ दी जाती थी। जब राजा साहब पहनने के लिए तैयार होते थे तो दर्ज़ी बुला लिया जाता था। वह उसी समय उसे कर-कर सी देता था। ऐसा पाजामा एक ही बार पहनने में आता था, क्योंकि उतारते समय सीवन उधड़ जाती थी। ऐसे पाजामे को देखने में सुंदर भले ही कहें, सुविधाजनक नहीं कह सकते थे। अच्छा वस्त्र उसे कहेंगे जिसमें सौंदर्य और उपयोग का सम्मिश्रण हो।

हमारी तीसरी आवश्यकता आवास की है। मकान वही अच्छा कहलाएगा जिसमें रहने की सुविधा हो। हर मकान में तीन सुनिश्चित विभाग होने चाहिए–

(i) कार्यकलाप विभाग : इसमें स्नानागार, शौचालय, रसोईघर, भोजन-कक्ष, भंडार आदि के लिए पर्याप्त स्थान होना चाहिए। यदि भोजन-कक्ष और रसोईघर एक-दूसरे से दूर होंगे, तो कदापि सुविधा नहीं रह सकती। इसी प्रकार, स्नानागार और शौचालय पास-पास होने चाहिए।

(ii) सत्कार विभाग : इसमें बैठक, अतिथि-गृह, साथ में संलग्न स्नानागार, शौचालय आदि।

(iii) विश्राम विभाग : शयनागार, संलग्न शौचालय आदि।

मकान का आयोजन ऐसा हो कि एक कमरे से दूसरे में जाने की सुविधा हो, अर्थात् मकान सुगठित हो। इसके अतिरिक्त कमरे वर्गाकार न हों, वरन आयताकार हों, जिनकी भुजाओं में 5:8 का अनुपात हो, तभी कमरे सुंदर कहलाएँगे। ऐसे मकान को 'अच्छा मकान' कहेंगे।

इन सब बातों से क्या निष्कर्ष निकला। किसी वस्तु को अच्छा तभी कहेंगे जब उसमें मुख्य गुण, जिसके कारण उसे उक्त नाम दिया गया है, उसी ढंग की और बातों से अधिक हों। घी में क्या गुण होते हैं। दानेदार हो, हल्का पीला रंग हो, सुखकर सुगंध हो–अर्थात् उसमें 'घीपन' अधिक हो, तभी उसे 'अच्छा घी' कहेंगे।

इसी प्रकार 'अच्छा आदमी' उसे कहेंगे जिसमें आदमीयता के गुण अधिक हों, जैसे शिष्टाचार, मीठी बोली, मुरव्वत, लिहाज़। 'अच्छा ज्योतिषी' उसे कहेंगे जिसे ज्योतिष का ज्ञान अधिक हो।

इसी प्रकार, हम 'अच्छा स्वभाव', 'अच्छे विचार', 'अच्छा ढंग', 'अच्छा मित्र' को स्थूल रूप से परिभाषित कर सकते हैं। जहाँ उपरिलिखित कसौटी विफल हो जाय, वहाँ हम इस बात पर विचार कर सकते हैं कि इस विषय में जनमत क्या कहता है। अब हम वस्तुनिष्ठ से व्यक्तिनिष्ठ परख पर पहुँच गए।

हम अच्छा पड़ोसी, अच्छा मित्र, अच्छा विद्वान तो कह सकते हैं, किंतु अच्छा चोर, अच्छा शराबी, अच्छा जुआरी नहीं कह सकते, क्योंकि जनमत ऐसे व्यक्तियों के लिए अच्छा विशेषण स्वीकार नहीं करता।

(क) अच्छा करना = अच्छा काम करना, यह उसने अच्छा नहीं किया।
(ख) अच्छा कहना = प्रशंसा करना, कोई भी तो उसे अच्छा नहीं कहता।
(ग) अच्छा-ख़ासा = भला चंगा।
(घ) अच्छा घर = (1) संपन्न घराना, (2) प्रतिष्ठित/कुलीन घराना।
(ङ) अच्छा दिन = शुभ मुहूर्त (वाला दिन)
(च) अच्छे-अच्छे = प्रसिद्ध/बड़े लोग।
(छ) अच्छे थान का घोड़ा = प्रसिद्ध नसल का घोड़ा।
(ज) अच्छे दिन = संपन्नता का समय।
(झ) अच्छे वक़्त = आवश्यकता के समय।
(ञ) अच्छे हालों गुज़रना = सुख के दिन बीतना।

अच्छा का विशेषण-रूप में अर्थ (1) भला, बढ़िया, खरा; (2) स्वस्थ, तंदुरुस्त, जैसे–

(क) "कल तो वह ज्वर में पड़ा था, आज कैसा है ?"
"अच्छा है।"
"किसकी दवा से अच्छा हुआ ?"
"वैद्यजी की।"

(ख) "मैं न अच्छा हुआ, बुरा न हुआ।"–मोमिन

अब 'अच्छा' के क्रिया-विशेषण रूप पर भी विचार कर लें–

(क) ठीक। उपयुक्त समय पर। जैसे–"आज तुम अच्छे आ गए। अब तो विवाह की तिथि भी निश्चित हो जाएगी।"

किंतु 'अच्छे आए' का मुहावरे के रूप में व्यंग्यात्मक भाव होता है, जैसे "तुम अच्छे आए। तुम्हें देखते ही वह लड़का भाग गया।"

(ख) भली-भाँति, या ठीक प्रकार से। जैसे–"तुम अच्छे आए, हमें दो घंटे बाट देखनी पड़ी।" इसमें भी व्यंग्य का भाव है।

पद : (i) अच्छे मिलना–आज तुम अच्छे मिले, वर्षों पुरानी बातें याद आ गईं। (ii) अच्छे रहना (क) मालूम होता है, तुम अच्छे रहते हो, इसीलिए किसी डॉक्टर से तुम्हारी घनिष्ठता है ही नहीं। (ख) तुम्हीं अच्छे रहे। सैर भी कर ली, सिनेमा भी देख आए। (ग) अच्छी कटना–हमारी तो अच्छी कटती है, और तुम्हारी ? (घ) अच्छा लगना–(i) पसंद आना–क्या दिन-भर ताश पीटना तुम्हें अच्छा लगता है ? (ii) फबना, यह साफ़ा तुम्हारे सिर पर अच्छा नहीं लगता।

शब्द-सागर में 'अच्छा' का विस्तृत विवेचन किया गया है, किंतु वर्गीकरण तर्कसंगत नहीं है। एक बात अधिक खटकती है : 'अच्छा लगना' के अंतर्गत तीन उदाहरण इस रूप में दिए गए हैं : 'तुम्हारे सिर पर यह टोपी नहीं अच्छी लगती, हमें यह फल नहीं अच्छा लगता, हमें तुम्हारी यह चाल नहीं अच्छी लगती।' हमारे विचार

में यह प्रयोग इस रूप में होना चाहिए : '... अच्छी नहीं लगती।'

शब्दार्थ दर्शन का वर्गीकरण यों तो अधिक तर्कसंगत है परंतु यह वाक्य विचारणीय है : साधारण स्थिति में त्रुटियों, दोषों, विकारों आदि से रहित होना भी 'अच्छा' माना जाता है, जैसे–अच्छी फसल, अच्छी लिखावट, अच्छा स्वास्थ्य आदि। इस सूची में 'अच्छी फसल' को रखना बिल्कुल नहीं जँचता।

'अच्छा' अव्यय के रूप में भी प्रयुक्त होता है। हम कुछ उदाहरण देते हैं–

(i) पड़ोसी के घर न्योते में चले जाना। 'अच्छा जी !' (स्वीकृति)
(ii) अच्छा, तो उसके भी निराले रूप हैं ! (अचरज)
(iii) पड़ोसी की लड़की को ज्वर आ गया है। 'अच्छा !' (आशंका मिश्रित अचरज)
(iv) अच्छा, ख़ैर, यही सही। (मजबूरी का संतोष)

'अच्छा' संज्ञा के रूप में भी प्रयुक्त होता है–

(i) बेढंगा व्यक्ति, जैसे–अच्छे से पाला पड़ा है। कमबख़्त तमीज़ से बात भी नहीं करता।
(ii) बड़ा आदमी, जैसे–मैंने अच्छे-अच्छों को देख लिया है, तुम क्या चीज़ हो।
(iii) क्या किराया नहीं दोगे। तुम्हारे तो अच्छे भी देंगे। (यहाँ 'अच्छे' का अर्थ 'बुजुर्ग' है)

'उम्दा' का अर्थ है 'उच्च कोटि का।' 'बढ़िया' का अर्थ भी लगभग यही है, किंतु इतना अंतर है कि 'बढ़िया' में भाव 'मूल्यवान' का भी है। उम्दा कपड़ा उसे कहेंगे जो देखने में सामान्य कपड़ों से सुंदर हो किंतु 'बढ़िया कपड़ा' उसी को कहेंगे, जिसका मूल्य भी अधिक हो। स्पष्ट है कि यह अंतर 'उम्दा कहानी' और 'बढ़िया कहानी' पर लागू नहीं होगा, क्योंकि कहानी में मूल्य का प्रश्न नहीं होता।

कभी-कभी 'बढ़िया आदमी' जैसे प्रयोग भी देखने में आते हैं। इस पद में बढ़िया का अर्थ है, 'अच्छे स्वभाववाला', अर्थात् जो शांत, गंभीर, मिलनसार हो। जिसकी सबसे पट सके।

पहले संस्कृत में भी 'अच्छी' और 'अच्छा' शब्द चलते थे। इनका अर्थ था शुद्ध, साफ़, स्वच्छ। परंतु यह अर्थ उड़ता जा रहा है। हिंदू घरानों में कुछ स्त्रियाँ अब भी पुराने ढंग से छुआछूत बरतती हैं। इनकी एक धोती बिल्कुल अलग रखी रहती है, जिसे कोई छू नहीं सकता। जब कभी यह 'कच्ची रसोई' (जिसमें पकाते समय घी का सेवन न किया गया हो) बनाती हैं, तब वही धोती पहनकर। उस धोती को 'सुच्ची धोती', अथवा 'अच्छी धोती' कहते हैं।

बहुत-से गाँवों में लोग पूछते हैं कि क्या आपका हाथ 'अच्छा' है। अर्थात् 'जूठा'

तो नहीं है। कुछ स्थानों पर 'अच्छा' के बदले 'बढ़िया' का प्रयोग भी करते हैं। परंतु ये प्रयोग कदाचित् स्थानीय ही हैं।

'उत्तम' का अर्थ है 'सबसे अच्छा।' यह एक आपेक्षिक शब्द है। विशेषणों में तीन अवस्थाएँ होती हैं : मूलावस्था, उत्तरावस्था और उत्तमावस्था। जैसे–गुरु (भारी), गुरुतर (अधिक भारी), गुरुतम (सबसे भारी)।

इसी प्रकार पहले ये तीन शब्द चलते थे–उत् (अच्छा), उत्तर (अधिक अच्छा), उत्तम (सबसे अच्छा)। किंतु अब 'उत्तर' दिशा के अर्थ में आता है, और 'उत्' का अर्थ 'ऊपर' है। 'उत्तम' केवल मूलावस्शा में ही प्रयुक्त होता है जिसका अर्थ है 'बहुत अच्छा', 'बहुत बढ़िया'। व्याकरण में वक्ता के लिए उत्तम पुरुष का प्रयोग होता है। हमारे विचार में उसे 'प्रथम पुरुष' कहना चाहिए।

सामान्यतः 'भला' का अर्थ भी वही है जो 'अच्छा' का। हम कहते हैं कि वह एक भला आदमी है। तात्पर्य यह है कि नरम स्वभाव है, झगड़ालू नहीं है।

'भला' का एक अर्थ सुंदर भी है, जैसे–बच्चे ने गोटे की टोपी पहन रखी थी। बड़ा भला लगता था।

'भला' के साथ कुछ विशिष्ट प्रयोग भी चलते हैं, जैसे–

भला चंगा = पूर्णतया स्वस्थ।

भला-बुरा = हानि-लाभ, ऊँच-नीच।

कभी-कभी 'भला' अव्यय का काम भी देता है। हम किसी से कहते हैं : कल मैं जाऊँगा और उस कमबख़्त को नाकों चने चबा दूँगा। और श्रोता कहता है 'भला !' भाव यह है कि उसे मेरी बात पर तनिक भी विश्वास नहीं है।

कहीं-कहीं पर रात के चौकीदार आवाज़ लगाते हैं–"भला, रे भला !" भाव यह है कि यदि कोई चोर चोरी का प्रयत्न कर रहा हो तो समझे कि चौकीदार ने मुझे देख लिया है, और अब चेतावनी दे रहा है।

एक प्रयोग है–भले ही। "भले ही आप कुछ भी कहें, मैं वोट तो रतनलाल को ही दूँगा।" भाव यह है कि रतनलाल के विरुद्ध आपके कुछ भी कहने का मेरे ऊपर कोई प्रभाव नहीं पड़ेगा। मैं वोट उसी को दूँगा।

आशीर्वाद के रूप में : भगवान तुम्हारा भला करे। भला हो, शुभ हो।

4. अनंत

अगणनीय, अगण्य, अनगिनत	*uncountable*
असंख्य	*countless*

अगाध, अगाह्य	*unfathomable, fathomless*
अनंत, अंतरहित, अंतहीन	*Infinite, unending, endless*
अपरिमित	*unbounded*
असीम, असीमित, निस्सीम, सीमारहित	*Illimitable, unlimited limitless*

किसी कक्षा में अध्यापक ने पूछा कि कोई ऐसी वस्तु बताओ जिसका अंत हो, पर आदि न हो। एक लड़के ने हाथ उठा दिया। शिक्षक के पूछने पर उसने उत्तर दिया, "मास्टरजी, उर्दू का एक शेर है :

फ़्लसफ़े की बहस के अंदर ख़ुदा मिलता नहीं
डोर को सुलझा रहा है, पर सिरा मिलता नहीं।"

अध्यापक महोदय का दूसरा प्रश्न था, "ऐसी वस्तु बताओ जिसका आदि हो पर अंत न हो।"

एक छात्र ने हाथ उठा दिया। उसका उत्तर था, "द्रौपदी का चीर-हरण।"

तीसरा प्रश्न : "ऐसा उदाहरण दो जिसमें न आदि हो न अंत।"

एक विद्यार्थी का उत्तर था, "जब मैं सवेरे उठता हूँ, अपने माता-पिता को झगड़ता हुआ पाता हूँ। दिन-भर उनकी कहा-सुनी चलती रहती है। जब मेरे सोने का समय आ जाता है तब भी उनके झगड़े का अंत नहीं हो पाता !"

'अंनत' का अर्थ है, "जिसका अंत न हो।" यदि हम पूर्णांकों की एक माला बनाएँ–1, 2, 3, 4, 5,··· तो क्या हम बता सकते हैं कि इसका अंत कहाँ होगा। इस माला का कहीं अंत होगा ही नहीं। हम अपने मन में कोई बड़ी से बड़ी संख्या ले लें, उदाहरणार्थ–10,00,00,00,000··· तो क्या इससे आगे कोई पूर्णांक होगा ही नहीं ? अवश्य होगा। उपरिलिखित माला का इससे अगला पूर्णांक होगा 1,00,00,00,00,000। 'अनंत' का यही अर्थ है। माला के प्रत्येक सदस्य के बाद कोई सदस्य अवश्य होगा।

एक दिन अकबर ने बीरबल से पूछा कि आकाश में कितने तारे हैं। ज़रा गिनकर बताओ। बीरबल ने एक दिन का अवकाश माँगा। अगले दिन बीरबल कहीं से एक भेड़ पकड़ लाए। अकबर के सामने उसे खड़ा करके बोले कि हुज़ूर, आकाश में उतने ही तारे हैं जितने इस भेड़ के शरीर पर बाल। न मानें तो किसी से गिनवाकर देख लें।

बीरबल के कहने का मतलब यह था कि आकाश के तारे गिनना उतना ही कठिन है, जितना भेड़ के शरीर के बाल। परंतु वास्तव में अनंत नहीं हैं। भेड़ के बालों का गिनना दुस्तर अवश्य है, किंतु असंभव नहीं। इसी प्रकार समुद्र की

गहराई मापना कठिन अवश्य है, पर असंभव नहीं। इसको अगाध कहते हैं। वास्तव में अनंत वह है, जिसे पूरा-पूरा गिन ही नहीं सकते।

कुछ इसी ढंग का एक उदाहरण महादेवीजी अपनी एक कविता 'अभिमान' (*नीहार*) में देती हैं–

जग हँसकर कह देता है, मेरी आँखें हैं निर्धन
इनके बिखराए मोती क्या अब तक वह पाया गिन ?

यह तो रहा गिनती का क्षेत्र। अब समय के क्षेत्र पर विचार कीजिए। हमारे वर्तमान समय से पहले कितना समय बीत चुका है, और आगे कितना समय बीतेगा।

भौमिकिज्ञों ने यह अनुमान तो लगाया है कि पृथ्वी की सृष्टि को कितने वर्ष हुए। और यह भी कह सकते हैं कि सौरमंडल का जन्म कब हुआ। किंतु क्या यह कोई बता सकता है कि विश्व का आविर्भाव कब हुआ ? और यह कि विश्व का अंत कब होगा ? यदि हमें आदि का कोई भी दिन–लाख, दो लाख अथवा करोड़, दो करोड़ दिन पहले का मानें तो प्रश्न यह होगा कि क्या उससे पहले कोई दिन था ही नहीं ? इसी प्रकार विश्व का अंतिम दिन भी निर्धारित हो ही नहीं सकता। मानना पड़ेगा कि विश्व का न आदि था, न अंत होगा। अर्थात् समय अनंत है।

एक प्रश्न : एक व्यक्ति अपनी डायरी लिखता है, किंतु एक दिन की डायरी भरने में उसे दो दिन लगते हैं। यदि उसके जीवन के दिन अनगिनत हों तो क्या उसकी डायरी कभी पूरी होगी ?

उत्तर : नहीं, क्योंकि वह सदैव अपनी डायरी से पिछाड़ी रहेगा।

अब आकाश के क्षेत्र पर विचार कीजिए। हमारे सामने की दिशा में अनंत आकाश है, पीछे की दिशा में भी अनंत आकाश है। दाहिने, बाएँ, ऊपर, नीचे–सब ओर अनंत का ही साम्राज्य है। यों समझना चाहिए कि आकाश का विस्तार असीम है।

पंथी हूँ मैं उस पथ का, अंत नहीं जिसका।
आस मेरी है जिसकी दिशा, आधार मेरे मन का।।

अब इस अनंतवाली संकल्पना पर एक दूसरे दृष्टिकोण से विचार कीजिए। यदि हम 3 को 10 से भाग दें तो हमें $\frac{3}{10}$ अर्थात् '.3' प्राप्त होगा। यदि हम $\frac{1}{20}$ से भाग दें तो हमें संख्या 60 प्राप्त होगी। यदि हम भाजक को छोटा करते जाएँ तो भजनफल बढ़ता जाएगा। यदि भाजक $\frac{1}{10^{100}}$ हो तो भिन्न; $\frac{3}{\frac{1}{10^{100}}}$ अर्थात 3×10^{100} प्राप्त होगा, जो एक बड़ी संख्या होगी। ज्यों-ज्यों इस भिन्न का हर (denominator) घटता जाएगा, भजनफल बढ़ता जाएगा। क्या इस वृद्धि

का कोई अंत है ही नहीं ? हम गणित के शब्दों में कहेंगे कि ज्यों-ज्यों भाजक 0 के समीप होता जाएगा, भजनफल बढ़ता ही चला जाएगा। एक स्थिति ऐसी आयगी जब वह किसी भी पूर्व-निर्धारित बड़ी से बड़ी संख्या से आगे निकल जाएगा। गणितज्ञ इसी को 'अनंत संख्या' अथवा 'अनंती' कहते हैं, और उसे एक विशेष चिह्न ∞ से निरूपित करते हैं। इसी को अपरिमित संख्या भी कहते हैं, किंतु यह स्पष्ट रूप से समझ लेना चाहिए कि चिह्न ∞ किसी निश्चित संख्या को निरूपित नहीं करता, वरन संख्या का अभाव द्योतित करता है।

यदि 8 में 5 जोड़ें तो योग 13 होता है। यदि 10 में से 3 घटाएँ तो अंतर 7 आता है। परंतु अनंती में कोई भी सीमित संख्या जोड़ने से, अथवा उसमें से कोई भी सांत संख्या घटाने से, उसके अनंतत्व पर कोई आँच नहीं आती।

केवल इतना ही नहीं। *ईशोपनिषद्* का एक श्लोक है–

ओं पूर्णम् अदः पूर्णम् इदं, पूर्णात् पूर्णम् उदच्यते।
पूर्णस्य पूर्णम् आदाम, पूर्णम् एवावशिष्यते।।

अर्थ : यदि पूर्ण में से पूर्ण घटाएँ तो भी पूर्ण बच रहता है।

यों कहने में यह वाक्य बड़ा अटपटा लगता है, किंतु इसमें वास्तविक तथ्य है। इसका एक गणितीय समकक्ष हम यहाँ देते हैं। मान लीजिए हम सम पूर्णांकों की एक श्रेणी बनाते हैं–

2, 4, 6, 8···(i)

इनकी संख्या अनंत है।

अब हम इनमें से एक-एक छोड़कर शेष पूर्णांकों की माला बनाते हैं–

2, 6, 10, 14···(ii)

इनकी संख्या भी अनंत है। अब हम (i) के पूर्णांकों में से (ii) वाले पूर्णांक निकालकर शेष की माला बनाते हैं–

4, 8, 12, 16 ···

इनकी संख्या भी अनंत है।

हम लोगों का दैनिक संपर्क केवल सांत संख्याओं से ही पड़ता है। अतएव उनके परिप्रेक्ष्य में अनंती की कल्पना करना और उसके स्वरूप को समझ पाना हमारे लिए दुस्तर है। महोदवीजी कहती हैं–

उदधि नभ को कर लेगा प्यार, मिलेंगे सीमा और अनंत।
उपासक ही होगा आराध्य, एक होंगे पतझार, वसंत।।
प्रतीक्षा में मतवाले नैन, उड़ेंगे जब सौरभ के साथ।
हृदय होगा नीरव आह्वान, मिलोगे क्या तब हे अज्ञात।

–'तब' *(नीहार)*

अवतारवाद के विरोधी कहते हैं कि यदि ईश्वर में 16 कलाएँ हैं, और कृष्णजी पूरी 16 कलाओं के अवतार थे तो जब वे पृथ्वी पर विद्यमान थे, तब विष्णुपुरी तो ख़ाली हो गई होगी, क्योंकि संपूर्ण कलाओं सहित विष्णुजी तो यहाँ मौजूद थे।

ऐसे व्यक्ति 'अवतार' का अर्थ ही नहीं समझते। यदि कृष्णजी 16 कलाओं सहित पृथ्वी पर विद्यमान थे तो यह कल्पनातीत नहीं है कि विष्णुपुरी में विष्णुजी भी समस्त कलाओं सहित उपस्थित हों।

किसी देश की एक नदी में कई प्रपात थे। एक प्रपात से बिजली ली जा चुकी थी। जब दूसरे प्रपात से भी बिजली लेने का प्रस्ताव आया तो तत्संबंधी मंत्रीजी बोले कि इस नदी में जितनी बिजली थी, वह तो आप पहले प्रपात पर ही ले चुके, अब दूसरे प्रपात पर बिजली कहाँ से आएगी !

मंत्री महोदय को यह पता नहीं था कि बिजली की मात्रा निश्चित नहीं होती, जो एक प्रपात पर निकाल लेने से दूसरे प्रपात पर बिल्कुल न बचे।

5. अनर्गल

अंट-शंट, अंड-बंड, अनाप-शनाप, अटपटा, बेढंगा	*incoherent*
अनर्गल, ऊटपटांग, ऊल-जलूल	*absurd, preposterous*
अलल-टप्पू, अटकल-पच्चू	*haphazard*
उलटा-पुलटा	*topsy-turvy*

'अर्गल' एक संस्कृत शब्द है जिसका मौलिक अर्थ है लकड़ी का वह अड़ाना, जिसे किवाड़ के अंदर लगाया जाता है ताकि किवाड़ खुल न सके। यह शब्द भारत की अधिकतर भाषाओं में किसी न किसी रूप में पाया जाता है, जैसे–

अगड़ (बंगाली), अग्गल (पंजाबी), आगले (गुजराती), अंगुल (सिंधी), अगल (मराठी)।

लाक्षणिक रूप से इसका अर्थ चल निकला है, 'वह अवरोध जो किसी काम में बाधा डाल सके।' इस प्रकार 'अनर्गल' का अर्थ हुआ, 'ऐसी (बात) जिसमें कोई रुकावट न हो, अर्थात्, 'अनियंत्रित'।

(क) यदि कोई छोटा किसी बड़े से कहे कि तुम मुर्ख हो, तो यह बात अनियंत्रित, अनर्गल होगी।

(ख) *महाभारत* में एक प्रसंग शिशुपाल का आता है। उसे कृष्णजी ने वरदान दिया था कि वह उसे उसकी 100 गालियाँ तक क्षमा कर देंगे। शिशुपाल उन्हें बुरा-भला कहता ही चला गया। जब 100 गालियाँ पूरी हो गईं तब कृष्णजी ने उसका वध कर दिया।

(ग) अटपटे, अंट-शंट आदि शब्दों में भाव असंगति का है। *रामायण* में केवट-संवाद आता है। जब भगवान राम केवट से कहते हैं कि हमें अपनी नाव में पार उतार दो, तो केवट उत्तर देता है कि भगवन, आपके चरणों में कोई जादू है। उनके स्पर्श से अहल्या शिला से युवती बन गई और स्वर्ग सिधार गई। इसी प्रकार, यदि मेरी नाव आपके चरणों के स्पर्श से युवती बनकर स्वर्ग चली गई तो मेरी तो रोज़ी ही मारी जाएगी, क्योंकि मेरी गृहस्थी की रोटी तो इसी नाव से चलती है। अतएव, मैं तो पहले आपके चरण धोऊँगा, तब आपको अपनी नाव पर चढ़ाऊँगा।

भक्ति, प्रेम और श्रद्धा का ऐसा सुंदर संयोग अन्य कहीं नहीं दिखाई देगा। पहली बात तो यह है कि अहल्या और नाव में कोई समानता नहीं है। दूसरी बात यह है कि पानी से धोने से चरणों का जादू कैसे जाता रहेगा। परंतु केवट इसी बहाने भगवान के चरण धोकर चरणामृत पीना चाहता था। इसी से तुलसीदास जी कहते हैं कि–

सुनि केवट के बैन, प्रेम लपेटे, अटपटे।

इन अटपटे शब्दों में प्रेम मिलेगा, भक्ति मिलेगी, श्रद्धा मिलेगी, पर तर्क नहीं मिलेगा।

(1) हमारे एक मित्र थे। बहुत-सी उलटी-पुलटी बातें कहा करते थे। एक दिन गाड़ियों की गति का ज़िक्र छिड़ गया। बोले कि रेलगाड़ियाँ भी एक निश्चित गति से ऊँचे वेग से नहीं चलाई जा सकतीं। इसी चाल को रोकने के लिए उनके पहियों के ऊपर रबड़ के चक्के लगाए जाते हैं।

सोचने की बात है। क्या रबड़ के चक्के उस गति को सहन कर लेंगे, जिसे लोहे के पहिए सहन न कर सकें। उनके तो दस कदम पर ही चिथड़े उड़ जाएँगे।

(2) एक जगह महफिल जमी हुई थी। सब लोग अपनी-अपनी सुना रहे थे। एक युवक चुपचाप बैठा था। उससे बुजुर्गों ने कहा कि तुम भी तो कोई बात कहो। उसने सोचा कि जब ये लोग मुझे इतना ऊँचा पीढ़ा दे रहे हैं, तो मुझे कोई मौलिक बात कहनी चाहिए।

बोला कि रमज़ान के दिनों में किस समय रोज़ा इफ़्तारना (व्रत तोड़ना) चाहिए।

सब बोले, "जब सूरज डूब जाय।"

युवक बोला, "और जो किसी दिन सूरज रात के बारह बजे तक न डूबे तो !"

(3) कबीर ने अपनी एक रचना में उलटी-पुलटी बातें कही हैं, जैसे–"बरसेगा

कम्बल, भीगेगा पानी।"

ये कबीर की उलटबासियाँ कहलाती हैं। कबीर के बहुत-से भक्तों ने इन पंक्तियों का उलटा-सीधा अर्थ लगाने का प्रयत्न किया है। हमारा विचार है कि ऐसी पंक्तियाँ केवल बच्चों को बहलाने के लिए लिखी गई होंगी। इनका कोई अर्थ नहीं है।

जब किसी समस्या का हल समझ में न आए, और कोई बिना किसी आधार के कोई अटकल लगाए, तो उसे अलल-टप्पू कहते हैं। ऐसी अटकलें प्रायः असंभव होती हैं।

बच्चों की पुस्तकों में एक काल्पनिक पात्र हुआ करता था—लाल बुझक्कड़। उसकी अटकलें प्रसिद्ध हैं। एक बार कुछ लड़के दिल्ली की कुतुबमीनार के आगे खड़े हुए थे। किसी ने प्रश्न कर दिया कि इतनी ऊँची मीनार किस प्रकार बनाई गई होगी ? क्या कोई बहुत लंबी सीढ़ी बनाई गई थी, जिस पर चढ़कर राज-मज़दूर काम करते थे ? जब किसी से शंका का समाधान न हुआ तो लाल बुझक्कड़ से पूछा गया। उसने कहा कि बिल्कुल सीधी-सी बात है। पहले एक बहुत गहरा गड्ढा खोदा गया होगा। फिर उसे उलटकर खाड़ा कर दिया होगा !

6. अनुभवी

अनुभवी	*experienced*
कुशल, पटु	*skilled, skilful*
चतुर	*clever*
निपुण, प्रवीण	*expert, adept*
निष्ण, निष्णात	*accomplished*
प्रशिक्षित	*trained*
सुविज्ञ	*proficient*

हिंदी की एक कहावत है : पर उपदेश कुशल बहुतेरे। अंग्रेजी की एक कहावत है : उपदेश से दृष्टांत अच्छा होता है, और अनुभव इन दोनों से बढ़िया रहता है। इन्हीं से मिलती-जुलती एक अन्य कहावत है : जिसके पैर न फटी बिवाई, वह क्या जाने पीर पराई।

ऐसी सारी कहावतों का मतलब एक ही होता है कि दूसरों के कष्ट को हम तभी समझ पाते हैं जब हमें स्वयं उसका अनुभव होता है।

गणित-ज्योतिष एक अनुभवपरक विज्ञान है। हज़ारों वर्ष से हम देखते चले

आए हैं कि सूरज पूरब में निकलता है, और हमारा परिकलन भी यही बताता है। अतः हमें विश्वास है कि कल भी सूरज पूरब में ही निकलेगा। किंतु किसी ने स्वयं जाकर तो सूरज को निकलते हुए देखा नहीं है।

और आयुर्वेद भी तो अनुभवपरक ही है। प्राचीन समय में दवाइयों के विश्लेषण के आधुनिक ढंग तो थे नहीं। परंतु वैद्य लोग जानते थे कि अमुक दवाई से ज्वर उतर जाता है। अतः ज्चर आया और उन्होंने वही दवा दे दी।

परंतु अनुभव से लोग ग़लत अर्थ भी निकाल लेते हैं। किसी ने देखा कि जब कोई काना दिखाई दिया, उसका काम बिगड़ गया। या किसी ने देखा कि जब कभी वह सिनेमा जाने का नाम लेता है, उसकी साइकिल में पंक्चर हो जाता है। तो वह दोनों घटनाओं में कार्य-कारण का संबंध जोड़ देता है। परंतु ऐसे निष्कर्ष ग़लत होते हैं। अनुभवी व्यक्ति उसे कहते हैं जो किसी अनुभव का वास्तविक अर्थ समझे और उससे लाभ उठाए।

जब कोई व्यक्ति वीणा बजाने में दक्ष हो जाता था, उसे 'प्रवीण' कहते थे। बाद को यदि कोई किसी भी काम में होशियार हो गया तो उसे भी प्रवीण कहने लगे। इसी प्रकार, 'कुशल' उन्हें कहते थे जो 'कुशा' घास छाँट-छाँटकर निकालने में चतुर हो जाते थे। अब तो कुशल कारीगर, कुशल बढ़ई—यहाँ तक कि 'कुशल चोर' तक कहलाते हैं।

'चतुर' का अर्थ है 'प्रखर बुद्धिवाला।' यदि कोई व्यक्ति किसी बात को जल्दी समझ जाए तो उसे चतुर कहते हैं। दूसरा अर्थ यह भी है कि वह व्यक्ति चतुर कहलाता है जो अपना काम निकालना जाने। 'चतुर सुजान' और 'चतुर खिलाड़ी' जैसे प्रयोग तो चलते ही थे, अब तो 'चतुर चोर' जैसे प्रयोग भी चलने लगे हैं।

निष्ण और निष्णात का अर्थ है, 'अच्छी तरह पूरा किया हुआ।' इसी ढंग का शब्द 'प्रशिक्षित' है। आजकल विशेषज्ञता का ज़माना है। विद्या में से विद्या और विज्ञान में से विज्ञान निकलता चला आता है। आजकल बुख़ार का तो ज़िक्र ही क्या, हड्डियों के डॉक्टर अलग हैं, सीने के रोगों के डॉक्टर अलग हैं, घुटनों के डॉक्टर अलग।

एक लड़का विदेश से डॉक्टरी सीखकर लौटा था। उसके गाँव के एक सज्जन मिले। उन्होंने कहा, "लल्ला, तुम डाक्टरी पढ़कर लौटे हो, मेरा कुत्ता पागल हो गया है। उसको ठीक कर दो।" वह बोला, "मैं जानवरों का इलाज नहीं करता।" वह व्यक्ति बोला, "हमारी माँ की टाँगों में दर्द रहता है। उनका इलाज कर दो।" उसने उत्तर दिया, "आजकल टाँगों के डॉक्टर अलग होते हैं। मैंने तो केवल चेहरे के रोगों का अध्ययन किया है।" लालाजी बोले, "मेरी आँखों में··· " डॉक्टर साहब बोले, "मैं केवल नाक का डॉक्टर हूँ।" वह बोले, "किस नथुने के ?"

जो किसी विषय का बहुत ही अच्छा जानकार हो, उसे सुविज्ञ कहते हैं।

7. आधुनिक

अर्वाचीन	***recent***
आधुनिक	***modern***
प्राचीन	***ancient***

किसी भी देश के इतिहास को दो मोटे-मोटे भागों में बाँटा जा सकता है : प्राचीन और आधुनिक। दोनों के बीच की भाजक रेखा कहाँ पर खींची जाय, इसका कोई नपा-तुला सिद्धांत बनाना कठिन है। यों मोटे तौर पर कह सकते हैं कि इस देश का प्राचीन काल *रामायण* और *महाभारत* का समय था, या उससे भी पहले का। एक समय था जब मनुष्य खोहों और कंदराओं में रहा करते थे। उनका मुख्य आहार जानवरों का मांस था। वे जंगलों में भोजन की खोज में घूमा करते थे। जहाँ पत्थर मिलता था, वहाँ पत्थर के मकान बनाते थे। सुदूर उत्तर के बर्फ़ीले प्रदेश में बरफ़ के मकानों में रहते थे। पेड़ों के पत्तों से शरीर ढका करते थे। सिवाय पैदल के यातायात का कदाचित् ही कोई साधन रहा हो।

और हमारा आजकल का समय ऐसा है जिसमें रेल, मोटर के अतिरिक्त वायुयान भी चलते हैं, संचार के आधुनिक साधन–रेडियो, टेलीफ़ोन, दूरदर्शन आदि सामान्य बातें हो गई हैं।

अर्वाचीन का अर्थ है 'पीछे का'। कितने पीछे का, यह वक्ता के दृष्टिकोण पर निर्भर है। सामान्य मनुष्य का जीवन-काल 60-70 वर्ष का होता है। कुछ कीट-पतंगों का जीवन 4-5 मिनट का ही होता है। उतने अल्पकाल में ही उनका शैशव, यौवन, बुढ़ापा सब बीत जाता है। हमारे सामने कुछ बच्चे पैदा होते हैं, युवावस्था को प्राप्त होते हैं, पर प्रौढ़ावस्था में ही मर जाते हैं। हम कहते हैं कि अभी कल की ही बात है कि वह पैदा हुआ था और आज उसकी आयु पूरी भी हो गई। *रामायण* और *महाभारत* के समय में मनुष्य की आयु कई सौ वर्ष और हज़ार-हज़ार वर्ष की हुआ करती थी। परशुराम सीता के स्वयंवर में विद्यमान थे। उसके सैकड़ों वर्ष बाद *महाभारत* के समय में वही परशुराम भीष्म को धनुर्विद्या की शिक्षा देते हैं। उनके विचार से तो हमारा जीवन क्षण-भंगुर ही है।

दो सहेलियाँ एक गली में से होकर जा रही थीं। उनमें से एक बोली : "इस गली को देखकर भूली-बिसरी बातें याद आ जाती हैं। इसी मुहल्ले में वह लड़का रहता था जिससे $1\frac{1}{2}$ महीने पहले मेरा प्रेमाचार हुआ था।"

8. आलसी

अहदी, आलसी, आस्कती	*lethargic*
निकम्मा, निठल्ला, निखट्टू, अकर्मण्य	*worthless*
निष्क्रिय	*inactive*
मट्ठर, सुस्त	*lazy, indolent*

चिकित्सा-विज्ञान हमें बताता है कि सूर्यग्रहण के समय सूर्य की ओर ख़ाली आँखों से नहीं देखना चाहिए। किसी पारदर्शी शीशे पर धुएँ की लकीरें फेरकर उसे एक ओर से काला कर लेना चाहिए। ऐसे 'धूमित शीशे' में से सूर्य पर दृष्टि डालनी चाहिए।

दो स्त्रियाँ, जिनके पति निठल्ले थे, बातें कर रहीं थीं। एक ने दूसरी से पूछा कि क्या तुम्हारे पति आजकल ख़ाली हैं ? वह बोली, "नहीं तो। वे तो हर साल नवंबर के महीने में दीवाली कार्ड बेचते हैं।"

दूसरी ने पूछा कि क्या तुम्हारे पति ख़ाली हैं ? वह बोली, "ख़ाली क्यों होते। जब भी पूर्ण सूर्यग्रहण पड़ता है, धूमित शीशे बेचा करते हैं।"

यदि कोई व्यक्ति उचित समय पर काम न करे, टालता चला जाए तो उसे 'आलसी' कहते हैं।

अकबर के ज़माने में, जब कुछ सिपाहियों की कहीं नियुक्ति नहीं होती थी, वे ख़ाली पड़े रहते थे। उन्हें 'अहदी' कहते थे।

कुछ लोगों को पत्र लिखने का आलस्य होता है। मित्रों अथवा संबंधियों के पत्र आए पड़े रहते हैं। वह सप्ताहों उत्तर नहीं देते, जब तक कि नाक पर झूल ही न जाय।

कालिज में मेरे एक मित्र थे। ज़मीन पर बिस्तर बिछा रखा था। धोबी कपड़े लाता था, तो बग़ल में रखा लेते थे। हफ्तों कपड़े इसी प्रकार पड़े रहते थे। जब मैले हो जाते थे, तो वहीं से दुबारा धोबी को डाल देते थे।

कुछ लोग बाज़ार से सौदा लाने में आस्कती होते हैं। ऐसे लोग निष्क्रिय कहलाते हैं। जब निष्क्रियता की अति हो जाती है, तब इन्हें 'मट्ठर' कहते हैं।

दो आलसी एक पेड़ के नीचे लेटे हुए थे। एक के पेट पर, ऊपर से पेड़ से टूटकर आम गिरा। वह यों ही पेट पर पड़ा रहा। उधर से एक बटोही जा रहा था। उसने उक्त व्यक्ति से पूछा कि आम चूसकर खा क्यों नहीं लेते।

इतना सुनकर दूसरा व्यक्ति बोला, "इसे इतना आलस्य है कि चाहता है आम का रस कोई इसके मुँह में उँडेल दे, तभी यह आम खा सकेगा !"

बटोही : "ऐसा आलस्य किस काम का।"

वह बोला, "अजी यह तो इतना आलसी है कि एक बार कुत्ता मेरा मुँह चाटता रहा। मैं इससे इशारे से कहता रहा कि कुत्ते को हटा दे, किंतु इसने नहीं हटाया !"

मेरे दो मित्र थे : गोपाल और कृष्ण। इलाहाबाद के हिंदू होस्टल के आगे-पीछे के दो कमरे ले रखे थे। बीच में एक खिड़की थी। जाड़े के दिन थे। दोनों दिन-भर अपने-अपने कमरे में लिहाफ़ ओढ़े पड़े रहते थे। जब महाराज खाना ले आता था, तब बैठकर, लिहाफ़ ओढ़े-ओढ़े खा लेते थे। फिर लेट जाते थे। गोपाल ने मुझे बताया कि एक बार इसी प्रकार तीन दिन तक दोनों मित्र पड़े रहे।

मुझे विश्वास नहीं हुआ। मैंने सोचा कि अगली बार जब कृष्ण से भेंट होगी, तो उससे पूछूँगा कि क्या यह कहानी सच्ची है। कई महीने बाद कृष्ण से भेंट हुई। मैंने पूछा तो उसने उत्तर दिया कि ऐसा, एक बार क्या, कई बार हुआ था।

दो मित्र थे और दोनों निठल्ले। एक से किसी ने पूछा कि आजकल क्या कर रहे हो, तो उसने कहा कि आजकल ख़ाली हूँ। यही प्रश्न दूसरे से पूछा तो उसने कहा कि मैं इसकी सहायता कर रहा हूँ।

9. आवश्यक

आकस्मिक	*casual*
आनुषंगिक	*incidental*
आवश्यक	*necessary*
पारिणामिक	*consequential*
प्रासंगिक	*pertinent, relevant*
फलित	*resultant*
सारभूत	*essential*

हम यात्रा करने जा रहे हैं। उसके लिए रेल का टिकट लेना आवश्यक है। स्टेशन तक जाने के लिए कोई सवारी लेना आवश्यक है। यदि अस्बाब अधिक हो तो कुली भी आवश्यक है।

यदि यात्रा लंबी है तो कदाचित् बिस्तर रखने में सुविधा रहेगी। रास्ते के लिए कुछ खाने-पीने का सामान, और लोटा, गिलास रखना भी सुविधाजनक होगा। कुछ फालतू पैसा भी जेब में रहना चाहिए। न जाने कैसी आवश्यकता पड़ जाए। ये सब ख़र्चे यदि आवश्यक नहीं तो आनुषंगिक अवश्य हैं।

इनके अतिरिक्त कुछ ख़र्चे अप्रत्याशित भी आन पड़ते हैं। गाड़ी एक स्टेशन से चल रही थी कि हमारी ऐनक गिर पड़ी, उसका शीशा टूट गया। घर पहुँचते ही नया शीशा डलवाना पड़ा। यह अप्रत्याशित ख़र्चा है।

जूता पुराना था। उसका तला निकल गया। घर पहुँचते ही नया तला डलवाना पड़ा। यह भी आकस्मिक ख़र्चा है, क्योंकि ऐसे ख़र्चे के लिए कोई पहले से सोच नहीं पाता।

किसी नगर में एक वर्ष वर्षा बहुत कम होती है। फलस्वरूप ताल-तलैया सूख जाते हैं, नाज कम पैदा होता है। परिणामस्वरूप अकाल पड़ जाता है, लोग भूखों मरने लगते हैं। कई प्रकार की बीमारियाँ फैल जाती हैं।

द्रौपदी-स्वयंवर में अर्जुन मछली की आँख में तीर मारने में सफल हुआ। अर्जुन की धनुर्विद्या का लोहा सबको मानना पड़ा। परिणाम यह निकला कि द्रौपदी पांडवों के घर में वधू बनकर आ गई। स्पष्ट है कि फलित प्रभाव तात्कालिक होता है, पारिणामिक प्रभाव दूरगामी।

जब दो व्यक्तियों में किसी बात पर विचार-विनिमय होता है तो अधिकतर बातें विचाराधीन विषय से संबद्ध ही होती हैं। यदि कोई ऐसी बात उठा दी जाए जो उक्त विषय से संबद्ध न हो तो उसे अप्रासंगिक कहेंगे। यदि हम भारत की आबादी के विषय में बातें कर रहे हैं तो देश का क्षेत्रफल, उसके उत्पाद, जलवायु, आदि का ज़िक्र प्रासंगिक होगा, किंतु यदि यह ज़िक्र ले बैठे कि आजकल न्यूयार्क में कौन-कौन-सी फिल्म प्रदर्शित हो रही हैं, या ग्रीनलैंड में आलुओं का क्या भाव है, तो ये विषय अप्रासंगिक होंगे।

'सार' का अर्थ है, 'मूल तत्व या वास्तविक अंश।' किसी दवाई में भभका देकर अर्क़ निकाला जाता है। वही अर्क़ दवा का मुख्य अंश होता है। इसी प्रकार, जब फूलों में से इत्र निकाला जाता है, तब जो बच रहता है, उसका महत्व बहुत कम होता है।

भँगेड़ी जब भंग घोटकर छानते हैं तो जो बारीक पदार्थ नीचे निकल आता है, वही 'असली माल' होता है। शेष 'फोकट' कहलाता है, जिसका मूल्य नगण्य होता है।

किसी व्याख्यान का जो मुख्य अभिप्राय होता है, उसी को 'सार' या 'सारांश' कहते हैं। पेठे की मिठाई में यदि गुलाबजल डाल दिया जाए तो मिठाई के स्वाद में जान पड़ जाती है। यदि गुलाबजल न डाला जाय तो स्वाद उतना बढ़िया नहीं रहेगा। फिर भी पेठा तो पेठा ही रहेगा। किंतु यदि पेठे में कोई मीठा डालना भूल जाए तो पेठा फीका हो जाएगा। उसमें 'पेठापन' ही नहीं रहेगा। वह 'पेठा' कहलाने योग्य ही नहीं रहेगा। अतः 'मीठा' उक्त मिठाई का सारभूत अंश है। उसी अंश से पेठे का नाम सार्थक होता है। इसी को 'सारभूत उपादान' (essential ingredient) कहते हैं।

10. उचित

उचित, न्यायसंगत, न्यायोचित	*proper, just, fair, equitable*
तर्कपूर्ण, तर्कसंगत, तर्कयुक्त	*logical, rational, reasonable*
युक्तिसंगत, युक्तियुक्त	*expedient*
सटीक, समीचीन	*befitting, appropriate*
समयोचित, अवसरोचित	*opportune*

सच पूछिए तो इस माला के अधिकतर शब्दों का अर्थ 'उचित' के अंतर्गत आ जाता है। जो बात ठीक समय पर और ठीक स्थान पर हो, वही उचित है। यों उचित के लिए 'उपयुक्त', 'वाजिब', 'मुनासिब' जैसे पर्यायों का प्रयोग भी किया जाता है, परंतु इस शब्द के अर्थ के सबसे समीप 'ठीक' ही आता है।

जब हम कोई अनहोनी-सी बात सुनते हैं तो तुरंत उस पर विश्वास नहीं कर लेते। उसे अपने तर्क की कसौटी पर कसकर देखते हैं। यदि खरी उतरती है तो मान लेते हैं, अन्यथा अस्वीकार कर देते हैं।

पहले हम सुनते थे कि प्राचीन काल में ऋषि-मुनि एक-दूसरे से सैकड़ों किलोमीटर की दूरी पर बैठे हुए बातें कर लेते थे, तो इन बातों की खिल्ली उड़ाया करते थे। किंतु आज विज्ञान ने यह सिद्ध कर दिया है कि रेडियो तरंगें बिना किसी प्रत्यक्ष साधन के प्रकाश की गति से चारों ओर फैल जाती हैं। इतना ही नहीं, विज्ञान ने इतनी दूर बैठे व्यक्तियों को एक-दूसरे से बात करके भी दिखा दिया। अब यह मानना पड़ा कि ये बातें तर्कसंगत हैं।

कभी-कभी तर्कसंगत बात हमारे लिए कष्टदायी होती है। हम प्रयत्न करते हैं कि तर्कसंगत बात को इस प्रकार टाल सकें कि अन्याय न होने पाए, अर्थात् साँप भी मर जाए और लाठी भी न टूटे। हमारा कानून यह कहता है कि कोई हिंदू एक पत्नी के रहते दूसरा विवाह न करे जब तक कि उससे तलाक न ले ले। किंतु ऐसे व्यक्ति हैं जो ऐसे विवाह करते हैं। उक्त विवाह अवैध ठहराए जाते हैं। तर्क यह कहता है कि अवैध विवाह के बच्चे अवैध कहलाएँ। परंतु बच्चा तो बेचारा निर्दोष है। माँ-बाप के अपराध का फल उसे क्यों भुगतना पड़े ? अतः यह कानून बनाया गया है कि दूसरी पत्नी का तो कोई अधिकार नहीं होगा, परंतु उसके बच्चे का पिता की संपत्ति पर उतना ही अधिकार होगा, जितना कि उसकी वैध संतान का। यह निर्णय तर्कसंगत नहीं, युक्तिसंगत कहलाएगा।

महाभारत में हमने पढ़ा है कि जयद्रथ के पिता ऋषि थे। उन्हें यह पता चल गया था कि युवावस्था में ही जयद्रथ की हत्या हो जाएगी। तब उन्होंने यह संकल्प किया कि जिसके कारण जयद्रथ का सिर पृथ्वी पर गिरेगा, उसका शरीर टुकड़े-टुकड़े

हो जाएगा।

भगवान कृष्ण को सब पता था। वे सर्वज्ञ तो थे ही, साधन-चतुर और युक्ति-कुशल भी थे। ऋषि का संकल्प तो झूठा नहीं कर सकते थे, साथ ही अर्जुन को बचाना भी था। सामान्यतः, जब अर्जुन जयद्रथ को मारता, तो उसका सिर पृथ्वी पर गिरता और ऋषि-संकल्प के कारण अर्जुन का शरीर टुकड़े-टुकड़े हो जाता। तब भगवान कृष्ण ने युक्ति से काम लिया। कोई ऐसा उपाय किया कि जयद्रथ का सिर सीधे पृथ्वी पर न गिरे, वरन आकाश में उड़ जाए और जयद्रथ के पिता की ही गोदी में जाकर गिरे। वे तपस्या कर रहे थे कि कोई वस्तु उनकी गोदी में आकर गिरी। वे हड़बड़ाकर उठे और उक्त सिर गोदी से लुढ़ककर पृथ्वी पर जा पड़ा। संकल्प के अनुसार जयद्रथ के पिता के शरीर के भी टुकड़े-टुकड़े हो गए।

हम नहीं कह सकते कि इस उपाख्यान में कितना सत्य है और कितनी कल्पना की उड़ान। परंतु इतना मानना पड़ेगा कि *महाभारत* के लेखक ने चूल से चूल भिड़ा दी है और अपनी मेधा-शक्ति की पराकाष्ठा दिखा दी है।

भगवान कृष्ण जानते थे कि जब तक कर्ण के पास कवच और कुंडल रहेंगे, उसे कोई नहीं मार सकेगा। वे यह भी जानते थे कि वह सूर्य-पुत्र है। जिस समय वह सूर्य की आराधना करता था, उस समय किसी याचक की प्रार्थना की उपेक्षा नहीं कर सकता था। इसलिए उन्होंने इंद्र को उसके पास ठीक उस समय भेजा जब वह सूर्य-पूजा कर रहा था। इंद्र ने उससे कुंडल और कवच माँग लिए। यों समझना चाहिए कि उसका सुरक्षा-कवच उससे छिन गया। यह समयोचित उपाय था।

सटीक और समीचीन का यही अर्थ है : जो ठीक-ठीक बैठ जाए; जैसा होना चाहिए, वैसा। गांधारी पूर्ण पतिव्रता नारी थी। उसका वरदान कभी ख़ाली नहीं जा सकता था। दुर्योधन जानता था कि समीचीन समय पर उसके शरीर के जिस अंग पर माँ दृष्टि डालेगी, वह वज्र का हो जाएगा। उस पर कोई शस्त्र सफल नहीं होगा।

गांधारी के पति महाराजा धृतराष्ट्र जन्मांध थे। गांधारी ने अपना पतिव्रत धर्म इस प्रकार निभाया कि जीवन-भर आँखों पर पट्टी बाँधे रखी। इसलिए उसकी आँखों में अपार शक्ति एकत्र हो गई थी। आँखों से ही वह किसी को जीवन-दान दे सकती थी, आँखों से ही किसी को भस्म भी कर सकती थी।

एक दिन दुर्योधन सवेरे के समय उस निर्जन मार्ग की ओर निकल पड़ा, जिससे गांधारी पूजा के बाद जाती थी। उस समय वह नंगा-धड़ंगा था। वह माँ से निवेदन करना चाहता था कि उसकी दृष्टि उसके नग्न शरीर पर पड़े, ताकि सारा शरीर अभेद्य हो जाय।

भगवान कृष्ण जानते थे कि भीम ने द्रौपदी के चीर-हरण के समय प्रतिज्ञा

की थी कि वह दुर्योधन की जाँघ पर गदा मारकर उसका वध करेगा। वे सोचने लगे कि यदि दुर्योधन का सारा शरीर वज्र के समान कठोर हो जाएगा तो उस पर कोई भी शस्त्र काम नहीं करेगा। फिर भीम की प्रतिज्ञा कैसे पूरी होगी। अतः वे उपयुक्त समय पर उस स्थान पर जाकर खड़े हो गए, जहाँ दुर्योधन खड़ा होनेवाला था।

जब दुर्योधन वहाँ आया, तो कृष्णजी उससे बोले कि यह क्या बेहूदगी है। एक महिला (और वह भी अपनी माता) के सामने वस्त्रहीन जाते तुम्हें लज्जा नहीं आती। कम-से-कम एक जाँघिया तो पहन लो, ताकि तुम्हारे गुप्तांग ढँके रहें।

दुर्योधन को बात जँच गई। उसने एक जाँघिया पहन लिया। जब गांधारी वहाँ आई, तो दुर्योधन ने उससे वरदान माँगा कि उसका शरीर वज्र से भी कठोर हो जाए। गांधारी ने आँखों की पट्टी खोलकर दुर्योधन को देखा और उसका सारा शरीर वज्र-सा हो गया। लेकिन वह भाग बचा रहा जो जाँघिए से ढँका था। *महाभारत* के अंत में दुर्योधन से युद्ध करते समय भीम ने उसकी देह के उसी भाग अर्थात् जाँघ पर गदा मारी, जिससे दुर्योधन का प्राणांत हो गया। यह कथा कितनी सटीक और समीचीन है, यह कहने की बात नहीं।

11. उदासीन

उदासीन	*indifferent*
तटस्थ	*neutral*
निष्पक्ष	*impartial*

'उदासीन' हमारे धार्मिक क्षेत्र का प्राचीन शब्द है। कुछ लोग सांसारिक प्रपंचों से ऊबकर निर्लिप्त जीवन बिताना चाहते हैं। दुनिया में कोई क्या करता है, इससे उन्हें कोई मतलब नहीं। वे अपने रास्ते चलते जाएँगे।

कोउ नृप होय, हमें का हानी।
चेरी छाँड़ि, नहिं ह्वै हौं रानी।।

किंतु अब इस शब्द का अर्थ बदल गया है। एक व्यक्ति का अधिकांश जीवन मुकदमेबाज़ी में बीता। अंत में वह उसकी परेशानियों से तंग आकर निश्चय करता है कि अब इस ढंग की किसी बात में रुचि नहीं लूँगा। कोई पड़ोसी उसकी ईंटें चुरा लेता है, वह कुछ नहीं कहता। कोई व्यक्ति उसकी थोड़ी-सी ज़मीन हड़प लेता है। वह चुपचाप सहन कर लेता है। हम कहते हैं कि वह अब उदासीन

हो गया है।

एक व्यक्ति लंबी बीमारी से इतना तंग आ गया है कि वह सब दवा-दारू छोड़ देता है। बस गंगा-जल का सेवन करता है। हम कहते हैं, वह स्वास्थ्य की ओर से उदासीन हो गया है।

कुछ लोग कपड़े के बड़े शौक़ीन होते हैं। नवीनतम फ़ैशन के कपड़े पहनते हैं। कुछ अन्य व्यक्ति ऐसे होते हैं कि कपड़े की परवा नहीं करते। कुर्ता सफ़ेद है या मैला, मोज़े फटे हुए हैं या साबुत–इन बातों की ओर उनका ध्यान ही नहीं जाता। ऐसे व्यक्तियों के कपड़ों आदि का ध्यान उनकी पत्नियों को करना पड़ता है।

जूते पर पालिश कै महीने से नहीं हुई है। छाता साबुत है या फटा हुआ। तकिए का ग़िलाफ़ कब से नहीं बदला गया, इन बातों की ओर से बिल्कुल उदासीन रहते हैं।

(1) बाघ की उदासीनता प्रसिद्ध है। जब वह भोजन करके आराम कर रहा हो, उसके बग़ल से कोई भी जानवर–छोटे-से-छोटा चूहा या बड़े-से-बड़ा घोड़ा–निकल जाए, वह उस पर ध्यान तक नहीं देता।

(2) एक गृहिणी ने अपने प्रोफ़ेसर पति के विषय में कहा था कि यदि इनके बिस्तर पर चादर के नीचे आलू बिछा दिए जाएँ तो भी इनको पता नहीं चलेगा। ये उस पर चुपचाप सो जाएँगे !

कुछ लोग केवल मुँह से कहते हैं कि वे उदासीन हैं, पर होते नहीं। सांसारिक बातों में कदाचित् औरों से अधिक ही रुचि लेते हैं।

(3) **एक सहेली** : क्या तुम किसी धनाढ्य व्यक्ति से विवाह करना चाहती हो ?

दूसरी : मुझे धन की परवा नहीं है। बस मेरे घर में तो कार हो, बढ़िया मकान हो, फ़्रिज हो, दूरदर्शन हो–यही वस्तुएँ काफ़ी हैं, धन लेकर मुझे क्या करना है।

(4) मैं उसकी ओर से अब बिल्कुल उदासीन हो गया हूँ। वह मरे या जिए, मुझे क्या। यों, मैं चाहता हूँ कि वह कल का मरता, आज मर जाए तो अच्छा है।

(5) मैं तो अब कपड़ों की ओर से उदासीन हो गया हूँ। बस दो सूट और बन जाएँ तो मेरे लिए काफ़ी हैं।

(6) मैं किसी की निंदा नहीं करती हूँ। यों मैं गुलाबो के सारे लच्छन देख चुकी हूँ। संध्या हुई और वह अपने किसी मित्र के साथ निकल गई, पर मुझे इससे क्या। मैं किसी की निंदा क्यों करूँ।

(7) एक व्यक्ति लोटे में भंग लिए जा रहा था कि सामने से उसके गुरुजी आ गए, जो कर्मकांडी थे। उन्होंने पूछा कि इस लोटे में क्या है ? जब लड़के

ने बताया तो बोले–हरे राम, इतनी अपवित्र वस्तु पीते हो।

लड़का : पंडितजी, यह तो बड़ी ही पवित्र केसरिया भंग है। कृपया चखकर देखिए।

पंडितजी : हरे, हरे मैं तो इन चीज़ों को छूता भी नहीं।··· फिर बोले–लाओ देखूँ यह वास्तव में केसरिया भंग है भी या नहीं !

लड़के ने लोटा पंडितजी के हाथ में थमा दिया। पंडितजी एक साँस में सारा लोटा चढ़ा गए और चलते-चलते बोले कि तुम जानते हो कि मैं तो इन चीजों को छूता भी नहीं !

भाषा विज्ञान के क्षेत्र में 'उदासीन' का विशेष अर्थ है। एक शेर याद आ रहा है–

आँखों में छिपे आँसू पलकों पे नहीं आते।
ये कैसे मुसाफ़िर हैं, रुकते हैं न चलते हैं।।

'उदासीन स्वर' की भी कुछ ऐसी ही स्थिति है। यह न पूर्ण रूप से मूक होता है, न पूर्णतः मुखर।

स्वर 'अ' के मुख्य रूप से दो प्रकार के उच्चारण होते हैं–

(1) 'अ' का सबसे अधिक प्रचलित उच्चारण ऐसे शब्दों में दिखाई देता है : जल, झपट, कम, सटक। इस 'अ' को 'ह्रस्व अ' कहते हैं।

पहले शब्द में एक ह्रस्व अ है। शेष तीनों शब्दों में दो-दो ह्रस्व अ हैं। यहाँ 'अ' की प्राकृतिक ध्वनि है।

(2) दूसरी श्रेणी में आता है 'उदासीन अ' अथवा 'उदासीन स्वर।' सामान्यतः यह ऐसे शब्दों के अंत में दिखाई देता है : दंभ, नष्ट, अंक।

नष्ट के अंत में 'अ' विद्यमान है, किंतु उसकी मात्रा 'ह्रस्व अ' की मात्रा से कम है। कुछ लेखक इसे 'उदासीन अ' कहते हैं, यद्यपि यह नाम उपयुक्त नहीं है।

'गर्जन' में दो 'अ' हैं, दोनों ह्रस्व। इस शब्द का विश्लेषण इस प्रकार होगाः

ग + र् + ज् + अ + न

यदि हम इस शब्द के अंत में 'आ' जोड़ दें तो 'गर्जना' बनेगा, जिसकी व्याकृति यह होगी :

ग + र् + ज् + अ + न + आ (i)

इस शब्द में दो ह्रस्व अ हैं और एक आ। अब तनिक 'गर्ज' पर ध्यान दीजिए। इसके अंत में एक उदासीन अ है। यदि हम उदासीन अ को **अ** से निरूपित करें तो इस शब्द का विश्लेषण यह होगा :

ग + र् + ज् + **अ**

अब इस शब्द के अंत में 'ना' जोड़िए, तो 'गर्जना' बनेगा। किंतु इसका उच्चारण

उपरिलिखित गर्जना से भिन्न होगा। इसका विश्लेषण होगा :

ग + र् + ज् + अ + न + आ (ii)

(i) और (ii) में अंतर स्पष्ट है।

इस शब्द में एक ह्रस्व अ है, एक उदासीन अ और एक आ।

ह्रस्व अ के पश्चात्, अ की सबसे अधिक प्रचलित ध्वनि यही है।

'तटस्थ' का अर्थ है 'तट पर स्थित'–ऐसा व्यक्ति जो जल की धारा में न बह रहा हो, केवल किनारे पर बैठा-बैठा आनंद ले रहा हो। यदि दो व्यक्तियों में लड़ाई हो रही हो और हमारी समझ में न आ रहा हो कि न्याय किसकी ओर है, तो हम उनमें से किसी का भी साथ न देंगे। अतः हम तटस्थ हो जाएँगे।

कभी-कभी ऐसा भी होता है कि हम अच्छी तरह जानते हैं कि ग़लती किस की है, फिर भी नीति यह कहती है कि हम स्पष्ट रूप से यह न कह पाएँ, क्योंकि दूसरे पक्ष से हमारा कोई काम निकलनेवाला है। अतः अपने हित में हमें चुप रह जाना पड़ता है। यह न्यायोचित तो नहीं होगा पर स्वार्थोचित तो है ही।

बहुत बार ऐसा होता है कि निर्वाचन में दो दल लड़ रहे हैं और हम निर्णय नहीं कर पाते कि किसके पक्ष में अपना मत दें। ऐसी स्थिति में हम वोट देते ही नहीं, अर्थात् तटस्थ हो जाते हैं।

'निष्पक्ष' उसे कहते हैं जो किसी का पक्षपात न करे। पुराने समय में गाँवों में पंचायतें हुआ करती थीं। पंच ऐसे ही व्यक्ति चुने जाते थे जिनकी न्यायकारिता में किसी को संदेह न हो। और अधिकतर ये लोग निष्पक्ष रूप से निर्णय करते भी थे। इसीलिए 'पंच परमेश्वर' का पदबंध प्रचलित हुआ है। कहते हैं कि जिन लोगों में पुश्तैनी वैर-भाव होता था, वे भी पंच की गद्दी पर बैठते ही सारा वैर भूल जाते थे और निष्पक्ष रूप से निर्णय देते थे। अब तो सारा वातावरण ही दूषित हो चुका है। कुछ पंच अथवा न्यायाधीश वैयक्तिक वैमनस्य के कारण जान-बूझकर ग़लत निर्णय दे देते हैं। इतना ही नहीं, कुछ लोग तो न्याय के मंदिर में घूस लेते हुए पकड़े भी गए हैं। सौभाग्य से ऐसों की संख्या थोड़ी ही है।

इसके विपरीत कुछ मुक़दमेबाज़ ऐसे भी हैं जो न्यायोचित निर्णय मानने से भी इन्कार करते हैं।

(क) पंचों की राय सिर-आँखों पर, लेकिन पतनाला यहीं बहेगा।

(ख) एक पंच कहता है कि मैं जानता हूँ, प्रथम पक्ष का दावा प्रबल है, परंतु मैं निष्पक्ष भाव से निर्णय करने जा रहा हूँ। ··· ऐसा पंच क्या न्याय करेगा।

(ग) एक बार किसी गाँव में एक ऐसा व्यक्ति पंच बना दिया गया जो घूसखोर निकला। प्रथम पक्ष ने मुक़दमा जीतने के लिए उसे 5/- रुपए की घूस दे दी। मुक़दमा चल रहा था। प्रथम पक्षवाला कह रहा था–"दुहाई पंच पांडव की, दुहाई पंच पांडव की··· " प्रतिपक्षी को कुछ संदेह हो गया। उसने पता चलाया। जब

उसे मालूम हुआ कि उसने 5/- रुपए की घूस दी है तो उसने पंच को 10/- रुपए की घूस दे दी।

अगले दिन निर्णय सुनाया जाना था। प्रथम पक्ष बोला, "दुहाई पंच पांडव की, दुहाई पंच पांडव की··· " जब वह कई बार कह चुका तो पंच महोदय बोले, "तुम तो अपनी ही कहे जा रहे हो। पता है इस बार पाँचों पांडवों को दसों दिग्गज चाँपे हुए हैं !"

(घ) एक न्यायाधीश में व्यवहार-बुद्धि की बड़ी कमी थी। एक मुक़दमा आया : एक मुर्ग़ेवाले का मुर्ग़ा रेल से कटकर मर गया था। अभियोग पक्ष के वकील ने कहा : "हुज़ूर ! इस ग़रीब मुर्ग़ेवाले की रोज़ी का सवाल है। यह तो मुर्ग़े पालकर ही बच्चों का पेट पालता था। अंडे बेचता था, मुर्गों के बच्चे बेचता था। रेल आई और आव देखा न ताव, मुर्ग़े की गर्दन काट गई। कहाँ मुर्गे का मुलायम मांस, कहाँ रेल के लोहे के मन-मन भर के पहिए।"

न्यायाधीश तुरंत बोले, "मुद्दई जीता, मुद्दई जीता···।"

सफ़ाई पक्ष के वकील ने कहा, "मेरा पक्ष भी तो सुन लीजिए।"

न्यायाधीश, "अब तुम्हें कहने को रह ही क्या गया है। मैं तो मुर्ग़ेवाले को हर्जाना दिलवाऊँगा।"

वह सफ़ाई वकील की बात भी सुनने को तैयार नहीं थे। लोगों ने समझाया कि आप निर्णय चाहे दे दें, किंतु सफ़ाई पक्ष की बात तो सुन लीजिए। अन्यथा निर्णय एकपक्षीय कहलाएगा।

बड़ी कठिनाई से न्यायाधीश सफ़ाई वकील की बात सुनने को राज़ी हुए। सफ़ाई वकील बोले–

"हुज़ूर ! रेलगाड़ी लहराती, बलखाती हुई आ रही थी। उसमें सुंदर-सा इंजन लगा हुआ था। त्योहार का दिन था। इंजन पर झंडियाँ लगी हुई थीं। रेल की चाल देखते ही बनती थी। इंजन चालक ने नई वर्दी पहनी हुई थी। मुर्ग़े के मरने पर गाड़ी को एकदम रोकना पड़ा। सारी सजावट नष्ट हो गई··· "

न्यायाधीश महोदय चिल्लाए–"मुद्दालय जीता, मुद्दालय जीता···।"

12. उपस्थित

उपस्थित	*present*
प्रस्तुत	*1. presented, 2. ready*
वर्तमान	*living, existing*

वर्तमान काल	*present tense*
विद्यमान	*1. living, existing, 2. present*

'उपस्थित' का अर्थ है पास या सामने बैठा हुआ। वक्ता सामान्यतः अपना भाषण इस प्रकार आरंभ करता है, "उपस्थित देवियो और सज्जनो !" यह संबोधन उन महिलाओं और पुरुषों के लिए है, जो किसी विशेष प्रयोजन से किसी विशेष स्थान पर इकट्ठे हुए हों।

'उपस्थित' के साथ कुछ क्रिया-प्रयोग भी चलते हैं।

(1) **उपस्थित करना**–(क) सामने लाना, जैसे अभियुक्तों को न्यायालय में पेश करना, (ख) विचार के लिए कोई प्रस्ताव सभा में रखना।

(2) **उपस्थित होना**–सामने आना। जब किसी कक्षा में विद्यार्थियों के नाम पुकारे जाते हैं, तो प्रत्येक विद्यार्थी अपने नाम पर बोलता है 'उपस्थित', अर्थात् मैं कक्षा में विद्यमान हूँ।

सवेरे का समय था। डाक्टर साहब रोगियों का हाल सनुते जाते थे और दवा देते जाते थे। एक तगड़ा ख़ान आया और हाल सुनाने लगा, "डॉ. साहब, कल रात आपकी दवा से ज्वर तो उतर गया किंतु रात को मुझे बड़े ज़ोर की भूख लगी। आपने खाने को तो मना कर दिया था, केवल खिचड़ी बताई थी। मैंने रात एक हँडिया-भर खिचड़ी खाई। उस समय तो मैं सो गया, किंतु रात के एक बजे आँख खुली। बड़े ज़ोर की भूख लगी। घर पर कुछ नहीं था। नीचे के कमरे में एक साईस रहता है। उसके छींके पर आठ रोटी और दाल रखी हुई थी। मैंने चुपके से उतारकर रोटी-दाल खा ली। उस समय तो नींद आ गई, परंतु सवेरे तड़के से, जबसे उठा हूँ, भूख लग रही है। भूख के मारे प्राण निकले जा रहे हैं। बोलो, मैं क्या खाऊँ ?"

डॉ. साहब बोले, "इस सेवा के लिए मैं उपस्थित हूँ !"

'उपस्थित' होना का एक अन्य अर्थ होता है कंटस्थ होना। कुछ लोगों को सारी रामायण 'उपस्थित' होती है। ऐसे लोग 'रामायणी' कहलाते हैं।

एक प्रयोग यह भी है, "मुझे उक्त श्लोक याद था, किंतु इस समय उपस्थित नहीं हो रहा है।"

पद–उपस्थित बुद्धि = तुरत बुद्धि, हाज़िरजवाबी।

'प्रस्तुत' का अर्थ है प्रस्तावित किया हुआ। अतएव, व्यावहारिक रूप में 'प्रस्तुत विषय' उस बात या विषय को कहते हैं जिस पर चर्चा चल रही हो, या विचार हो रहा हो।

जब किसी संस्था में दीक्षांतोत्सव होता है, तब संस्था का कुलसचिव एक-एक प्रत्याशी को कुलपति के सम्मुख उपस्थित, अर्थात् प्रस्तुत करता है, और कुलपति

महोदय उसे उपाधि देते हैं। इसी कारण कुलसचिव को प्रस्तोता भी कहते हैं।

जब कोई खेल-तमाशा दिखाता है, तब उसे प्रस्तुतीकर्ता कहते हैं। आजकल यह शब्द बहुधा उस व्यक्ति के लिए प्रयुक्त होता है जो दूरदर्शन पर कोई कार्यक्रम तैयार करके दिखाता है।

'वर्तमान' का अर्थ है, 'जो समय बीत रहा है।' व्याकरण में काल को तीन भागों में बाँटा गया है : भूतकाल, जो बीत गया; वर्तमान काल, जो बीत रहा है; और भविष्य काल, जो आएगा। इस प्रकार 'वर्तमान' भूत और भविष्य को एक-दूसरे से अलग करनेवाली रेखा है।

सच पूछिए तो वर्तमान केवल एक काल्पनिक रेखा है। जिस समय हम बोल रहे हैं, वह वर्तमान है। किंतु एक ही क्षण बाद वह भूत में विलीन हो जाएगा। हम 'वर्तमान' को कभी पकड़ नहीं सकते। पानी की रेखा को कौन पकड़ सकता है। ज्यों ही उसे पकड़ने के लिए हम उस पर हाथ मारेंगे, वह पानी में विलीन हो जाएगी। यों, स्थूल रूप से 'वर्तमान समय', 'वर्तमान दिन', 'वर्तमान युग' भी चलते हैं। ऐसे पदों में वर्तमान काफ़ी लंबी अवधि का द्योतक होता है। 'वर्तमान पीढ़ी' से तात्पर्य उन लोगों से होता है जो आजकल जीवित हैं। तुलना के लिए 'पीढ़ी' 20 वर्ष की मानी जाती है।

'विद्यमान' का अर्थ 'अस्तित्वमय' होता है। "यह उस समय की बात है जब हमारे दादाजी विद्यमान थे"--इस वाक्य का केवल इतना अर्थ है कि उक्त घटना हमारे दादाजी के जीवन-काल की है।

परंतु कभी-कभी 'विद्यमान' का अर्थ भी 'उपस्थित' हो जाता है, अर्थात् "किसी विशिष्ट स्थान पर उपस्थित।"

रामायण के धनुषयज्ञ-प्रकरण में ऐसा प्रसंग आता है कि जब बड़े-बड़े राजा-महाराजा शिवजी के धनुष को न उठा सके तब महाराजा जनक ने हताश होकर कहा कि अब पृथ्वी वीरों से ख़ाली हो गई है--ऐसा प्रतीत होता है।

इतना सुनते ही लक्ष्मणजी तड़पकर बोले--

> कही जनक अति अनुचित बानी।
> विद्यमान रघुकुल महि जानी।।

अर्थात् "जहाँ कोई भी रघुवंशी उपस्थित हो, वहाँ कोई ऐसी अनुचित बात नहीं कहता जैसी राजा जनक ने कही है।"

यहाँ 'विद्यमान' का अर्थ 'उपस्थित' ही है।

13. कल्पनातीत (अबोध्य)

मनुष्य की कल्पना-शक्ति परिमित है। जो बात हमारे लिए कल्पनातीत है, संभव है किसी और प्राणी के लिए बिल्कुल व्यावहारिक हो। इसी प्रकार यदि कोई बात आज हमारे लिए कल्पनातीत हो, संभव है कल संभव हो जाए। आज से 100 वर्ष पहले हवाई जहाज़ का उड़ना प्रायः असंभव माना जाता था, किंतु आज हमारी आँखों के सामने प्रतिदिन सैकड़ों वायुयान पृथ्वी के एक सिरे से दूसरे सिरे तक चले जाते हैं।

आज हम शंका करते हैं कि किस प्रकार हनुमानजी एक ही रात में लंका से हिमालय तक जाकर संजीवनी बूटी ले आए। किंतु सैद्धांतिक रूप से ऐसे वायुयान बनने लगे हैं जो 3000 किलोमीटर की चाल से चल सकते हैं। अतः जो बात आज हमारे लिए कल्पनातीत है, वही कल बिल्कुल व्यावहारिक बन सकती है। लंका से हिमालय की दूरी 3000 किलोमीटर से अधिक नहीं है।

'अबोध्य' उसे कहते हैं जिसके रंग, रूप, आकार, प्रकार का हम अनुमान न लगा सकें। यदि कोई पूछे कि 'विश्व' का आकार-प्रकार कैसा है, तो क्या उत्तर होगा। वह चपटा है, या गोल, लंबा है या चौड़ा, सांत है या अनंत। यदि विश्व का कोई अंत है, तो उसके परे क्या है। उत्तर होगा, "कुछ नहीं।" और 'कुछ नहीं' का अर्थ भी है 'आकाश'। अतः विश्व के परे भी है आकाश। और आकाश के परे क्या है। हम फिर जहाँ के तहाँ पहुँच गए। अंत में यही कहना होगा कि 'विश्व अबोध्य है।' हरि अनंत, हरि-कथा अनंता।

कुछ बातें वास्तव में असंभव होती हैं। न हम उनकी कल्पना कर सकते हैं, न उनका कोई आकार-प्रकार बता सकते हैं। उनका अस्तित्व ही असंभव है। क्या हम वर्गात्मक वृत्त (square circle) जैसी किसी वस्तु की कल्पना कर सकते हैं ? 'क्या अँधेरी रात के सूरज' की कल्पना हो सकती है ? क्या 'फुँकते हुए बरफ़' का अस्तित्व हो सकता है ?

परंतु कुछ बातें ऐसी होती हैं जिनकी व्याख्या हम अपने वर्तमान ज्ञान से नहीं कर सकते। पर यह संभव है कि जब हमारे ज्ञान का विस्तार हो जाए, तो उन बातों का भी स्पष्टीकरण कर सकें।

रामायण में एक प्रसंग 'ऋष्यमूक पर्वत' का आता है। वहाँ सात ताड़-वृक्ष थे, जो एक सीधी रेखा में नहीं खड़े थे। सुग्रीव ने भगवान राम से कहा कि बालि को वही मार सकेगा जो उन सातों पेड़ों को एक बाण से गिरा सके। राम ने ऐसा कर दिखाया।

हमारे विज्ञान का वर्तमान ज्ञान तो कदाचित् इसे असंभव बताता है। किंतु क्या यह असंभव है कि कुछ बाण ऐसे बनते हों जिनमें से कोई विषैली गैस निकलती

हो जो आसपास के वृक्षों और लताओं को जला दे। अग्निबम तो पिछली लड़ाइयों में बराबर प्रयोग में आते रहे हैं। अतएव गैस-बाण की कल्पना भी असंभव तो नहीं है।

14. काफ़ी

अपेक्षित	*requisite*
काफ़ी	*enough, sufficient*
पर्याप्त	*1. adequate, 2. ample*
यथेष्ट	*required*

उपरिलिखित चारों शब्दों में मुख्य भाव है, 'जितना आवश्यक है उतना' का। किंतु चारों की विवक्षाओं में सूक्ष्मांतर है।

यथेष्ट = यथा + इष्ट, अर्थात् जितने की इच्छा हो। "उसके पास यथेष्ट धन है"–इसका अर्थ यह है कि इतना धन है कि उसकी सारी आवश्यकताओं की पूर्ति हो जाती है।

विधिशास्त्र का एक नियम यह है कि अपराधी को यथेष्ट दंड मिलना चाहिए। इसका अर्थ यह है कि दंड अपराध के अनुपात में होना चाहिए–न बहुत अधिक, न बहुत कम।

एक स्त्री पुस्तक-विक्रेता की दुकान पर पहुँची। बोली, "एक पुस्तक चाहिए।" दुकानदार ने पूछा, "किस प्रकार की ?" स्त्री– $1\frac{1}{2}$ सेंटीमीटर मोटी हो तो अच्छा, यों 1 सेंटीमीटर भी यथेष्ट होगा।

दुकानदार चकराया कि इस ढंग का प्रस्ताव तो आज तक नहीं आया था। पुस्तक की विषयवस्तु का तो कोई ज़िक्र ही नहीं, केवल एक निश्चित मोटाई अपेक्षित है। वह एक पुस्तक लाया। महिला बोली, "इससे काम चल जाएगा।" जब वह पुस्तक लेकर चलने लगी तो दुकानदार ने डरते-डरते पूछा, "क्या बता सकती हैं, किस काम के लिए यह पुस्तक चाहिए।" महिला बोली, "मेरे घर की मेज़ की एक टाँग छोटी है। उसके नीचे रख दूँगी तो मेज़ का संतुलन ठीक हो जाएगा !" दुकानदार ने अपना माथा पीट लिया।

काफ़ी का भी लगभग वही अर्थ है, जो अपेक्षित का। अकबर इलाहाबादी का एक शेर है–

काफ़ी हैं रईसों को गवर्मेंट के क़ानून।
मज़हब की ज़रूरत तो ग़रीबों के लिए है।

'पर्याप्त' में 'अपेक्षित' के अतिरिक्त एक भाव 'प्रचुरता' का भी है। मान लीजिए एक बरात में नौकरों आदि को छोड़कर 34 व्यक्ति हैं, तो हम कहेंगे कि बरात के लिए 34 पलँग अपेक्षित हैं। यदि एक-दो बच्चों को एक साथ सुला लें तो 32 ही काफ़ी होंगे, किंतु 36 हों तो पर्याप्त होंगे, क्योंकि तब तो नौकर-चाकर भी आराम से सो सकेंगे।

यथेष्ट, पर्याप्त, अपेक्षित–तीनों शब्दों में 'वांछा' का भाव भी निहित रहता है। हम 'यथेष्ट सुख' और 'पर्याप्त समृद्धि' का प्रयोग तो कर सकते हैं, किंतु 'यथेष्ट मूर्ख' या 'पर्याप्त दुखी' का प्रयोग नहीं कर सकते।

एक स्त्री पुस्तकों की दुकान पर पहुँचकर बोलने लगी, "मुझे एक पुस्तक चाहिए जो अपने पति के जन्मदिन पर देनी है। मुझे साहित्य से कोई प्रेम नहीं है। मुझे इतिहास, भूगोल आदि बिल्कुल पसंद नहीं हैं। कहानियों, उपन्यासों से मुझे घृणा है। तकनीकी विषय बिल्कुल नहीं भाते··· मुझे कोई ऐसी पुस्तक दीजिए जो मेरे पति के लिए वास्तव में आवश्यक, वांछनीय और लाभदायक हो।"

दुकानदार ने पुस्तक लाकर दी–'ध्वनिवर्धक (loud speaker) की देख-भाल।'

15. खरा

खरा — *1. pure, genuine; 2. straight-forward, upright*

चोखा — *1. sharp, 2. straight-forward, upright*

कोई व्यक्ति सर्राफ़ की दुकान पर सोने का एक डला लाता है : विचार है उसे जँचवाकर बेचने का। सर्राफ़ उसे कसौटी पर कसकर देखता है। वह डले से कसौटी पर एक लकीर बना देता है। यदि उसके विचार में लकीर का रंग संतोषजनक हुआ तो वह कहता है कि सोना खरा है। अतः 'खरा' का अर्थ है 'शुद्ध', 'बिना मिलावट का', 'जिसमें कोई खोट नहीं'।

एक लालाजी थे। उनके शरीर में असीम शक्ति थी, जिस पर उन्हें बड़ा घमंड था। कभी-कभी कोई तरकारीवाली उनके घर आती थी। सौदे में रेज़गारी का लेन-देन होता था। वह कुछ पैसे लौटाकर देती थी। ये एक पैसे को अँगूठे से दबाकर टेढ़ा कर दिया करते थे और उससे कहते थे, "यह कैसा टेढ़ा बुकचा पैसा दिया है।" वह बेचारी हक्की-बक्की रह जाती थी।

किंतु सेर को सवा सेर मिल ही जाते हैं। एक दिन एक जाटनी आई। उसने

एक रुपया वापस किया। लालाजी ने उसे भी मोड़कर वापस कर दिया और कहा कि कैसा मुड़ा हुआ रुपया दिया है।

जाटनी ने रुपया हाथ में लिया, उसके दो टुकड़े कर दिए और दोनों हाथों में एक-एक टुकड़ा लेकर बोली—"लालाजी, चाँदी का तो खरा है।"

लालाजी ने उसके पैर पकड़ लिए और उस दिन से अपनी उक्त हरकत बंद कर दी।

'खरा' का दूसरा अर्थ है चोखा, तेज़ धारदार, जैसे खरा चाकू।

विस्तृत अर्थ में हम ऐसे पदों का प्रयोग करते हैं, जैसे 'खरा आदमी', जो स्पष्ट वक्ता हो, सीधी-सीधी सच्ची बात कह दे, जो वचन का सच्चा हो, बेईमानी न करे।

इसी से मिलता-जुलता पद है 'खरा असामी'। यह ऐसे व्यक्ति का द्योतक है जो सौदे में अपने वचन को सदैव पूरा करे, जिसमें लगा-लिपटी न हो, छल-छिद्र न हो।

'खरा' के साथ कई पद और मुहावरे जुड़ गए हैं—

खरा-खोटा = अच्छा-बुरा।

खरा-खोटा परखना = अच्छे-बुरे की पहचान करना।

बच्चों की पुस्तक में एक कहानी पढ़ी थी कि एक कुत्ता दिन-रात सड़क पर पड़ा रहता था। एक दिन उससे एक लोमड़ी ने पूछा कि तू दिन-भर पड़ा-पड़ा क्या करता रहता है ? वह बोला, "मैं खरे-खोटे की पहचान करता रहता हूँ।" लोमड़ी ने कहा, "तू तो दिन-भर पड़ा ही रहता है। पहचान किस प्रकार करता है ?"

कुत्ता—कोई सामान्य व्यक्ति चुपचाप सड़क पर निकल जाता है। जो विशेष रूप से भलामानस और दयालु होता है, मुझे एक टुकड़ा डाल जाता है और जो खोटा होता है, बिना कारण मुझे ठोकर मार जाता है।

यदि कोई व्यक्ति विशेष रूप से दुष्ट होता है तो उसके विषय में कहते हैं कि उसकी नस-नस में खोट है।

जी खरा-खोटा होना = नीयत बिगड़ जाना।

कान खरा-खोटा करना = कान गरम करना, दंड देना।

खरा खेल = खरा मामला = शुद्ध व्यवहार।

खरा खेल फ़र्रुख़ाबादी = फ़र्रुख़ाबाद के रुपए की तरह शुद्ध और साफ़ व्यवहार।

पैसा खरा करना = नक़द रुपया प्राप्त करना।

उसकी रक़म डूबी जा रही थी। मकान बिक गया, पैसा ख़रा हो गया। कहीं-कहीं 'खरा' के बदले 'खड़ा' का प्रयोग भी होता है।

खरी मजूरी, चोखा काम = मज़दूरी प्रतिदिन नक़द प्राप्त करना।

खरी-खरी सुनाना = स्पष्ट बात कहना, चाहे भली लगे, चाहे बुरी।

चोखा का अर्थ भी बहुत कुछ वही है जो खरा का, जैसे चोखा घी = खरा घी, चोखा माल = खरा माल।

चोखा आदमी = खरा आदमी, चोखा असामी = खरा असामी।

खरा चाकू में ज़ोर उसकी धातु की शुद्धि, बनावट आदि पर होता है, चोखा चाकू में मुख्यतः उसकी धार पर।

'चोखा आदमी' में एक विशिष्ट भाव 'चतुर', 'होशियार' का भी है, जैसे–"तुम्हीं चोखे निकले, किसी की खुशामद भी न की और काम भी बना लिया।"

'चोखा' का एक अर्थ 'अच्छा-खासा' भी है, जैसे–"आजकल व्यापार कैसा चल रहा है।" उत्तर–"चोखा।"

16. गोचर

खाद्य	*eatable, edible*
गंधवान, महकदार	*smelling, odorous*
गोचर, संवेद्य, इंद्रियग्राह्य	*perceptible (through the sense–sensible)*
दृश्य	*visible*
श्रव्य	*audible*
स्पृश्य	*tangible*

इन शब्दों में सबसे व्यापक 'गोचर' है। इसका अर्थ है, 'जो ज्ञानेंद्रियों द्वारा जाना जा सके।' शरीर में पाँच ज्ञानेंद्रियाँ होती हैं : आँख, जीभ, नाक, कान, त्वचा। इनसे पाँच प्रकार का ज्ञान होता है : रूप, रस, गंध, ध्वनि, स्पर्श। इनमें सबसे महत्वपूर्ण है रूप का ज्ञान जो आँखों द्वारा होता है।

(1) **दृश्य :** जो देखा जा सके, जो देखने योग्य हो, जो देखा जाय।

आँखों का महत्व हमारे देश के सैकड़ों कवियों ने पहचाना है। आज तक न जाने कितनी हज़ार पंक्तियाँ आँखों पर लिखी गई हैं। एक पंक्ति है–

जिन अँखियन में तुव रूप बसो,
उन अँखियन तें अब देखिए का।

पुराने समय में गुरुकुलों में छात्र गुरु की आँख के इशारे से काम करते थे। अर्जुन की धनुर्विद्या उसकी आँखों की शक्ति पर ही अवलंबित थी। जब गुरु द्रोण

ने अपने शिष्यों को निपुण कर दिया, तब एक दिन सबकी परीक्षा ली। एक पेड़ पर एक कृत्रिम चिड़िया बिठा दी। फिर सारे शिष्यों से कहा कि इस चिड़िया की आँख को निशाना बनाना है। एक-एक शिष्य को बुलाकर पूछते गए कि तुम्हें क्या दिखाई दे रहा है ? किसी ने कहा कि आकाश दिखाई दे रहा है, धरती दिखाई दे रही है। किसी दूसरे ने कहा कि पेड़ दिखाई दे रहा है, पत्ते दिखाई दे रहे हैं। जब अर्जुन ने निशाना साधा तो बोला कि मुझे तो केवल चिड़िया, बल्कि केवल चिड़िया की आँख दिखाई दे रही है।

उक्त शक्ति का दूसरा उदाहरण तब दिखाई दिया जब अर्जुन ने ऊपर स्तंभ पर घूमती हुई मछली की आँख के अक्स को नीचे कढ़ाव में भरे तेल में देखकर निशाना बनाया, और तीर ठीक आँख पर जाकर लगा। यह थी आँख की संकेंद्रण-शक्ति की पराकाष्ठा। एक आधुनिक उर्दू कवि की उक्ति है–

आँख नीची हो तो हया बन जाय।
आँख ऊँची हो तो दुआ बन जाय।
आँख टेढ़ी हो तो क़ज़ा बन जाय।
आँख तिरछी हो तो अदा बन जाय।

2. *श्रव्य* : जो कानों से सुना जा सके, कानों से सुनने योग्य, जो कानों से सुना जाय।

हमारे कानों में सुनने की शक्ति तो है ही, चुनने की शक्ति भी है। एक सीमा तक यह सच है कि हम वही देखते हैं जो देखना चाहते हैं। इसी प्रकार यह भी सच है कि हम वही सुनते हैं जो सुनना चाहते हैं। कभी आपने रेल की गति की आवाज़ पर विचार किया है ? यदि कोई कहे कि यह आवाज़ निकलती है–'तू आजा भाजा खाजा, नन्ही गुड़िया को सुला जा', तो यदि आप उक्त ध्वनि पर ध्यान दें तो यही पंक्ति सुनाई देगी। और यदि कोई बच्चा कहता है कि आवाज़ इस प्रकार की है, जैसा यह गीत–

'तू ले ले, ले ले, ले ले, दो रोटी, चार करेले,'

तो ज़रा-सा चित्त एकाग्र करने से आपको ऐसी ही ध्वनि सुनाई देगी।

किसी भक्त को मंदिर के घंटे में कुछ इस प्रकार का भजन सुनाई देगा–

'सुने री मैंने निर्बल के बल राम।'

एक अन्य भक्त कुछ ऐसी आवाज़ सुनता है–

'प्रभुजी मैं पतित पावन सुने।'

एक स्त्री अपनी सहेली के घर बैठी उससे पूछ रही थीं, "तुम तो कानों से ऊँचा सुनती हो। क्या तुम्हें पता चल जाता है जब तुम्हारे पति कार्यालय से लौटते हैं ?"

स्त्री : क्यों नहीं।

इतने में ही पड़ोस में कोई गधा रेंकने लगा। स्त्री बोली, "लो, वे आ गए। अरी, मैं तो इतनी दूर से ही उनकी आवाज़ पहचान लेती हूँ !"

(3) **खाद्य** : कोशों में 'खाद्य' का अर्थ दिया है जो खाने योग्य हो, जो खाया जाने को हो, जो खाया जाय।

ईश्वर ने मनुष्य को तो इतनी बुद्धि दी है कि वह पहचान कर सके कि कौन-सी वस्तु खाने योग्य है, कौन-सी नहीं। आयुर्वेद में छह प्रकार के रसों का वर्णन मिलता है–मीठा, खट्टा, सलोना, चर्पटा, कसैला, कड़ुआ।

लीलावती प्राचीन अंकगणित की एक प्रसिद्ध पुस्तक है। उसमें एक प्रश्न आता है : भिन्न-भिन्न रसों में से एक या अधिक के मिलाने से कितने प्रकार की चटनी बन सकती है ? गणित के विद्यार्थी जानते हैं कि इसका उत्तर है–63।

आयुर्वेद में खान-पान को विशेष महत्व दिया गया है। जब कोई वैद्य किसी रोगी की चिकित्सा करता है तो औषधि तो थोड़ी-सी ही देता है, किंतु साथ में खान-पान का परहेज़ विस्तार से बताता है। वास्तव में आधे रोग तो केवल खान-पान के परहेज़ से ही दूर हो जाते हैं। यदि दवा न भी दी जाए तो भी रोगी अच्छे तो हो ही जाएँगे, यदि खान-पान के नियमों का पालन करें।

मनुष्य को तो अपने खाद्य पदार्थ का ज्ञान मुख द्वारा ही होता है, किंतु संसार में बड़े-बड़े अद्भुत जीव होते हैं, जिनमें मुख, नाक, कान, स्पष्ट रूप से नहीं बने होते। ये प्राणी एक-एक अंग से दो-दो काम लेते हैं। साँप के कान नहीं होते। उसके बदले उसका स्पर्श-ज्ञान बहुत विकसित होता है। चींटी को चीनी का बोध बहुत दूर से हो जाता है। मीठे का कोई खाद्य पदार्थ मकान के किसी भी कोने में रख दीजिए। घंटे-भर में उसमें दर्जनों चींटियाँ चिपट जाएँगी। हमने ऐसा भी किया है कि कोई मिठाई डोरे से बाँधकर छत से लटका दी है। चींटियाँ छत पर जाती हैं और डोरे पर से होकर मिठाई तक पहुँच जाती हैं ! यह उन्हें कौन बताता है कि मिठाई इस दिशा में है। कहते हैं कि मिठाई का बोध बड़े-बड़े रसायनज्ञों को भी इतना नहीं होता जितना चींटी को। चींटी बेचारी का तो शरीर ही इतना छोटा होता है कि यदि उसमें मुँह, कान, नाक स्पष्ट रूप से बने भी होंगे तो कोरी आँख से तो दिखाई नहीं देंगे।

प्राणिकी (zoology) के एक प्रोफ़ेसर थे जो जानवरों की शल्य-क्रिया में विशेषज्ञ माने जाते थे। सवेरे घर से निकलते थे तो कोट की एक जेब में लंच के लिए डबलरोटी के कतले रख लेते थे। दूसरी जेब में अधिकतर वह प्राणी रहता था जिसकी शल्य-क्रिया करनी होती थी। कॉलिज के मध्यांतर में वे पास के एक पार्क में बैठकर लंच लिया करते थे।

एक दिन वे लंच करने के बाद बेंच पर से उठकर प्रयोगशाला पहुँचे। उस

दिन उन्हें मेंढक की शल्य-क्रिया करनी थी। जेब में हाथ डाला तो डबलरोटी का एक कतला हाथ में आ गया। उन्हें अच्छी तरह याद था कि उन्होंने घर से चलते समय कोट की एक जेब में मेंढक डाला था। पर जब उस जेब में हाथ डाला तो देखा कि वह ख़ाली थी।

(4) **गंधवान** : प्रत्येक मनुष्य के शरीर से एक विशिष्ट प्रकार की गंध निकलती है जिसे हमारी घ्राण-शक्ति पकड़ नहीं पाती। किंतु कुछ व्यक्तियों की नाक बहुत संवेदनशील होती है। वे बहुत हल्की और विरल गंध को भी पकड़ लेते हैं और बता देते हैं कि किस दिशा से आ रही है।

कुत्तों की घ्राण-शक्ति बहुत तेज़ होती है। उन्हें कोई कपड़ा अथवा जूता सुँघा दीजिए, जिसका प्रयोग किसी चोर ने 10-5 मिनट ही किया हो, और वे तुरंत उस गंध की सीध में चल देंगे और थोड़ी-सी देर में ही चोर को पकड़वा देंगे।

बचपन में हमारे घर की बूढ़ियाँ कहानी सुनाया करती थीं कि कहीं पर कुछ बच्चे बैठें हुए थे कि इतने में ज़ोर की आवाज़ आई—फू-फाँ-मानस गंध, फू-फाँ मानस गंध··· थोड़ी-सी देर में ही वहाँ कोई राक्षस आता दिखाई देता था। उसे देखकर सब बच्चे डर जाते थे। उसके उपरिलिखित शब्द निरर्थक नहीं होते थे। कुछ जानवरों को वास्तव में 'मानस-गंध' (मनुष्य की गंध) आ जाती है। बाघ को काफ़ी दूर से पता चल जाता है कि कितनी दूर से कोई मनुष्य आ रहा है और किस दिशा से। यदि वह नरभक्षी हुआ तब तो उसी दिशा में जाएगा, अन्यथा किसी दूसरी दिशा में चल देगा।

हमारे देश में बहुत-से राजा-महाराजा इत्र के पारखी हुए हैं। नवाब वाज़िद अली शाह तो इस मामले में प्रसिद्ध थे ही। एक बार उनकी सवारी नवाब खतौनी के घर आनेवाली थी। नवाब साहब की यों तो कोई हैसियत नहीं थी, किंतु उक्त अवसर पर उन्होंने दिल खोलकर ख़र्च किया। स्टेशन से अपने महल तक सारी सड़क पर चटाई की टट्टियाँ लगवा दीं। कर्मचारी गुलाबपाश लिए खड़े थे। हर दस क़दम पर टट्टियों पर गुलाब छिड़का जा रहा था।

नवाब वाज़िद अली शाह नवाब खतौनी के महल पर पहुँचे। उक्त नवाब अगवानी के लिए आए और पूछा कि कहीं मार्ग में कोई कष्ट तो नहीं हुआ। नवाब साहब तो कुछ न बोले, किंतु उनके चोबदार ने बता ही दिया कि आते हुए जब लगभग एक-तिहाई मार्ग बचा था, वहाँ जो गुलाबजल छिड़का गया था, काफ़ी दिन का बासी था। गुलाबजल के प्रबंधक को बुलाया गया। बात बिल्कुल सही निकली।

संसार में कितने प्रकार की गंध होती है, यह बताना कठिन है। फूलों में प्रत्येक प्रकार के फूल की गंध निराली ही होती है। इसके अतिरिक्त मुरझाते हुए फूलों की खुशबू सबसे अलग होती है। उर्दू का एक शेर है—

दिल का हर दर्द यों शेरों में उभर आया है।
जैसे मुरझाते हुए फूलों से खुशबू निकले।।

फिर, संदल की खुशबू की गाथा बहुत-से कवियों ने गाई है। क्या कोई भी फूल उक्त सुगंध को पा सकता है ? जब किसी महापुरुष का महाप्रयाण होता है, तब मनो काठ के बीच में सेर-दो सेर संदल की लकड़ी भी जलाई जाती है। उक्त चिता से जो सुगंध निकलती है, वर्णनातीत है। फिर भी एक शेर देखें–

रात जलती हुई एक ऐसी चिता है जिस पर।
तेरी यादें हैं सुलगते हुए संदल की तरह।।

(5) **स्पृश्य** : स्पृश्य का अर्थ है, जो छूने योग्य हो, या जो छुआ जाय, जिसे स्पर्श किया जाय।

प्रत्येक व्यक्ति की एक विशेष प्रकार की आहट होती है, जिसकी पहचान करना हरेक के बस की बात नहीं है। कुछ पशुओं में इतनी क्षमता हाती है। मान लीजिए किसी घर में एक गाय पल रही है। घर में दस प्राणी हैं, जिनमें से एक उसकी विशेष रूप से सेवा करता है। गाय केवल उसकी बोली ही नहीं पहचानती, उसकी आहट भी पहचानती है। जब कभी वह घर में घुसेगा, तुरंत गाय आवाज़ देगी, जिसका अर्थ यह है कि 'मैं तुम्हें पहचानती हूँ।' किसी और के आने पर वह कुछ नहीं बोलेगी।

जिनका चक्षु-ज्ञान कम होता है, अथवा बिल्कुल नहीं होता, उनका स्पर्श-ज्ञान बढ़ जाता है। जो लोग चक्षुहीन होते हैं उन्हें एक विशेष प्रकार की लिपि में शिक्षा दी जाती है जिसे 'ब्रेल लिपि' कहते हैं। कागज़ पर उभरी हुई बिंदियाँ बनाई जाती हैं। अंधा व्यक्ति उन बिंदियों पर उँगलियाँ रखकर पहचान लेता है कि कौन-सा अक्षर लिखा हुआ है। इस प्रकार चक्षुहीनों का स्पर्श-ज्ञान विकसित किया जाता है और उन्हें पढ़ने योग्य बना दिया जाता है।

मछलियाँ अपने डैनों की प्रतिक्रिया से पहचान लेती हैं कि शत्रु किस दिशा से आ रहा है और कितनी दूर है। बाघ जब किसी जंगल में घुसता है, तो सारे जंगल में एक विशेष प्रकार की गंध फैल जाती है, जिसे जंगल के पशु ही पहचान पाते हैं। तुरंत किसी पेड़ से कोई बंदर या लंगूर एक विशेष प्रकार की ध्वनि करता है। बस, जंगल के सारे पशु सावधान हो जाते हैं। कुछ पेड़ों पर चढ़ जाते हैं, कुछ झाड़ियों में छिप जाते हैं। यहाँ स्पर्श और घ्राण-शक्ति–दोनों काम करती हैं। उर्दू का एक शेर है–

मैं पैरों की आहट से ही जान लूँगी।
हवाओं की खुशबू से पहचान लूँगी।।

अंग्रेज़ी कथा-साहित्य में एक जासूस का वर्णन आता है : शर्लक होम्स का। उसकी तर्क-शक्ति प्रसिद्ध थी। एक बार एक गाँव के पास के जंगल में एक व्यक्ति

की हत्या हो गई। इतना पता चल गया कि मरनेवाले की बाईं कनपटी पर किसी व्यक्ति ने पीछे से भारी वस्तु से प्रहार किया था, जिससे उसकी मौत हो गई थी। पास में कोई हथियार नहीं था। थोड़ी ही दूर पर मृत व्यक्ति का जवान पुत्र था जो बंदूक लिए घूम रहा था। पुलिस ने उसे पकड़ लिया। बेचारे ने बहुत अनुनय-विनय की, पर पुलिस ने कुछ न सुनी। इतना और पता चला कि दिवंगत व्यक्ति फ़ौज का एक अफ़सर था और उसकी जिह्वा से अंतिम शब्द 'रास' निकला था। अभियुक्त ने शर्लक होम्स की सहायता ली। शर्लक होम्स ने अपराध-स्थल का निरीक्षण किया और ये निष्कर्ष निकाले–

"हत मद्रासी पलटन का एक अफ़सर था। हत्यारा वामहस्थ है, उसकी दाहिनी टाँग भचकती है, वह हवाना-सिगार का शौक़ीन है, उसकी जेब में एक खुटला चाकू रहता है।"

ये सब निष्कर्ष शर्लक होम्स ने इस प्रकार निकाले–

"हत की जेब में उसकी फ़ौजी पलटन का नंबर था। इससे उसकी पदवी का पता चला। उसकी डायरी में हिंदुस्तान की कई पलटनों के पते थे जिनमें एक मद्रास का था। और उसके मुँह से 'रास' शब्द निकला था। इससे उसका संबंध मद्रासी पलटन से स्थापित हो गया।

"हत आगे जा रहा था, हत्यारे ने उस पर पीछे से वार किया, वह भी बाईं कनपटी पर। ऐसा प्रहार वामहस्थ ही कर सकता है। घास पर उसके पैरों के चिह्न थे, जिनमें से दाहिनी ओर का चिह्न हल्का पड़ता था। अतः उसका दाहिना पैर भचकता था। पास में ही हवाना-सिगार का टुकड़ा पड़ा हुआ था और वह होल्डर से बड़े गंदे ढंग से काटा गया था। अतः उसका चाकू तेज़ नहीं था। हत के शरीर के पास ही एक पत्थर मिला था, जिससे प्रहार किया गया था।"

बस, इतने प्रमाण काफ़ी थे।

गाँव छोटा-सा था। उसमें उपरिलिखित हुलिए का एक ही व्यक्ति था जो किसी के घर पर सशुल्क अतिथि के रूप में रहता था। वह पकड़ लिया गया और दिवंगत का पुत्र छोड़ दिया गया।

17. चिपचिपा

चिपचिपा	*sticky, adhesive*
चीमड़, चिमड़ा	*tanacious*
लसीला	*viscous*

यदि उँगलियों में गोंद या सरेस लग जाए तो किसी उँगली पर बार-बार अँगूठा रखकर उसे उठाने से चिप-चिप शब्द होता है। इसी से क्रिया-पद 'चिपकना' बना है। जब दो वस्तुएँ इस प्रकार एक-दूसरे से सट जाएँ कि बीच में अवकाश न रह जाए और उनको एक-दूसरे से अलग करना कठिन हो जाए तो कहते हैं कि ये आपस में चिपक गई हैं।

जब दो वस्तुओं के बीच में कोई लसदार वस्तु हो तब तो वे एक-दूसरे से चिपक ही जाएँगी, किंतु चिपकने के लिए यह आवश्यक नहीं है कि बीच में कोई लसदार वस्तु हो ही। बरसात में किवाड़ चिपक जाते हैं। जब आँखें दुखने को आती हैं तो सोते समय चिपक जाती हैं।

यदि कोई पदार्थ गाढ़ा या लसदार होने के कारण शरीर अथवा वस्त्र आदि से छू जाने पर उससे चिपक जाए तो उसे चिपचिपा कहते हैं। किवाड़ या दीवार पर लगा हुआ ताज़ा रंग चिपचिपा होता है। गोंद और सरेस भी चिपचिपे होते हैं।

लासा एक ऐसा पदार्थ है जिसमें चिपकने का गुण होता है। बहेलिये जब किसी चिड़िया को पकड़ते हैं तो बाँस के सिरे पर लासा लगा लेते हैं। बाँस को पक्षी से छुआ देते हैं। वह उससे चिपक जाता है। पक्षी उसे छुड़ा नहीं पाता और वह बहेलिये की पकड़ में आ जाता है।

प्राचीन समय में वैद्य एक ऐसा फाहा बनाते थे जो कि ज़ख़्म पर चिपक जाता था। वह फाहा तभी छूटता था जब ज़ख़्म बिल्कुल अच्छा हो जाता था। और ज़ख़्म के अच्छा हो जाने पर आप-से-आप छूट जाता था।

पतंगबाज़ जब पतंग बनाते हैं, तो काग़ज़ों को एक-दूसरे से चिपकाने के लिए आटे से एक लसदार पदार्थ तैयार करते हैं, जिसे लेही कहते हैं। लस, ल्हेस, लेही–ये सारे शब्द एक ही थैली के चट्टे-बट्टे हैं।

एक नई गृहिणी ने आटा गूँधकर परात में रख दिया। एक कौआ आया। उसने आटे में से एक टुकड़ा कुतर लिया। यह देखते ही गृहिणी रोने लगी। जब सास ने रोने का कारण पूछा तो उसने बताया कि उसके मैके में तो आटा इतना लसीला बनता है कि कौए की चोंच उसमें चिपककर रह जाए। क्या मजाल की आटे में से टुकड़ा कुतरकर ले जाए।

यह सुनकर सबको बड़ा अचरज हुआ। बहू से कहा कि इस घर में भी इतना लसीला आटा बनाकर दिखाए। बहू ने कहा कि जिस खेत में गेहूँ बोना है उसकी बुआई, जुताई, रोपाई सब मेरी देख-रेख में होनी चाहिए। सब राज़ी हो गए। बहू ने खेत में डकाडक पानी भरवा दिया। फिर दो-चार दिन के लिए छोड़ दिया। जब पानी सूख गया तब खेत की खुदाई करा के पानी भरवा दिया। इसी प्रकार 3-4 बार कराया। जब मिट्टी काफ़ी पिलपिली हो गई, तब एक घड़े में पानी भरवाकर

उसे सिर से ऊँचा उठाकर खेत में गिरा दिया। मिट्टी इतनी पोली थी कि घड़ा टूटा नहीं। तब उसने बुआई कराई। कई महीने बाद गेहूँ काटा गया। उसे पिसवाया गया। उक्त आटे को गूँधकर परात में रखा गया। एक कौआ आया। उसने चोंच मारकर आटे का टुकड़ा कुतरना चाहा तो चोंच आटे में फँसकर रह गई।

चीमड़ उसे कहते हैं जो इस बुरी तरह चिपक जाए कि छुटाए न छूटे। एक किंवदंती है कि पुराने समय में जब आधुनिक शल्य-क्रिया का आविर्भाव नहीं हुआ था, तब किसी रोगी की टूटी हुई हड्डी को जोड़ने के लिए एक चींटे को हड्डी के जोड़ पर बिठा देते थे। चींटा हड्डी के सिरों को पकड़कर बैठ जाता था। उसे उसी रूप में सी दिया जाता था। इस प्रकार हड्डी जुड़ जाती थी, क्योंकि चींटे की पकड़ बहुत मज़बूत होती है।

दूसरी किंवदंती इस प्रकार है कि गोजर (कनखजूरा) की पकड़ इतनी मज़बूत होती है कि एक बार किसी के मांस में अपने पंजे घुसेड़ दे तो कोई उसे छुड़ा नहीं सकता था। बस किसी उपकरण से उसी स्थिति में उसके टुकड़े-टुकड़े कर दिए जाते थे।

कह नहीं सकते कि इन किंवदंतियों में सत्य का अंश कितना है।

आजकल 'चीमड़' का प्रयोग लक्षणार्थ में ऐसे व्यक्ति के लिए होता है, जो चिपककर बैठ जाए और जिससे पीछा छुड़ाना कठिन हो जाए।

18. ठीक

ठीक	*right, correct, true*
सही	*authentic, right, correct, true*

भाषाविज्ञानियों का अनुमान है कि 'ठीक' शब्द का संबंध हिंदी शब्दों 'ठिकाना' और 'टिकाना' से है और संस्कृत के 'स्था' से।

'ठीक' अधिकतर विशेषण अथवा क्रिया-विशेषण का काम देता है। *हिंदी शब्दसागर* में इसके दस अर्थ दिए गए हैं, किंतु उनका वर्गीकरण संतोषजनक नहीं है। श्री रामचंद्र वर्मा ने अपने *शब्दार्थ-दर्शन* में इस वर्गीकरण में कुछ सुधार किया है, किंतु उनका अर्थ-विन्यास भी बहुत बढ़िया नहीं कहा जा सकता। हम अपना अर्थ-वर्गीकरण इस प्रकार करेंगे—

(1) जैसा हो वैसा, यथार्थ, सत्य, सच्चा। जैसे—

(क) तुम्हारा ही कहाना ठीक निकला। रामगुलाम न आया तो न आया।

(ख) प्राण सूली पर टँगे हुए हैं। जिस गाड़ी से लड़की आ रही है, वही दुर्घटनाग्रस्त हुई है। अभी ठीक विवरण नहीं आया है, जिससे पता चले कि कितने यात्री हताहत हुए।

(ग) आजकल तुम्हें कुछ का कुछ सुनाई देता है। तुम ठीक बात सुनकर आ रहे हो या अक्ली गद्दे लड़ा रहे हो।

(2) उचित, उपयुक्त, जैसा होना चाहिए, वैसा। जैसे–

(क) क्या मेले में जाने का यही ठीक रास्ता है।

(ख) साड़ी पहनने का यह ढंग ठीक नहीं है।

(ग) इस काम के लिए यही कर्मचारी ठीक है।

(घ) यह टोपी तुम्हारे सिर पर ठीक लगती है।

(ङ) यह पुस्तक आठवें दर्जे के लिए ठीक रहेगी।

(3) जो हिसाब में शुद्ध हो, जिसमें कोई ग़लती न हो। जैसे–

(क) तुमने दस प्रश्न किए हैं। इनमें से मुश्किल से तीन ठीक हैं। शेष सवालों को ठीक करो।

(ख) यह आयकर-विवरणी ग़लत है। इसे ठीक करो।

(ग) इस लेख में कुछ शब्द उलट-पुलट गए हैं। इन्हें ठीक करके लिखो।

(घ) दुकानदारी छोड़ो, ठीक दाम बोलो।

(ङ) नाप-तोल में ठीक उतरा।

(4) जनमत, शिष्टाचार आदि के अनुसार। जैसे–ठीक आचरण/व्यवहार/चरित्र।

(क) देखने में तो लड़का ठीक ही है, उसके अचारण को कौन जाने।

(ख) तमीज़ से बात करो, वरना ठीक करके रख दूँगा।

(ग) छह महीने की जेल काटकर आया है। अब तो ठीक हो गया होगा।

(5) (मशीन आदि) जो ठीक दशा में हो, जिसमें कोई कोर-कसर न हो। जैसे–

(क) तेल डालते ही साइकिल ठीक हो गई।

(ख) यह घड़ीसाज़ बहुत होशियार है। घड़ी कैसी ही ख़राब दशा में हो, मिनटों में ठीक कर देता है।

शब्दार्थ-दर्शन में 'ठीक मशीन' और 'ठीक आचरण' एक ही वर्ग में रखे गए हैं। हमारे विचार में यह असंगत है।

(6) ठीक दशा में, स्वस्थ। जैसे–

(क) कितना ही पुराना ज़ुकाम हो, यह दवा केवल तीन खुराकों में ठीक कर देती है।

(ख) पिछले दिनों कैसा स्थूल हो गया था। नियमित व्यायाम से शरीर बिल्कुल ठीक हो गया है।

(ग) आज मेरी तबीयत ठीक नहीं है। इस विषय में कल बात करूँगा।

ठीकमठीक=बिल्कुल ठीक, सोलह आने दुरुस्त।

पद–ठीक-ठिकाना=निश्चित स्थान।

(7) जो निर्धारित स्थान पर अच्छी तरह बैठे, जो ढीला या कसा हुआ न हो।

(क) अभी तो यह जूता तुम्हारे पैर में कसता है। थोड़ी दूर चलोगे तो ठीक बैठ जाएगा।

(ख) एक महिला इतनी मोटी थी कि पेट के मुटापे के कारण उसे अपने पैर दिखाई नहीं देते थे। जूतों की दुकान पर पहुँची। दुकानदार ने दर्जनों जोड़ी जूते सामने रख दिए। कोई जूता ठीक नहीं आ रहा था। कोई ढीला था, कोई कसता था। अंत में किसी जूते के अंदर पैर डालकर बोली–"अहा ! यह जूता मेरे पैर में बिल्कुल ठीक आता है।"

दुकानदार बोला, "कृपया जूते के डिब्बे में से पैर बाहर निकाल लीजिए !"

(ग) रोगी (नेत्र विशेषज्ञ से) : डॉ. साहब, बहुत दिन से मेरा चश्मा मुझे तंग कर रहा था। मैं पढ़ ही नहीं पाता था। आज मैंने अपनी पत्नी का चश्मा जो लगाया तो ठीक बैठ गया। क्या मैं अब इसी को लगाया करूँ ?

डॉ. : आपने अपनी श्रीमतीजी का चश्मा लगा लिया, सो तो ठीक है, किंतु किसी दिन उनकी साड़ी मत पहन लीजिएगा।

(8) स्थिर, नियत, निश्चित जैसे–गाड़ी ठीक करना, मकान का किराया ठीक करना, नौकर ठीक करना, लड़की तो ठीक हो गई, अब सगाई की तारीख़ और ठीक कर लो।

ठीक-ठाक करना = निश्चित करना।

ठीक-ठाक = साधारण, बढ़िया नहीं।

आजकल वकालत कैसी चल रही है ? –बस, ठीक-ठाक ही है।

अभी तक हमने 'ठीक' को विशेषण-रूप में ही प्रयोग किए हैं। यह शब्द कभी-कभी 'क्रिया-विशेषण' के रूप में भी प्रयुक्त होता है।

(1) उचित प्रकार से, जैसा होना चाहिए वैसा। जैसे–

(क) यह घोड़ा ठीक नहीं चलता, नाखून खाता है।

(ख) जबसे तुमने इसकी मरम्मत की है, घड़ी ठीक चल रही है।

(ग) यह काम ठीक वैसे ही करो, जैसे मैंने किया था।

कभी-कभी 'ठीक' के साथ 'से' विभक्ति भी लग जाती है। जैसे–"ठीक से खिलौना चलाओ, पूरी कूक भरकर।"

(2) सुनिश्चित, परिनिश्चित, यथार्थ (समय या स्थान)।

(क) गाड़ी लखनऊ से ठीक $5\frac{3}{4}$ बजे छूट जाती है।

शब्दार्थ-दर्शन में यह उदाहरण विशेषण-प्रयोग के रूप में दिया है, जो हमारे विचार में अनुपयुक्त है।

(ख) तुम ठीक 2 वर्ष बाद लौटे हो।

(ग) मिर्ज़ापुर दिल्ली और कलकत्ता के ठीक बीचो-बीच में स्थित है।

(घ) हवाई जहाज़ हमारी छत के ठीक ऊपर उड़ रहा था।

(ङ) हमारे मकान के ठीक सामने एक फुलवारी है।

(च) अर्जुन को ठीक मछली की आँख में तीर मारना था।

'ठीक' का प्रयोग संज्ञा-रूप में भी होता है, जिसके ये अर्थ होते हैं–

(1) निश्चय, निर्णय, पक्की बात। जैसे–

(क) उसका कोई ठीक नहीं, आज आए या कल, या बिल्कुल न आए।

(ख) पहले यह तो ठीक कर लो कि यहाँ ठहरना भी है या नहीं, कमरा तो बाद में ठीक हो जाएगा।

(ग) उसे दो दौरे तो पड़ चुके हैं, अब क्या ठीक है।

(2) विश्वसनीयता, प्रामाणिकता।

(क) उसकी बात का कोई ठीक नहीं–कहकर मुकर जाए, वचन देकर तोड़ दे।

(ख) उसके उद्धरण का कोई ठीक नहीं, संभव है उक्त वक्तव्य *रामायण* में हो ही नहीं, जो उसने दिया है।

(ग) एक वक्ता महोदय अपने 'पांडित्य' का दिग्दर्शन कराते हुए बोले, "जब भगवान कृष्ण ने सुदर्शन चक्र चलाया तो वह जामवंत की नाक पर जाकर लगा !"

श्रोताओं में उनके एक भक्त बैठे हुए थे। उन्होंने तुरंत आपत्ति की, "हैं, महाराज ! यह आप क्या कह रहे हैं ? कहाँ भगवान कृष्ण का समय, कहाँ जामवंत !"

वक्ता महोदय बोले, "ओहो, बड़ी भूल हो गई। कारण यह है कि मैंने कौटिल्य का *अर्थशास्त्र* पढ़ा ही नहीं है !"

(3) व्यापारियों और महाजनों में 'ठीक' का एक अर्थ और चलता है : जोड़, योग। जैसे–"तुमने सारी राशियाँ अलग-अलग तो लिख दी हैं। किंतु इनका ठीक नहीं लगाया।"

'सही' विशेषण संभवतः अरबी 'सहीह' से निकला है। इसके पहले तीन अर्थ तो 'ठीक' के पहले तीनों अर्थों से मिलते-जुलते हैं।

(4) विशेषण पद 'सही-सलामत' का अर्थ है 'पूर्ण रूप से स्वस्थ।'

अब हम 'सहना' क्रिया के आर्थी क्षेत्र में विचरण करते हैं।

'सही' इस क्रिया का भूतकालिक स्त्री-रूप है।

एक स्त्री कुल्हड़ में पानी पी रही थी कि कुल्हड़ होंठों से चिपक गया। स्त्री कुल्हड़ से कहती है–

रे माटी के कूल्हड़ा, डारौं तोय फुखाय।
होंठ बने हैं 'पीय' को, तू क्यों चूसे जाय।।

तो कुल्हड़ उत्तर देता है–

मुक्क सहे, लातें सहीं, उलटे सहे कुदार।
इन होंठन के कारणे, सिर पर धरे अँगार।।

स्पष्ट है कि इस दोहे में 'सहे' और 'सहीं' सहना क्रिया के भूतकालिक रूप हैं। एक अन्य प्रसिद्ध पंक्ति है–

लाख सही मैं पी की बतियाँ, एक सही न जाय।।

अब एक विवादग्रस्त प्रश्न यह उठता है कि क्रिया-पद 'सहना' और विशेषण-पद 'सही' में सामंजस्य कहाँ बैठता है ?

संज्ञा के रूप में सही का एक अर्थ 'हस्ताक्षर, दस्तख़त' भी है। अतः 'सही करना' का अर्थ है 'हस्ताक्षर करना।'

कुछ मुहावरे : (i) सही पड़ना = ठीक उतरना, सच्चा होना। जैसे–

(क) ऐसा सही हाथ पड़ा कि सिर भुट्टे-सा कट गया।

(ख) एक भी कौड़ी सही पड़ जाय तो वारे-न्यारे हो जायँ।

(ii) सही जान पड़ना = उचित लगना।

(iii) सही भरना = स्वीकार कर लेना। देखो सोच-समझकर सही भरना, कहीं वह तुम्हें धोका न दे दे।

अब इस प्रकार के प्रयोगों पर विचार कीजिए–

(क) जब बाप-बेटे दोनों ने काग़ज़ पर सही कर दी, तब तो उसे सही भरना/मानना ही पड़ेगा, अर्थात् स्वीकार करना ही पड़ेगा।

(ख) "मैंने काग़ज़ पर सही तो कर दी थी, परंतु स्याही गिर जाने से हस्ताक्षर स्पष्ट नहीं रहे।"

"अच्छा तो एक बार फिर सही कर दो। हम उसी को सही मान लेंगे।"

कदाचित् इसी प्रकार 'सही' में 'स्वीकार किया हुआ', 'माना हुआ' अर्थ भी जुड़ गया। जब कोई प्रयोग घिसता जाता है तब उसमें नए-नए सूक्ष्मांतर जुड़ते जाते हैं। कुछ प्रयोग देखिए–

(क) चलो, यही सही : चलो ऐसा ही सही।

(ख) हम नहीं और सही, और नहीं, और सही।।

(ग) न सही, गर मेरे अशआर में मानी, न सही।–ग़ालिब

(घ) हमको किसके ग़म ने मारा, यह कहानी फिर सही।

'सही' के प्रयोग के विवेचन के बाद वर्माजी ने *शब्दार्थ-दर्शन* में ये दो प्रयोग दिए हैं–

(i) आख़िर आप वहाँ गए ही।

(ii) आखिर आप वहाँ गए सही।।

वर्माजी का विचार है कि यहाँ 'ही' और 'सही' का प्रयोग ज़ोर देने के लिए है। हम ऐसा नहीं मानते। हम यहाँ कई और प्रयोग देते हैं जिन्हें हम शुद्ध मानते हैं। एक-एक वाक्य द्वारा हम उनका अर्थ भी स्पष्ट करते जाएँगे। वर्माजी वाले दोनों वाक्य अशुद्ध न भी हों, बढ़िया तो नहीं ही हैं।

(i) आख़िर आप वहाँ गए ही नहीं। (आपको जाना चाहिए था)

(ii) आख़िर आप वहाँ गए ही क्यों। (आपको नहीं जाना चाहिए था)

(iii) हिचक तो बहुत रहे थे, परंतु आखिर आप वहाँ चले ही गए।

(iv) आखिर आप वहाँ गए तो सही। (किंतु इससे कोई लाभ नहीं हुआ, क्योंकि आप वहाँ बोले बिल्कुल नहीं)

(v) आख़िर आप वहाँ गए तो सही। (यही ग़नीमत है। आगे के लिए हिचक खुल गई)

जो विवक्षाएँ हमने कोष्ठकों में दी हैं, उनके अतिरिक्त और विवक्षाएँ भी संभव हैं।

एक बात और। कभी-कभी खेल में बड़े लड़कों के साथ एक छोटा लड़का आन मिलता है। तब दोनों टोलियाँ यह मान लेती हैं कि उक्त लड़के की सही नहीं है, अर्थात् उसकी छोटी-मोटी ग़लतियाँ क्षम्य मानी जाएँगी। कभी-कभी लिखाईवाले खेल में यह अनुबंध हो जाता है कि पेंसिल से लिखे को सही नहीं माना जाएगा, अर्थात् उसको मान्यता नहीं दी जाएगी।

19. दाहिना

दाहिना (दायाँ)	***right***
बायाँ	***left***

किसी बच्चे को किस प्रकार समझाएँगे कि दाहिनी दिशा कौन-सी है और बाईं कौन-सी। यदि बच्चा हमारे सामने है तब तो हम हाथों के संकेत से बता सकते हैं। किंतु यदि बच्चा हमसे दूर है और हम उसे पत्र द्वारा बताना चाहते हैं तो

क्या करेंगे ?

उत्तर बहुत सरल है। सवेरे उठकर जिधर सूरज निकल रहा हो, उधर मुँह करके खड़े हो जाइए। आपके सामने पूरब है और पीठ पीछे पश्चिम। अब रह गए उत्तर और दक्षिण। जिधर आपका हृदय है, उधर मानिए उत्तर और शेष चौथी दिशा को कहिए दक्षिण।

अब आप दिन-भर चाहे जिस दिशा में खड़े होइए या चलिए। आपके जो अंग दक्षिण दिशा में हैं, वही दाहिने अंग कहलाएँगे। 'दाहिना' दक्षिण से ही निकला है। इस प्रकार दाहिना हाथ, दाहिना पैर, दाहिना कान—सबकी परिभाषाएँ हमें प्राप्त हो गईं। कुर्ते की जो बाँह दाहिने हाथ में डालनी है, दाहिनी बाँह कहलाएगी। इसी प्रकार पाजामे का जो पाँयचा दाहिने पैर के लिए बना है, दाहिना पाँयचा कहलाएगा···

हम सड़क पर जा रहे हैं। जो गलियाँ हमारे दाहिने हाथ की ओर पड़ेंगी, दाहिनी गलियाँ कहलाएँगी। दूसरी ओर की गलियों को बाईं गलियाँ कहेंगे। जब हम उसी मार्ग पर लौटकर आएँगे तो जो गलियाँ पहली बार दाहिनी कहलाई थीं, अब बाईं गलियाँ कहलाएँगी।

नदी का दाहिना तट कौन-सा होगा, और बायाँ कौन-सा। मान लीजिए आप नदी के उद्गम से उसके प्रवाह के साथ-साथ तैर रहे हैं, तो जो तट आपके दाहिने हाथ की ओर है, वही दाहिना तट है।

हम अपने अधिकतर काम दाहिने हाथ से करते हैं, जैसे खाना, पीना, लिखना, कपड़ा काटना··· कदाचित् इसीलिए हमारे शरीर के दाहिने अंग अधिक पुष्ट हो जाते हैं। राजनीति में जो पार्टियाँ सरकार का साथ देती हैं, उसका दाहिना अंग कहलाती हैं। जो दल सामान्यतः सरकार का विरोध करते हैं, बायाँ पक्ष कहलाते हैं।

मान लो कोई हमसे कहता है, "लो यह पुस्तक मेरे कमरे की अल्मारी में दाहिनी ओर रख आओ।" हम अल्मारी के सामने खड़े हो जाएँगे और अल्मारी का वह भाग जो हमारे दाहिने पड़ता है, उसमें पुस्तक रख देंगे।

परंतु जो हमारा दाहिना पार्श्व है, वह अल्मारी का दाहिना पार्श्व नहीं है बल्कि बायाँ पार्श्व है, यदि हम यह मान लें कि अल्मारी कोई जानदार वस्तु है जो सामने की ओर देख रही है। अतः, यदि कोई कहता है कि पुस्तक अल्मारी के दाहिने पार्श्व में रखना, तो हम अल्मारी के सामने खड़े हो जाएँगे और अपने बाएँ पार्श्व में पुस्तक रख देंगे।

हम अपने मकान के सामने अपनी पीठ मकान की ओर करके खड़े हैं। अब जो मकान का सामना है, वही हमारा सामना है। अब यदि हमारे दाहिने हाथ पर एक मंदिर है और बाएँ हाथ पर नाला, तो हम कहेंगे कि हमारे मकान के

दाहिने मंदिर है और बाएँ नाला।

मैं एक दर्पण के सामने खड़ा होता हूँ। दर्पण में मेरा प्रतिबिंब दिखाई देता है। वह बिल्कुल मेरे जैसा है, किंतु फिर भी मुझमें और उसमें अंतर है। मेरा दाहिना हाथ उसका बायाँ हाथ बन जाएगा। मेरा बायाँ पैर उसका दाहिना पैर बन जाएगा··· इस प्रक्रिया को पार्श्विक उत्क्रमण (lateral inversion) कहते हैं। इस प्रकार दर्पण में वर्ण 'ट' का उत्क्रम होगा। किंतु 'ठ' पर पार्श्विक उत्क्रमण का कोई प्रभाव नहीं पड़ेगा। यह वर्ण ज्यों का त्यों रहेगा।

अब मान लीजिए हमने ज़मीन पर एक दर्पण रख दिया और उस पर एक मोमबत्ती खड़ी कर दी। तो मोमबत्ती के प्रतिबिंब में लौ नीचे दिखाई देगी, मोमबत्ती ऊपर। इसको उदग्र उत्क्रमण (vertical inversion) कहते हैं। परंतु इस प्रकार का तीर ⟶ उदग्र उत्क्रमण के बाद भी ज्यों का त्यों रहेगा।

हम यहाँ कुछ ऐसी आकृतियाँ देते हैं, जिन पर दोनों में से किसी भी उत्क्रमण का कोई प्रभाव नहीं पड़ेगा।

ऐसी आकृति क्षैतिज और उदग्र, दोनों दिशाओं में सम्मिताकार होती है।

हमारे दैनिक कार्यकलाप अधिकतर 100-200 अथवा 1000-2000 किलोमीटर तक सीमित रहते हैं। अब तनिक आगे बढ़िए। सिंगापुर निरक्ष रेखा (Equator) के समीप ही स्थित है। यदि हम सिंगापुर से भूमंडल के केंद्र तक रेखा खींचें तो बढ़ते-बढ़ते वह पृथ्वी के दूसरी ओर दक्षिण अमेरिका के क्विटो नगर में निकलेगी। निरक्ष की लंबाई 40,000 किलोमीटर है। यदि एक व्यक्ति सिंगापुर से पूरब की ओर चलता है, तो 20,000 किलोमीटर चलने पर क्विटो नगर पहुँच जाएगा। अतः क्विटो नगर सिंगापुर से पूरब की ओर 20,000 किलोमीटर दूर है।

एक दूसरा व्यक्ति सिंगापुर से पश्चिम की ओर चलता है। 20,000 किलोमीटर चलने पर वह भी क्विटो नगर पहुँच जाएगा। अतः उसके हिसाब से क्विटो नगर सिंगापुर से पश्चिम की ओर 20,000 किलोमीटर दूर हुआ। अब बताइए, क्विटो नगर सिंगापुर से पूरब की ओर है या पश्चिम की ओर।

यदि हम सिंगापुर से उत्तर की ओर चलें तो एक दिन उत्तर ध्रुव पहुँच जाएँगे। वहाँ से उसी दिशा में बढ़ते चले जाने से हमें वही क्विटो नगर मिल जाएगा।

अब यदि हम सिंगारपुर से दक्षिण की ओर चलने लगें तो भी दक्षिण ध्रुव होते हुए एक दिन क्विटो नगर पहुँचेंगे। वही कठिनाई यहाँ भी पड़ेगी। क्विटो नगर सिंगारपुर से उत्तर की ओर है या दक्षिण की ओर।

सारी देशांतर रेखाएँ दोनों ध्रुवों में से होकर जाती हैं। यदि हम किसी भी देशांतर

रेखा पर ऊपर की ओर चलें और उत्तर ध्रुव से किसी भी देशांतर रेखा पर चलें, तो वह सदैव दक्षिण दिशा ही कहलाएगी। स्पष्ट है कि यदि कोई उत्तर ध्रुव से किसी भी दिशा में चले तो वह दक्षिण की ओर से जाएगा। और यदि दक्षिण ध्रुव से किसी भी ओर चले तो वह उत्तर दिशा ही कहलाएगी।

मान लीजिए कि एक मकान उत्तर ध्रुव पर बना हुआ है। घर की गृहिणी बच्चों से कहती है कि बेटा, तुम किसी भी दिशा में खेलने जाओ, परंतु दक्षिण दिशा में मत जाना। उधर जंगली जानवर मिलते हैं।

बच्चे किस दिशा में जाएँगे ?

अब कल्पना कीजिए कि आप अपनी पृथ्वी से लाखों किलोमीटर की दूरी पर खड़े हैं, जहाँ आसपास में न कोई ग्रह है, न उपग्रह है, न तारा। वहाँ आप किस दिशा को दक्षिण कहेंगे, किसको उत्तर ! वहाँ आपके पास कोई कसौटी है ही नहीं, जिससे आप दिशाओं का ज्ञान कर सकें। सामान्यतः आप दिशा-ज्ञान के लिए किसी वस्तु को अपना आश्रय या आधार बनाते हैं, जैसे दुर्गा मंदिर के बाएँ, नाले के दाएँ, बाग़ के सामने··· परंतु वहाँ तो इस प्रकार की कोई वस्तु है ही नहीं, जिसे अपना आधार-बिंदु बना सकें। इसी प्रकार लोग रेगिस्तान में अपना मार्ग जल्दी भूल जाते हैं, क्योंकि वहाँ चारों ओर रेत के अतिरिक्त कुछ होता ही नहीं।

स्पष्ट है कि आकाश में पूरब, पश्चिम, उत्तर, दक्षिण आदि का कोई अर्थ ही नहीं रह जाता।

दाहिने और बाएँ के संबंध में कुछ मुहावरे बन गए हैं :

(i) वह तो मेरा दाहिना हाथ है = अमुक व्यक्ति मेरे लिए बहुत ही उपयोगी है।

(ii) यह मेरे बाएँ हाथ का काम है = यह काम मेरे लिए बहुत सरल है।

(iii) भगवान हमारे दाहिने ओर है = भगवान हमारे अनुकूल है।

हमारे देश में यातायात के लिए प्रायः यह नियम है कि सदैव बाएँ चलो। इसके विपरीत पैदलों के लिए यह निर्देश है कि अपने दाहिने चलो। कारण यह है कि जो वाहन सामने की ओर से आएगा, वह अपने बाएँ चलेगा। वह तो हमें दिखाई देगा, अतः हम उससे बच सकते हैं। जो वाहन हमारी ही दिशा में जा रहे हैं, वह अपने बाएँ चलेंगे, अर्थात् सड़क के बाएँ पार्श्व में चलेंगे, अतएव हमसे दूर रहेंगे। हमारे लिए उनसे बचने का कोई प्रश्न ही नहीं है। इसी कारण पदबंध प्रचलित हैं कि दाएँ-बाएँ देखकर चलो। अर्थात्, दोनों ओर के यातायात का ध्यान रखो।

जब सड़क के पार जाना हो तो पहले दाहिनी ओर देखो, फिर बाईं ओर देखो, अंत में फिर दाहिनी ओर दृष्टि डालकर आगे बढ़ो।

कलकत्ते की सड़कों के संबंध में एक मज़ाक है कि एक व्यक्ति सड़क पार

करना चाहता था। उसने पहले दाहिनी ओर दृष्टि डाली। वाहनों का ताँता लगा था। कई मिनट तक देखता रहा कि ताँता समाप्त हो तो चलूँ। जब कुछ भीड़ कम हुई, उसने बाईं ओर दृष्टि डाली। वहाँ उससे भी बड़ी पंक्ति दिखाई दी। दो-एक मिनट रुका रहा। जब भीड़ कुछ हल्की हुई तो फिर दाहिनी ओर दृष्टिपात किया। इधर फिर भीड़ लग गई थी। इसी प्रकार उसे कई मिनट बीत गए। सड़क पार करने का साहस ही नहीं हुआ। इसके ठीक सामने सड़क के दूसरी ओर की पटरी पर एक व्यक्ति दिखाई पड़ा। उसने ज़ोर से आवाज़ देकर पूछा कि तुम सड़क के उस पार कैसे गए ?··· उसने उत्तर दिया कि मैं सड़क के इसी ओर पैदा हुआ था !

'दाहिने और बाएँ' का एक अर्थ 'ऊँच-नीच' भी हो गया है, जैसे–"दाहिने-बाएँ देखकर किसी काम में हाथ डालना चाहिए।"

दाएँ-बाएँ देकर निकल जाना = धोका देकर चल देना।

दायाँ बोलना = तीतर का दाहिनी ओर बोलना। कुछ लोग इसे अशगुन मानते हैं।

दाएँ-बाएँ कर देना = छिपा देना।

20. न्यायकारी

तर्कप्रिय	*reasonable, logical*
तर्कशील, विचारशील	*rational*
न्यायकारी, न्यायप्रिय	*just*

'शील' का प्राथमिक अर्थ है–स्वभाव, आदत, वृत्ति। कभी-कभी ऐसे नाम सुनने में आते हैं : धर्मशील, कमलशील, विनयशील। धर्मशील उसे कहेंगे जिसकी धार्मिक वृत्ति हो। कमलशील का अर्थ होगा 'कमल-जैसी वृत्ति।' जिसके स्वभाव में विनय हो, नम्रता हो, उसे विनयशील कहेंगे।

ईश्वर ने मनुष्य को विचार करने की, भला-बुरा सोचने की, तर्क-वितर्क करने की शक्ति नैसर्गिक रूप में दी है। यह शक्ति और किसी प्राणी को नहीं दी। अतः मनुष्य स्वभाव से ही तर्कशील प्राणी है। वह जब चाहे तब, किसी भी बात पर तर्कणा कर सकता है। परंतु वह उक्त शक्ति का उपयोग करे चाहे न करे, यह उसकी इच्छा। यदि वह हरेक बात का आगा-पीछा सोचकर काम करता है, तो उसे तर्कप्रिय कहेंगे। परंतु कुछ लोग ढंग से किसी बात का आगा-पीछा सोचे

बिना ही काम में कूद पड़ते हैं। ऐसे लोग तर्कशील होते हुए भी तर्कप्रिय नहीं होते। सन् 1956 में भारत सरकार ने क़ानून बनाकर पुत्रियों को यह अधिकार दिया था कि पिता की संपत्ति में से अपना भाग प्राप्त कर सकें। इस पर भी देश की लाखों लड़कियाँ उक्त अधिकार का उपयोग नहीं करतीं। इसका अर्थ यह नहीं है कि उनका अधिकार समाप्त हो गया। अधिकार तो रहेगा ही, केवल वे उसका उपयोग नहीं कर रहीं। इसी प्रकार जो तर्कशील प्राणी स्वेच्छा से अपनी तर्क-शक्ति का उपयोग नहीं करता, तर्कशील तो बना रहता है, तर्कप्रिय नहीं बन पाता।

तर्क और न्याय में कोई मौलिक अंतर नहीं है। तर्क एक ऐसी सीढ़ी है जो हमें न्याय तक पहुँचाती है। तर्क मार्ग है, न्याय गंतव्य। तर्क साधन है, न्याय साध्य। हम न्याय तक पहुँचने में तर्क-बुद्धि से काम लेते हैं। जो तर्कयुक्त है, वही न्यायोचित है।

किसी मुवक्किल ने एक वकील को अपना सारा किस्सा सुनाया। सुनकर वकील बोला, "मेरी व्यक्तिगत राय तो यह है कि... "

मुवक्किल बोला, "मुझे आपकी व्यक्तिगत राय नहीं चाहिए, आपका व्यावसायिक परामर्श चाहिए।"

किसी ने न्यायाधीश से कहा कि देखिए, आपका काम है न्याय करना।

जज महोदय बोले, "नहीं, मेरा काम केवल क़ानून का पालन कराना है।"

सच पूछिए तो यह उत्तर कुछ अटपटा है। क़ानून न्याय करने के लिए ही बनाए जाते हैं। क़ानून न्याय के जितने समीप पहुँच सके, उतना ही अच्छा है।

न्याय कोई अंधे की लाठी नहीं है, प्रदर्शक की उँगली है। यह कोई छोटे-मोटे स्टेशन की अध-बुझी लालटेन नहीं है, पीपल तले का दीया है जो बटोहियों को राह दिखाता है। राह दिखाना उसका काम है, किंतु चलना हमें अपने पैरों से ही पड़ेगा। आदर्श स्थिति वह होगी जब रास्ता और मंज़िल एक हो जाएँ, क़ानून और न्याय में कोई अंतर न रह जाए, वकील ही जज हों और जज ही वकील।

एक अदालत में मुक़दमा आया। न्यायाधीश व्यक्तिगत रूप से जानता है कि अभियुक्त ने हत्या की है, परंतु गवाह इतने तगड़े खड़े हुए हैं और उन्हें इतना तैयार किया गया है कि उखड़ने का नाम ही नहीं लेते। तर्क-बुद्धि तो यह कहती है कि अभियुक्त को छोड़ दो, क्योंकि न्यायालय अकाट्य प्रमाण चाहता है, जो मिल नहीं रहा है। परंतु उसकी न्याय-बुद्धि यह कहती है कि अभियुक्त ने वास्तव में हत्या की है, उसे फाँसी होनी ही चाहिए।

सड़क और रेल की कैंची पर रात का एक चौकीदार नियुक्त था। सोचा, कुछ देर के लिए सो ले। तभी उसने स्वप्न देखा कि दो गाड़ियाँ आमने-सामने से आ रही हैं और थोड़ी-सी देर में ही दुर्घटना हो जाएगी। वह हड़बड़ाकर उठ बैठा

और देखा कि वास्तव में दो गाड़ियों में टक्कर होनेवाली है। उसने लाल सिग्नल देकर गाड़ियों को रोका। अन्यथा एक भयंकर दुर्घटना हो जाती। कदाचित् सैकड़ों आदमी मर जाते। रेलवे अधिकारियों ने उसे बड़ा भारी इनाम दिया, किंतु नौकरी से अलग कर दिया।

इनाम इसलिए दिया कि सैकड़ों लोगों की जान बचा दी।

नौकरी से इसलिए अलग कर दिया कि उसका कर्तव्य था रात-भर जागकर चौकीदारी करना। वह ड्यूटी के समय सो क्यों गया। यह है तर्क-बुद्धि और न्याय-बुद्धि का संघर्ष।

कुछ लोग तर्क-बुद्धि से ग़लत काम ले लेते हैं। यह तर्क-बुद्धि का दुरुपयोग है, जैसे कोई राजमार्ग छोड़कर गली-कूचे में घुस जाए और कहीं का कहीं पहुँच जाए। विल्वमंगल वेश्या चिंतामणि के घर की मुँडेर पर लटकते हुए साँप को रस्सी समझकर उसके द्वारा ऊपर चढ़ गए थे।

21. बड़ा

ऊँचा	*tall*
दीर्घ, लंबा	*long*
बड़ा	*big*
बृहत्	*huge*
भव्य	*शानदार, सुंदर*
महान	*great*
विशाल, विस्तृत	*grand*

लंबा–एक सिरे से दूसरे सिरे तक, इतने नाप का : जैसे–यह डोरा 3 मीटर लंबा है। प्रत्येक कमरे में दो विमाएँ होती हैं : लंबाई और चौड़ाई। जिस दिशा का नाप दीर्घ होता है उसे लंबाई कहते हैं, दूसरी को चौड़ाई।

प्रत्येक ठोस (अथवा कमरे) में तीन विमाएँ होती हैं। तीसरी विमा ऊँचाई कहलाती है। होती तो यह भी लंबाई ही है, किंतु यह धरती से आकाश की दिशा में नापी जाती है। सबसे आधारिक संकल्पना लंबाई की है। शेष सारे नाप इसी के पदों में दिए जाते हैं। चौड़ाई भी लंबाई ही है, ऊँचाई भी, मोटाई भी। हम कहते हैं कि ठोस 10 सें. मी. लंबा, 6 सें. मी. चौड़ा, 4 सें. मी. मोटा है। हमने उक्त ठोस की, तीनों दिशाओं में लंबाइयाँ ही तो बताई हैं।

लंबा नगर उसे कहते हैं जो एक दिशा—लंबाई—में बहुत दूर तक फैला हुआ हो। लंबा-चौड़ा खेत उसे कहते हैं जिसकी दोनों विमाएँ काफ़ी बड़ी हों। बड़ा नगर सामान्यतः उस नगर को कहते हैं जिसकी आबादी अधिक हो।

सामान्यतः वृत्त की दोनों मुख्य त्रिज्याएँ समान होती हैं। यदि एक त्रिज्या दूसरी से बड़ी हो तो उक्त आकृति को प्राचीन समय से दीर्घवृत्त (ellipse) कहते चले आए हैं।

भव्य में 'सुंदर' और 'बड़ा' दोनों की संकल्पनाएँ निहित हैं। ताजमहल एक भव्य इमारत है। 'विशाल' में 'बड़ा' का भाव मुख्य है, महान में 'महत्वपूर्ण' का।

छोटे और बड़े का भाव भी आपेक्षिक है। *Gulliver's Travels* एक प्रसिद्ध पुस्तक है। उसमें पहले तो गुलीवर एक ऐसे देश की यात्रा करता है जिसके निवासी बौने हैं। फिर ऐसे देश में जाता है जहाँ के निवासी दैत्याकार हैं। पहले के निवासियों की तुलना में गुलीवर वृहदाकार था, दूसरे के निवासियों की तुलना में नगण्य।

कुछ क्षेत्रों में 'साँप' का नाम नहीं लिया जाता। उसके बदले उसे 'बड़ा जानवर' कहा जाता है, क्योंकि वह विषैला होता है। कुछ क्षेत्रों में 'गाय' को बड़ा जानवर कहा जाता है, विशेषकर ऐसे प्रसंग में, जहाँ मांस का उल्लेख हो रहा है, क्योंकि गाय को पवित्र माना जाता है।

22. बद्ध

बद्ध	*bound*
बाध्य	*1. compelled, 2. obliged*
विवश	*helpless*

जीवन में कभी-कभी ऐसे अवसर आते हैं जब मनुष्य को इच्छा न होते हुए भी कोई काम करना पड़ता है, अथवा कोई काम करना चाहता है परंतु परिस्थितियों के कारण कर नहीं पाता। उपरिलिखित तीनों शब्द ऐसी ही परिस्थितियों के द्योतक हैं।

'बद्ध' का मौलिक अर्थ है, 'बँधा हुआ।' बैल खूँटे से बँधा होता है। रस्सी का एक सिरा बैल की गर्दन से बँधा होता है, दूसरा सिरा खूँटे से। इसे यों भी कहते हैं कि बैल रस्सी से बँधा है। इसी प्रकार घोड़ा बागडोर से बँधा रहता है, हाथी मोटी ज़ंजीर से।

यह तो हुआ 'बद्ध' का सामान्य अर्थ। जब हम किसी को कोई वचन देते हैं

तो उसे पूरा करने के लिए बद्ध हो जाते हैं। यों कहिए कि हम वचनबद्ध हो जाते हैं। महाराजा दशरथ अपने दो वचनों से बँध गए थे, अतः उन्हें अपनी इच्छा के विरुद्ध राम को चौदह वर्ष के लिए वन में भेजना पड़ा। इसी प्रकार लोग प्रतिज्ञाबद्ध हो जाते हैं। कुछ सरकारी कार्यक्रम एक निश्चित अवधि के अंदर पूरे करने होते हैं। उन्हें समयबद्ध कार्यक्रम कहते हैं। कविगण छंदों की सीमाओं से बँधे रहते हैं। सीताजी लक्ष्मण-रेखा की सीमा से बँधी थीं। उसे तोड़ने का फल उन्हें भोगना पड़ा।

'बाध्य' का संबंध परिस्थितियों, सामाजिक रीति-रिवाजों अथवा प्रशासनिक नियमों और कानूनों से है। एक युवक-युवती प्रेम-पाश में बँधे हुए हैं, किंतु दोनों विभिन्न जातियों के हैं। सामाजिक बंधनों, घर की मर्यादा, जनमत आदि के कारण वे विवाह नहीं कर सकते।

एक युवक कवि है। चाहता है कि स्वतंत्र रूप से कविता करे, किंतु घर पर छोटे भाई-बहन हैं, माँ है। उनका उदर-पोषण तो करना ही है। वह बाध्य होकर छोटी-मोटी नौकरी कर लेता है। अरमान कुचलकर रह जाते हैं। ऐसी परिस्थितियाँ जीवन में कई बार आ जाती हैं।

(1) साक़ी तेरी शराब से तौबा तो है मगर,
चारों तरफ़ घिरी हों घटाएँ तो क्या करें।

—मजाज़ लखनवी

(2) लाई हयात, आए, क़ज़ा ले चली, चले।
अपनी ख़ुशी न आए, न अपनी ख़ुशी चले।।

—ज़ौक़

(3) तेरे आज़ाद बंदों की, न यह दुनिया, न वह दुनिया
यहाँ मरने की पाबंदी, वहाँ जीने की पाबंदी।

—इक़बाल

(4) रामायण में एक प्रसंग यह आता है कि रावण ने मारीच से जाकर कहा कि तू सोने का हिरन बनकर दंडक वन में पहुँच जा। सीता राम से कहेगी कि उसके लिए हिरन की खाल ला दें। जब राम तुझे मारने के लिए जाएगा, मैं सीता को चुरा लाऊँगा।
मारीच ऐसा काम करने को राज़ी नहीं था। तब रावण ने उसे धमकी दी कि वह उसे मार डालेगा। मारीच ने सोचा कि जब मुझे मरना ही है, तो रावण के बदले राम के हाथों ही क्यों न मरूँ। इस ऊहापोह ने उसे सोने का मृग बनने के लिए बाध्य कर दिया।

(5) जटायु जानता था कि वह रावण से लड़कर जीत नहीं सकेगा। फिर भी कर्तव्य-बाध्य था।

बलिदान अवश्य मेरा होगा, यह उसको पहले सूझ गया।
फिर भी उपकार में मरने को रावण से जाकर जूझ गया।।

'विवश' का अर्थ है 'असमर्थ', 'लाचार।' 'बाध्य' में कर्तव्य अथवा परिस्थितियों पर निर्भरता का भाव होता है, जबकि 'विवश' में व्यक्ति शारीरिक अथवा भौतिक रूप से ही बेबस हो जाता है। शेर लोहे के पिंजरे में बंद है। पिंजरे के बाहर चाहे कोई जानवर आ जाए : घोड़ा, बकरी, भैंस। शेर कितना ही चाहे कि उसे खा जाए, किंतु लाचार है। वह पिंजरे के बाहर आ नहीं सकता।

बाघ का शिकार बहुत महँगा पड़ता है, शिकारी जानते हैं कि बाघ आग और तेज़ आवाज़ से डरता है। शिकारी पहले-पहल बनरखों (बनों की देख-भाल करनेवालों) से पता चलाते हैं कि बाघ किधर है। जब उसकी स्थिति का पता चल जाता है, तब उसके स्थान के सामने थोड़ी दूर पर किसी सुविधाजनक स्थान पर एक मचान बनाते हैं। मचान के सामने ज़मीन पर एक भैंसा अथवा कोई भक्ष्य पशु बाँध देते हैं।

फिर बाघ के तीन ओर आग तैयार करते हैं, या ढोल पीटते हैं। बाघ दोनों से डरकर सामने की ओर (जिधर जानवर बँधा है) चलता है। शिकारी आग और ढोलों के घेरे को छोटा करते जाते हैं। बाघ विवश होकर आगे बढ़ता जाता है। अंत में बाघ को बँधे हुए जानवर (जो चारे का काम कर रहा है) के समीप पहुँचना पड़ता है। उसी समय मचान से शिकारी गोलियाँ चलाकर बाघ को भून डालते हैं।

किसी गाँव में एक व्यक्ति घरवालों से लड़कर चल दिया। कसम खा गया कि जब तक कोई 'मजबूर' नहीं करेगा, घर नहीं लौटेगा। घर से बहुत दूर चला गया। उसे आशा थी कि घर से कोई उसे मनाने आएगा, किंतु कोई नहीं आया। तब घर की ओर चल दिया, इस आशा में कि कदाचित् घर से आता हुआ कोई मिल जाय। कोई नहीं मिला। तब वह ऐसे स्थान पर पहुँच गया जहाँ उसके घर की भैंस पेड़ से बँधा करती थी। भैंस बँधी हुई थी। तुरंत एक विचार आया। भैंस को खोल लिया और उसकी पूँछ पकड़ ली। वह घर की ओर भागी। वह भी उसके पीछे-पीछे दौड़ने लगा, और बोलने लगा, "अरे रुक जा ! क्यों मुझे ज़बरदस्ती घसीटे लिए जा रही है !" जब भैंस घर पर आकर रुकी, यह हज़रत भी पीछे-पीछे, उसकी पूँछ पकड़े, पहुँच गए। यदि बिना कुछ कहे चुप-चाप घर के अंदर चले जाते तो हेठी हो जाती। अतः बोले, "क्या करूँ, यह भैंस मुझे ज़बरदस्ती खींचे लिए चली आई। मैं बिल्कुल लाचार था।"

मजबूरी हो तो ऐसी !

23. मानक

प्रसम	***normal***
मानक	***standard***

'प्रसम' शब्द नया बनाया हुआ है। मान लीजिए हम थोड़े-से स्वस्थ व्यक्ति इकट्ठे करके, उनका तापमान लेते हैं और उसका औसत निकाल लेते हैं। उस औसत को हम उन व्यक्तियों का normal temperature कहते हैं। हिंदुस्तान में साधारण स्वास्थ्यवाले व्यक्ति का normal temperature 98. 6° F अर्थात् 37° C माना जाता है। Normal के लिए हमारी भाषा में कोई शब्द था नहीं। अतः इसके लिए स्व. श्री रामचंद्र वर्मा ने इसे गढ़ा। यह शब्द उपयुक्त दिखाई पड़ा, इसलिए चल पड़ा। इसमें सुविधा यह है कि इससे बहुत-से व्युत्पन्न शब्द सुगमता से निकल आते हैं। हमारी शब्दावली इस प्रकार की है–

Norm	प्रसमा
Normal	प्रसम
Abnormal	अप्रसम
Abnormally	अप्रसमतः
Subnormal	अनुप्रसम
Subnormally	अनुप्रसमतः
Normative	प्रासमिक
Normalisation	प्रसमन, प्रसमीकरण
Normalized	प्रसमित, प्रसमीकृत
Normalize	प्रसमन करना
Normality	प्रसमता।

वास्तव में प्रसम एक प्रकार का औसत ही होता है। मान लीजिए हमने एक दर्जन प्रदेशों से थोड़े-थोड़े व्यक्ति इकट्ठे करके सबके तापमानों के औसत ले लिए। अब प्रश्न यह है कि हम उनमें से किस औसत को सबसे अधिक महत्व दें। हम उनमें से एक को इस बात के लिए सबसे अधिक मान देते हैं। वही प्रसम तापमान कहलाएगा। यदि हम ऐसा न करें तो विभिन्न प्रदेशों के निवासियों के स्वास्थ्य का तुलनात्मक अध्ययन कर ही न पाएँगे। यदि किसी का तापमान 98.6° F आता है, तो वह तो प्रसम ही कहलाएगा। यों थोड़ा-बहुत अंतर भी प्रसम ही कहलाएगा। परंतु यदि उसका तापमान 98° F आता है तो उसे अनुप्रसम कहेंगे, यदि 99.1° आता है तो उसे अप्रसम कहेंगे।

'प्रसम' शब्द का उपयोग स्थूल रूप से अन्य क्षेत्रों में भी होता है, जैसे–प्रसम

जीवन, अर्थात् जब मनुष्य सामान्य जीवन बिता रहा हो, न बीमार पड़ता हो, न विशेष भोजन कर रहा हो, न कोई उपवास रखता हो, तो यह उसका 'प्रसम जीवन' कहलाएगा। इसी प्रकार के अर्थ प्रसम व्यायाम, प्रसम कार्यकलाप, प्रसम दिनचर्या के लगाने चाहिए।

एक लड़का कुछ मंदबुद्धि था। उसे उसके पिताजी ने एक 'मीटर' दिया और कहा कि जाओ, बाहर के फाटक की ऊँचाई नाम लाओ। थोड़ी देर बाद जब वह लौटा, उसके एक हाथ में मीटर के अतिरिक्त, एक बाँस था और एक डोरा और दूसरे हाथ में रुई का एक गाला था। उसने आकर बताया कि फाटक की लंबाई है 3 मीटर, एक बाँस, एक डोरे की लंबाई। इसके अतिरिक्त रुई के गाले की लंबाई और मेरी बाँह की लंबाई कोहनी से लेकर हाथ की उँगलियों तक, नाखून छोड़कर !

यदि लोग इसी प्रकार मनमाने ढंग से वस्तुएँ नापते चलते तो भिन्न-भिन्न वस्तुओं की लंबाइयों की तुलना हो ही नहीं सकती थी। इसलिए सारी वस्तुओं को नापने के लिए एक स्थिर नाप रखी गई। उक्त नाप को 'मानक लंबाई' कहते हैं। आजकल जो प्रणाली अधिकतर देशों में चलती है, मीटरिक प्रणाली कहलाती है। उसकी लंबाई की इकाई 1 मीटर कहलाती है। इस लंबाई का आधार यह है कि उत्तरी ध्रुव से किसी देशांतर रेखा के अनुदिश भूमध्यरेखा तक की लंबाई के 1 करोड़ बराबर भाग किए गए। एक भाग की लंबाई का नाम मीटर रखा गया। यह लगभग 39.37 इंच का होता है। सारी लंबाइयाँ इसी मीटर के अनुपात में नापी जाती है। इसी प्रकार भार का मानक 1 किलोग्राम और आयतन का मानक 1 लीटर माना गया है।

इसी प्रकार बहुत-से क्षेत्रों में मानक स्थिर कर लिए गए हैं। मानक प्रामाणिकता का प्रतीक होता है। मान लीजिए हमने कुछ गेहूँ खरीदा। हम जानना चाहते हैं कि वह पूरा 5 किग्रा. है या नहीं। हम लोहे का एक बाट लेते हैं जिस पर 5 किलो अंकित है, और किसी प्रामाणिक कारखाने से ख़रीदा गया है। हम उस बाट से गेहूँ को तोलते हैं। यदि गेहूँ तोल में उक्त बाट के बराबर निकलता है तो हम मान लेते हैं कि गेहूँ वास्तव में 5 किग्रा. है। लोहे का उक्त बाट हमारा मानक है।

किंतु समस्त मानक इतने यथार्थ रूप में नहीं दिए जा सकते। मनुष्यों के मानक वजनों की एक तालिका दी जाती है। प्रत्येक इंच लंबाई के लिए 2 किग्रा. वजन मानक मान लिया जाता है। मान लीजिए किसी की लंबाई 5'6", अर्थात् 66" है, तो उसका मानक वज़न 132 किग्रा. हुआ। यदि किसी का वज़न इससे 5 किग्रा. कम या अधिक हो तो उसे ठीक मान लिया जाएगा। यदि इससे अधिक का अंतर हो तो सोच-विचार करना पड़ेगा। इस संदर्भ में देखिए *शब्द-चर्चा*, डॉ. ब्रज मोहन,

राजकमल प्रकाशन, नई दिल्ली।

कभी-कभी प्रतियोगिता में इस प्रकार की शर्त भी रखी जाती है : ऊँची कुदान में जो कोई सबसे ऊँचा कूदेगा, उसे पारितोषिक दिया जाएगा। किंतु मानक 2.5 मीटर है। यदि कोई भी इस मानक तक न पहुँच सका तो किसी को भी पारितोषिक नहीं दिया जाएगा। इस प्रतियोगिता का नाम 'अंगद कूद' रखा गया है।

24. रोचक

मनोरंजक	***entertaining***
रुचिकर	***agreeable***
रोचक	***interesting***
स्वादिष्ट	***palatable***

यों रोचक और रुचिकर हैं तो दोनों शब्द एक ही थैली के चट्टे-बट्टे, किंतु पहला वस्तुनिष्ठ है, दूसरा व्यक्तिनिष्ठ। 'रुचिकर' का संबंध 'रुचि' से है। जो वस्तु हमारी रुचि के अनुकूल है, वह हमारे लिए रुचिकर है। किसी को बैंगन बावरे, किसी को बैंगन पथ्य। उपन्यास, कहानियाँ रोचक हो सकती हैं किंतु खाद्य पदार्थों के लिए 'रुचिकर' का प्रयोग होता है। यों एक बात किसी को रुचिकर लगती है, दूसरे को अरुचिकर।

कुछ मित्र बैठे बातें कर रहे थे। उनमें से एक ने कहा, "कैलाश बड़ा बदतमीज़ है। उससे मेरा परिचय कराया गया। 5 मिनट बाद उसने कहा कि तुम मूर्ख हो।"

एक अन्य मित्र ने पूछा कि इतनी देर का कारण क्या था ? शेष सब व्यक्ति हँस पड़े। उनको यह बात रोचक लगी होगी। किंतु जिस पर यह टिप्पणी की गई होगी, उसे अवश्य अरुचिकर लगी होगी।

मनोरंजक उस बात को कहेंगे जो हमारा दिल-बहलाव कर सके। किसी का दिल-बहलाव ताश से होता है, किसी का शतरंज से, किसी का टहलने से। पुराने रजवाड़ों में कुछ लोग इसी काम के लिए नियुक्त होते थे कि राजवंश के सदस्यों का दिल बहलाया करें। इन्हें सैकड़ों चुटकुले याद रहते थे, जिन्हें सुनकर हँसी के फुहारे छूट पड़ते थे।

स्वादु और स्वादिष्ट का संबंध रसना से है। जिस खास पदार्थ को हम चाव से खाते हैं, वही हमारे लिए स्वादिष्ट है।

25. लचीला

आनम्य	*pliable*
आमूर्त	*plastic*
घनवर्ध्य, घनवर्धनीय	*malleable*
तन्य	*tensile*
दुर्नम्य	*stiff*
नम्य, सुनम्य, लचकीला	*flexible*
प्रतन्य	*ductile*
लचीला	*elastic*

वक़्त में तंगी, फ़रामीं ऐसी है जैसे रबड़।
खींचने से खिंचती है, छोड़े से जाती है सुकड़।।

फैलाव–रबड़ खींचने से काफ़ी फैल जाती है, किंतु जब उसे छोड़ते हैं, तो अपने पुराने आकार में पहुँच जाती है। इस गुण को लचीलापन कहते हैं। अतः रबड़ लचीला पदार्थ है। यदि रबड़ की गेंद को दीवार पर मारें तो उसमें एक हल्का-सा गड्ढा पड़ जाएगा। परंतु वह गड्ढा तुरंत ही मिट भी जाएगा। किंतु आमूर्तता इसका विपरीत गुण है। कुम्हार मिट्टी को भाँति-भाँति की आकृतियाँ देता जाता है और आकृतियाँ ज्यों की त्यों बनी रहती हैं।

भिन्न-भिन्न पदार्थों के नम्यता गुणों में अंतर रहता है। हम पीतल की एक लंबी पट्टी लें तो उसे आसानी से मोड़ सकते हैं। यह उसकी आनम्यता है। किंतु लोहे की पट्टी को, जो बहुत पतली न हो, हम आसानी से नहीं मोड़ सकते। किसी धातु के पतले तार को मोड़-मोड़कर, हम उसका गुच्छा बना सकते हैं। यह उसकी सुनम्यता है।

ठठेरों के पास लोहे की एक छेददार पट्टी होती है, जिसमें कई आकारों के छेद बने रहते हैं। उसमें किसी धातु के तार के एक सिरे को डालकर एक विशेष प्रकार की पकड़ से खींचकर तार को पतला करते हैं, जिससे उसकी लंबाई बढ़ जाती है। यह तार का तन्यता गुण है। सामान्य तार को गरम करके या किसी विशेष प्रक्रिया द्वारा ही बढ़ाया जाता है, किंतु कुछ धातुओं के तार बिना किसी विशेष प्रक्रिया के भी बढ़ा सकते हैं। ऐसी धातु को प्रतन्य कहते हैं। बहुत-सी धातुओं को हम लकड़ी की मूँगरी से पीट-पीटकर बढ़ा सकते हैं। यह गुण घनवर्ध्यता कहलाता है।

बेंत में लोच होती है, बाँस में झोंक होती है। स्वाभाविक रूप से बच्चों की प्रकृति में लचीलापन होता है। जिस प्रकार कुम्हार मिट्टी को जो चाहे सो आकृति

दे सकता है, उसी प्रकार बच्चों के स्वभाव में कोमलता होती है। उन्हें हम, एक सीमा के अंदर, चाहे जिस ढाँचे में ढाल सकते हैं। लोहे के छड़ को हम मोड़ते जाएँ। वह एक सीमा के बाद टूट भले ही जाए, मुड़ेगा नहीं। कुछ व्यक्तियों का स्वभाव भी इतना ही हठीला होता है। आप उनसे जितना चाहें तर्क करते जाएँ, वे अपनी हठ पर अड़े रहेंगे।

अपनी आज़ादी को हम हरगिज़ मिटा सकते नहीं।
सर कटा सकते हैं लेकिन सर झुका सकते नहीं।

इसके विपरीत कुछ लोग इतने लचीले स्वभाव के होते हैं कि क्षण में इधर, क्षण में उधर। एक व्यक्ति अपने मित्र से कहता है, "धूम्रपान छोड़ना बहुत आसान है। मैं सैकड़ों बार छोड़ चुका हूँ !"

प्लास्टिक ऐसे पदार्थ को कहते हैं जिसमें सुनम्यता-गुण प्रचुर मात्रा में हो। प्लास्टिक तो अब पचासों प्रकार के कामों में आने लगा है। प्लास्टिक की कटोरियाँ, चश्मे, बर्तन आदि तो प्रयोग में आते ही हैं, प्लास्टिक शल्य-विज्ञान नाम का एक विषय ही बन गया है। यदि किसी रोग अथवा दुर्घटना में किसी का कोई अंग कट जाता है तो प्लास्टिक का कृत्रिम अंग लगा दिया जाता है। प्लास्टिक की टाँगें, प्लास्टिक के हाथ, प्लास्टिक की नाक–सब प्रयोग में आते हैं। यहाँ तक कि डॉक्टर लोग प्लास्टिक के हाथों से रोगियों के ऑपरेशन तक कर लेते हैं। और इन कृत्रिम अंगों के कारण मनुष्य की कार्यकुशलता में कोई अंतर नहीं पड़ता। यहाँ तक कि कभी-कभी तो लोग पहचान भी नहीं पाते कि किसी का कोई अंग वास्तविक है या कृत्रिम।

एक बार एक मनचला सिनेमा में एक युवती के दाहिनी ओर बैठा हुआ था। युवक ने युवती की दाहिनी टाँग में अपनी टाँग से कई बार टहोका। वह कुछ न बोली। अब युवक का साहस बढ़ा। उसने युवती की ओर हाथ बढ़ाया तो उसके गाल पर तमाचा पड़ा। उसे बड़ा अचरज हुआ कि इसे कई बार टाँग से संकेत दिया, तो कुछ नहीं बोली। फिर हाथ के संकेत पर क्यों बिगड़ी ! सिनेमा हॉल के बाहर आने पर पता चला कि युवती की दाहिनी टाँग प्लास्टिक की थी।

26. विचित्र

अद्‌भुत, अपूर्व, अलौकिक	*wonderful*
अनुपम, अनूठा, अनूप, अनोखा	*singular*
निराला	*queer*

न्यारा	***unique***
बेढंगा, बेढब	***quaint***
विचित्र	***strange***
विचक्षण	***outstanding***
विलक्षण	***remarkable***
बेजोड़	***matchless, unparalleled, unequalled***

एक बार एक लड़का मिला जो टाई लगाए हुए था। इससे पहले मैंने उसे टाई लगाए नहीं देखा था। उससे पूछा तो पता चला कि वह किसी नौकरी के साक्षात्कार के लिए जा रहा था। बार-बार उसका ध्यान अपनी टाई पर जा रहा था। देख रहा था कि टाई की गाँठ ठीक लगी है या नहीं।

जितने लड़के मेरे संपर्क में आते थे, प्रायः सभी से मैं कहता था कि साक्षात्कार के लिए किसी विशेष प्रकार के कपड़े मत पहनो। यदि सामान्यतः टाई लगाते हो तो उस दिन भी लगाओ। किंतु यदि सामान्यतः कुर्ता-धोती पहनते हो तो उस दिन भी वही पहनो। केवल इतना ध्यान रखो कि कपड़े गंदे न हों।

साक्षात्कार के लिए मैंने एक सूत्र बनाया हुआ है–**शाईप्रस** :

शा=शांत, ई=ईमानदार, प्र=प्रसम, स=सटीक।

(1) **शांत** : साक्षात्कार के कमरे में बड़े शांत भाव से जाओ। कभी उद्वेग मत दिखाओ। ऐसे जाओ जैसे हॉकी खेलने या सिनेमा देखने जा रहे हो। इसका एक उपाय यह है कि साक्षात्कार के 2-3 दिन पहले से छद्म साक्षात्कार का अभ्यास करो। एक कापी पर अपनी ओर से कुछ प्रश्न लिख लो, फिर शीशे के सामने खड़े होकर अपने प्रश्न स्वयं पढ़ो और तुरंत उत्तर दो। फिर सिंहावलोकन करो कि कौन-सा उत्तर देने में तुमने ग़लती की।

एक व्यक्ति था धनुआ हलवाई। तंदुरुस्त था। उसे रामलीला में अंगद का अभिनय करने के लिए चुना गया। वह बहुत घबरा रहा था। उसे बहुत ढाँढ़स दिया गया और बताया गया कि जब लीला आरंभ होगी, केवल तुमसे यह पूछा जाएगा कि तुम कौन हो ? बस तुम्हें कहना होगा कि मैं अंगद हूँ। इसके अतिरिक्त तुम्हें और कुछ करना ही नहीं है। अच्छा हो यदि एक-दो बार इसका अभ्यास कर लो। वह बोला, "इतना-सा बोलने के लिए अभ्यास की क्या आवश्यकता है ? यह तो मैं बेखटके कह दूँगा।"

लीला के दिन उसे सजा-सँवारकर उस दरबार में बिठाया गया, जिसमें सुग्रीव, हनुमान आदि बैठे थे। सबको देखकर वह सहम गया। उससे दरबार के संचालक ने ऊँची आवाज़ में पूछा, "तुम कौन हो ?" उसकी सिट्टी-पिट्टी गुम हो गई। बोलने का साहस नहीं हुआ। फिर पूछा गया। वह फिर चुप बैठा रहा। जब तीसरी बार

भी वह चुप्पी साधे रहा, तो पीछे से कार्य-संचालक ने चुपके से कहा कि कहो, मैं अंगद हूँ। उसके तो होश उड़े हुए थे। वह ज़ोर से बोला, "हुजूर, हम अंगद-वंगद कुछ नहीं। हम तो धनुआ हलवाई हैं। ये लोग हमें ज़बरदस्ती पकड़कर ले आए हैं !"

(2) **ईमानदार :** प्रत्येक प्रश्न का उत्तर ईमानदारी से दो। यदि कोई बात नहीं जानते तो स्पष्ट रूप से कह दो। भेंटकर्ता को धोखा देने का प्रयत्न मत करो। एक प्रत्याशी से पूछा गया, "संसार की जनसंख्या क्या है ?" उसने उत्तर दिया, "लखोखा।" यह उत्तर ग़लत है। उसे कहना चाहिए था कि मैं ठीक-ठीक नहीं जानता।

एक प्रत्याशी से पूछा गया कि तुमने प्रेमचंद की कितनी कहानियाँ पढ़ी हैं ? उसका उत्तर था–"600", जबकि प्रेमचंद की कहानियों की संख्या 400 से कुछ ही अधिक है।

एक पादरी अपनी एक आसामी के घर गया। उससे पूछा कि क्या तुम नियमित रूप से बाइबिल पढ़ रही हो ? वह बोली, "निश्चय ही, बिना नाग़ा पढ़ती हूँ। मैं अभी बताती हूँ आज मैंने कौन-सा अध्याय पढ़ा था।" फिर लड़की को आवाज़ दी, "ज़रा मेरी बाइबिल उठा ला।" वह लेकर आई। उसकी माँ ने उसे खोला। उसमें एक कैंची रखी हुई थी। माँ बोली, "लो, मेरी कैंची इसमें रखी हुई है और इसे मैं 15 दिन से ढूँढ़ रही हूँ !"

(3) **प्रसम** (normal) अपने प्रसम रूप में रहो। बातचीत में, सज-धज में, चाल-ढाल में कोई विचित्रता नहीं होनी चाहिए। 'विचित्र' का अर्थ है साधारण से हटकर।

(क) एक युवक नया-नया लेक्चरार नियुक्त हुआ। सोचा कि कोई काम ऐसा करूँ जो सबसे विचित्र दिखाई पड़े। खद्दर का कुर्ता और धोती तो पहनता ही था, उस पर गहरे लाल रंग का दुपट्टा डालने लगा। कई किलोमीटर दूर से पता चल जाता था कि उक्त महोदय आ रहे हैं।

(ख) एक गृहिणी ने अपनी सहेली से पूछा कि यों तो मैं क्लब में रोज़ ही जाती हूँ परंतु आज मैं इस प्रकार जाना चाहती हूँ कि विचित्र-सा लगे। महिलाएँ एक-दूसरे से पूछने लगें कि आज कौन-सी नई बात हुई है जो··· बोलो क्लब में कैसे जाऊँ ?

सहेली बोली, "यदि आज तुम अपने पति के साथ जाओ तो कैसा रहे !"

(ग) एक पादरी व्याख्यान दिए चला जा रहा था। लोग सुनते-सुनते थक गए थे। कई बार लोगों ने टोका और कोट का कोना पकड़कर खींचा, तब कहीं व्याख्यान समाप्त हुआ। अंत में किसी ने पूछा कि आज क्या बात थी जो इतना लंबा व्याख्यान दिया ? पादरी बोला कि आज मैं ग़लती से अपनी पत्नी की बत्तीसी लगा आया था !

(4) **सटीक** : प्रत्येक बात का सटीक उत्तर दो। जितना पूछा जाए उतना ही जवाब दो। ऐसा न हो कि पूछी ज़मीन की तो कही आसमान की।

(क) एक गवाह से प्रश्न किया गया कि जिस व्यक्ति की हत्या हुई है, उससे तुम्हारा क्या संबंध था ?

गवाह : हुजूर, मेरे नाना चार भाई थे। सबसे बड़े मुकुंदराम थे। हसनपुर गाँव के जमींदार थे। घर से संपन्न थे। खेती-बाड़ी थी, ज़मीन-जायदाद थी, बाल-बच्चे थे। बड़ी लड़की दूर के गाँव जनकपुर में ब्याही थी।

न्यायाधीश : मैं आपकी वंशावली नहीं पूछ रहा। केवल इतना बताइए कि मृतक से आपका क्या संबंध था ?

गवाह : काफ़ी निकट का संबंध था। जिस गाँव में मुकुंदराम की एक भतीजी ब्याही थी, उस गाँव के पटवारी के फूफा के पोते की बेटी की ननद का विवाह उसी गाँव में हुआ था, जिसमें मृतक रहता था।

(ख) जज (गवाह से) : जब बा. रामस्वरूप के र के सामान की नीलामी हुई तो उनका हाथी का हौदा बिका या नहीं ?

गवाह : क्या चीज़ नहीं बिकी–कुर्सी बिकी, मेज़ बिकी, थाली बिकी, लोटा बिका···

जज : हमारे प्रश्न का सीधा-सीधा उत्तर दीजिए–हाथी का हौदा बिका या नहीं ?

गवाह : हाथी बिका, घोड़ा बिका, बकरी बिकी···

जज : अब मैं आपको चेतावनी देता हूँ। यदि इस बार भी आपने स्पष्ट उत्तर न दिया तो इसे मैं न्यायालय का अपमान समझूँगा। बोलिए, बा. रामस्वरूप के हाथी का हौदा बिका या नहीं ?

गवाह : हुज़ूर, मुझे याद नहीं।

अनूठा, अनोखा, निराला, न्यारा–ये सब शब्द प्रायः एक ही स्तर के हैं। विचित्रता का भाव तो सभी में है, केवल मात्रा का अंतर है। 'अनूठा' अधिकतर वस्तुओं के लिए प्रयुक्त होता है। एक व्यक्ति ने एक बीजगणित लिखा जिसमें + और – चिह्नों के विषय में एक नई परिकल्पना की थी। उसका नाम 'अनूठा बीजगणित' रखा।

श्रीमती महादेवी वर्मा की एक पंक्ति है–

चाहता है यह पागल प्यार, अनोखा एक नया संसार।।

'तीन लोक से मथुरा न्यारी' तो एक कहावत-सी बन गई है।

इन सबसे आगे बढ़े हुए शब्द हैं अनुपम, अनूप, बेजोड़। इन सबका अर्थ यह है : जिसके जैसा दूसरा मिलना या तो असंभव हो या दुष्कर।

एक व्यक्ति ने अपने मित्र से कहा कि मेरी पत्नी बातें करने में बेजोड़ है।

उसे दुनिया का कोई भी विषय दे दीजिए। वह उस पर घंटों बोलती रहेगी।

मित्र बोला, "बस इतना ही। मेरी पत्नी को तो विषय की आवश्यकता ही नहीं। वह बिना किसी विषय के घंटों बोलती चली जाएगी।"

'बेढब' और 'बेढंगा' में विचित्रता के अतिरिक्त भद्देपन और निंदा का भाव रहता है। जिस प्रकार 'सुंदर' और 'असंदुर' की परिभाषा देना कठिन है, उसी प्रकार 'सुडौल' और 'बेढंगा' की परिभाषा बनाना भी टेढ़ी खीर है। हमें एक कमरा बनवाना है, यदि उसकी भुजाओं में 5:8 का अनुपात रखा जाए तो उसे सुंदर कहेंगे। 3:5 का अनुपात भी सुंदर कहलाएगा, किंतु 4:5 का अनुपात सुंदर नहीं कहलाएगा, भले ही उसे 'असुंदर' न कहें। किंतु 1:4 का अनुपात तो बेढंगा ही कहलाएगा।

कपड़ों के चुनाव में भी सावधानी बरतनी पड़ती है। उनकी बनावट और रंग-संयोग में भी। महारानी एलिज़ाबेथ के राज्याभिषेक के जुलूस की तैयारियाँ हो रही थीं। नगर में प्रकाश-व्यवस्था का नक़्शा जब उन्हें समझाया गया तो उन्होंने कहा कि उक्त उत्सव के लिए मैंने जो पोशाक अपने लिए बनवाई है, उससे इस प्रकाश-व्यवस्था का रंग-संयोग मेल नहीं खाएगा। तुरंत सारी व्यवस्था बदलवाई गई और महारानी से नई व्यवस्था की स्वीकृति ली गई।

आजकल अपने देश में अंग्रेज़ी सूट का प्रचलन बहुत बढ़ गया है। इसमें संदेह नहीं कि वह एक सजीला वेश है। टाई से कोट-पतलून में चार चाँद लग जाते हैं। परंतु यदि कोई अचकन के ऊपर टाई लगाए या पतलून पहने तो लोग उसे बेढंगा वेश ही कहेंगे। अचकन के ऊपर तो चूड़ीदार पाजामा ही सजेगा।

कपड़ों का फ़ैशन बराबर बदलता रहता है और कभी-कभी तो बहुत जल्दी-जल्दी बदलता है। पेरिस में एक व्यक्ति सड़क पर दौड़ा जा रहा था। उसके हाथ में एक छोटा-सा कपड़ा था। किसी ने रोककर पूछा कि कहाँ जा रहे हो ? बोला, "मैंने अपनी पत्नी का ब्लाउज़ सिलवाया है, उसे लेकर घर जा रहा हूँ।"

प्रश्न : किंतु इतनी तेज़ी से क्यों दौड़ रहे हो ?

उत्तर : कहीं इतनी ही देर में फ़ैशन न बदल जाए !

यह एक अतिरंजित चित्र है। फ़ैशन बदलता अवश्य है, किंतु उसकी भी एक सीमा है। एक दिन सूट का रिवाज था, अर्थात् एक ही कपड़े में कोट-पतलून। आज लोग भिन्न-भिन्न रंगों के कोट-पतलून पहनते हैं, जिन्हें 'संयोग' (combination) कहा जाता है। भूरे रंग के साथ ख़ाकी चलता है। धूसर रंग के साथ तो कोई भी हल्का रंग चल जाएगा। किंतु आज भी यदि कोई सफ़ेद कोट के साथ गहरे रंगों की धारीदार पतलून पहनेगा तो उसे बेढंगा ही कहा जाएगा। और यदि कोई जाँघिया और टाई पहनकर बाहर निकले तो लोग उसे पागल कहेंगे।

'विलक्षण' उसे कहते हैं जो साधारण से बहुत ही बढ़-चढ़कर चकित कर देनेवाला

हो। विचक्षण 'विलक्षण' का ही तीव्र रूप है। सुना है कि स्व. देवकीनंदन खत्री की स्मरण-शक्ति विलक्षण थी। वे तीन लेखकों को बिठा लेते थे और तीनों को अलग-अलग तीन उपन्यास बोलते जाते थे। जब एक को थोड़ा बोल चुकते थे, तब उससे कहते थे कि दुहरा ले। जब तक वह उसे दुहराता था तब तक दूसरे उपन्यास को आगे बढ़ा देते थे। घटना-क्रम को याद रखने में लिपिक भले ही ग़लती कर जाए, वे कभी नहीं चूकते थे।

कुछ लोगों में विलक्षण प्रतिभा होती है। उनको अंकगणित के 8 प्रश्न बोल दीजिए। आठों प्रश्न सुनने के तुरंत बाद आठों के उत्तर दे देंगे। ऐसे व्यक्तियों को 'अष्टावधानी' कहते हैं।

विलक्षणता का दूसरा रूप यह है कि विवाह के लिए कोई कठिन शर्त रखी जाती है। जो कोई उस शर्त को पूरा करेगा, उसी को वधू मिलेगी। भगवान राम को वज्र-जैसा धनुष तोड़ना पड़ा था। अर्जुन को कठिन परिस्थितियों में मछली की आँख में तीर मारना पड़ा था।

कुछ आदिम जातियों में विवाह-संबंधी बड़ी-बड़ी विलक्षण प्रथाएँ होती हैं। एक जनजाति में यह प्रथा है कि पहले एक मुर्ग़ा मारा जाता है। जितने स्थान में उसका खून गिरता है उसे लड़के-लड़की छलाँग मारकर पार करते हैं। यदि एक छलाँग में पार कर लेते हैं तो उनका विवाह हो जाता है, अन्यथा नहीं।

उपरिलिखित समस्त शब्दों में सबसे अद्भुत है 'अद्भुत' शब्द। यह ऐसी वस्तु अथवा बात का द्योतक है जो यदि असंभव नहीं तो देखने में चमत्कारिक अवश्य प्रतीत होती है। आज से लगभग 75 वर्ष पहले जब हमारे नगर में वायुयान आया था तो नगर के सैकड़ों लड़के उसे घेरकर खड़े हो गए थे। वह एक अद्भुत वस्तु दिखाई दे रही थी। उसके बाद भी जब कभी हवाई जहाज़ की आवाज़ सुनाई देती थी, कार्यालयों से लिपिक उठकर बाहर निकल आते थे और उसे टकटकी बाँधकर देखते रहते थे। अब वह एक साधारण वस्तु हो गई है।

पहले-पहल जब हम रेडियो से गाना सुनते थे, चकित होकर बातें करते थे। समझ में नहीं आता था कि रेडियो की तरंगें किस माध्यम से हमारे कानों तक पहुँचती हैं। कहीं कोई तार नहीं है, कोई खंभा नहीं है। फिर दीवारों को पार करके कैसे आ जाती हैं। अब तो दूरदर्शन के कार्यक्रम देखने पर भी इस प्रकार की चर्चा कभी नहीं होती।

किंतु जब हम किसी साधु को कई सप्ताह की समाधि लगाते या नब्ज़ रोकते देखते हैं तो 'अचंभा' ही होता है। संभव है किसी दिन इस प्रकार की अद्भुत घटनाओं का 'अद्भुतपना' भी समाप्त हो जाए।

27. विरुद्ध

उत्क्रम	*inverse*
प्रतिकूल	*adverse*
प्रतिपक्षी	*opposite*
प्रतिलोम	*reverse*
विपरीत	*contrary*
विरुद्ध	*opposite*
विलोम	*converse*
व्युत्क्रम	*reciprocal*

इन समस्त शब्दों में एक विवक्षा सामान्य है : विपरीत अथवा उलटेपन की। प्रत्येक सिक्के के दो पक्ष होते हैं : 'सूरत' और 'सन्'। यदि सूरत-पक्ष को सीधा कहें तो सन्-पक्ष उलटा कहलाएगा।

परंतु 'सीधा' और 'उलटा' आपेक्षिक शब्द हैं। रज़ाई के भी दो पक्ष होते हैं: अबरा और अस्तर। हम रज़ाई को इस प्रकार ओढ़ते हैं कि अस्तर नीचे रहे, अर्थात् हमारे शरीर के संपर्क में रहे। अबरा ऊपर रहता है। किंतु आजकल ऐसी रजाइयाँ भी बनने लगी हैं जिनके दोनों ओर अबरा रहता है। ऐसी रज़ाई के लिए दोनों पक्ष सीधे कहलाएँगे।

'लोम' का अर्थ है शरीर का रोआँ, अर्थात् 'रोम'। अतः 'अनुलोम' का अर्थ हुआ शरीर के रोम के उगने का प्राकृतिक क्रम, और 'प्रतिलोम' हुआ इसका उलटा क्रम। यदि कोई व्यक्ति नदी के किनारे पर उसी दिशा में चलता है जिस दिशा में पानी का बहाव है, तो वह अनुलोम दिशा कहलाएगी। किंतु यदि वह बहाव के विपरीत चले तो वह 'प्रतिलोम दिशा' कहलाएगी।

एक स्त्री थी औंधी खोपड़ी की। सदैव अपने पति की इच्छा के विरुद्ध आचरण करती थी। पति उसकी हरकतों से तंग आ चुका था। वह उससे पीछा छुड़ाना चाहता था। उसे एक तरकीब सूझी। एक दिन पत्नी से बोला, "इस बार तुम गंगा-स्नान के मेले में तो नहीं जाओगी।" वह बोली, "अवश्य जाऊँगी।" इसी प्रकार उलटे इशारे दे-देकर वह उसे गंगाजी के मेले में ठेलकर ले गया। वहाँ गंगाजी में गहरे पानी के चिह्न के लिए बाँस गड़े हुए थे। उससे बोला, "देखो, उस बाँस के आगे मत जाना।" वह बोली, "अवश्य जाऊँगी।" वह आगे बढ़ती गई और नदी में डूब गई।

पति ने लोकाचार के नाते विलाप किया, मछेरे बुलवाए, जाल डलवाए। पति मछेरों और जाल को पानी के प्रवाह की उलटी दिशा में ले जाने लगा। सब लोग

बोले, "यह आप उलटी दिशा में क्यों जा रहे हैं। पानी के बहाव के नीचे की ओर चलिए।" पति बोला, "वह जीवन-भर उलटी चाल चली। संभव है मरने के बाद भी उलटी ओर बह गई हो !"

'अनुलोम' के उलटे का एक रूप 'विलोम' भी है। जिसको परंपरागत रूप से प्राकृतिक क्रम मान लिया जाए, वही अनुलोम है, उसका उलटा क्रम 'विलोम' कहलाएगा। संगीत में स्वरों की शास्त्रोक्त पद्धति है सा रे ग म··· इसकी उलटी प्रणाली सा नी ध प··· को विलोम प्रणाली कहेंगे।

यदि कोई ब्राह्मण किसी क्षत्रिय, वैश्य अथवा शूद्र की कन्या से विवाह करे तो उसे 'अनुलोम विवाह' कहेंगे, किन्तु यदि कोई वैश्य किसी क्षत्रिय अथवा ब्राह्मण कन्या से विवाह करे तो वह 'विलोम विवाह' कहलाएगा।

'विलोम' शब्द का एक प्रयोग गणितीय क्षेत्र में भी मिलता है। यदि किसी प्रमेय के न्यास और निष्कर्ष का हेर-फेर कर दिया जाए, तो परिणामी प्रमेय को 'विलोम प्रमेय' कहेंगे। एक उदाहरण–

मुख्य प्रमेय : यदि किसी त्रिभुज की दो भुजाएँ बराबर हों तो उनके सम्मुख कोण भी बराबर होंगे।

विलोम प्रमेय : यदि किसी त्रिभुज के दो कोण बराबर हों तो उनकी सम्मुख भुजाएँ भी बराबर होंगी।

जीवन में भी बहुत बार हमारा संपर्क इस प्रकार के वाक्यों से पड़ता है। उदाहरणस्वरूप–

मुख्य वाक्य : केशव विनोद का भाई है।

विलोम वाक्य : विनोद केशव का भाई है।

किंतु सभी वाक्यों के विलोम वाक्य सत्य नहीं होते। यदि हरि रमेश का पिता है तो यह नहीं कह सकते कि रमेश हरि का पिता है।

अब हम एक-दूसरे प्रकार के उत्क्रमण पर विचार करेंगे। यदि हम संख्या 38 के अंकों का हेर-फेर कर दें तो हमें 83 प्राप्त होगा। हम कहेंगे कि ये दोनों संख्याएँ एक-दूसरे की उत्क्रम हैं। किंतु संख्या 44 के अंकों के उत्क्रमण से यह संख्या ज्यों की त्यों रहेगी। यह संख्या स्वयं ही अपना उत्क्रम है।

अब भाषा और लिपि के क्षेत्र में आइए। अंग्रेजी में 'but' को उलटने से 'tub' बन जाता है, किंतु 'did' ज्यों का त्यों बना रहता है। इसी प्रकार 'level' भी।

हिंदी के 'वन' को उलटने से 'नव' बनेगा और 'पट' को उलटने से 'टप', किंतु नागरी एक आक्षरिक लिपि है। इसमें भी यदि शब्द की इकाई अंग्रेजी की तरह वर्ण होती तो उलटने से 'गंग' ज्यों का त्यों रहता। इसी प्रकार 'पंप' भी। परंतु हिंदी में 'गंग' का उत्क्रम 'गंग' नहीं होगा, 'गगं' होगा। 'वन' और 'टप' में यह अंतर दिखाई नहीं पड़ता, क्योंकि इन दोनों शब्दों के अक्षर एकवर्णी हैं। इस प्रकार

'कलक' और 'जलज' तो आत्म-उत्क्रम हैं, किंतु 'दादा' का उलटा 'आदआद' नहीं होगा, दादा ही होगा। अतः दादा आत्म-उत्क्रम है। इसी प्रकार नाना, मामा, चाचा, दादा–सब आत्म-उत्क्रम हैं, किंतु दादी, नानी, मामी, आत्म-उत्क्रम नहीं हैं; इनके उलटे क्रमशः दीदा, नीना, मीमा होंगे। स्पष्ट है कि 'नाम' का उत्क्रम 'मान' नहीं होगा, 'मना' होगा। इसी प्रकार, 'खेद' का उत्क्रम 'दखे' होगा।

हिंदी में एक काव्य-रूप होता है गतागत छंद, जिसमें प्रत्येक पंक्ति दोनों ओर से पढ़ी जा सकती है, किंतु दोनों दिशाओं में पढ़ने से शब्द ज्यों के त्यों रहते हैं। अतः अर्थ नहीं बदलता। हम यहाँ कवि केशव रचित एक उदाहरण देते हैं–

मा सम सोह, सजैबन, वान नवान बजै, सह सोम समा।
मारलताति बनाबति सारि रिसाति बनाबति तालरमा।।
मानब ही रहि मोरद मोर रमोदर मोहि रही बन मा।
माल बनी बल केसब दास सदा बस केल बनी बल मा।।

इन पंक्तियों को चाहे आगे से पढ़िए चाहे पीछे से, ज्यों की त्यों बनी रहेंगी!

मान लीजिए आप दिल्ली से मथुरा की ओर चल रहे हैं और एक दूसरा व्यक्ति मथुरा से दिल्ली की ओर चल रहा है, तो आप कहेंगे कि वह विपरीत दिशा में आ रहा है और उसके हिसाब से आप विपरीत दिशा में चल रहे हैं। दोनों दिशाएँ एक-दूसरे के विपरीत हैं।

घड़ी की सुइयाँ जिस दिशा में चलती हैं : 1 से 2, 3, 4 की ओर, उसे दक्षिणावर्त दिशा कहते हैं। उसकी उलटी दिशा को वामावर्त कहते हैं।

दिशा का बोध गोले पर भी रहता है। किसी एक दिशा को सीधी दिशा कह सकते हैं। उसकी ठीक उलटी दिशा को विपरीत दिशा कहेंगे। यदि हम किसी गोले पर किसी भी बिंदु से चलें और सीधे चले जाएँ तो चलते-चलते कभी न कभी उसी बिंदु पर फिर पहुँच जाएँगें।

पृथ्वी की परिधि–चाहे जहाँ से काटकर देखें–40,000 किलोमीटर है। एक व्यक्ति पहली बार दिल्ली गया था। जहाँ वह ठहरा था वह स्थान राजघाट से लगभग 1 किलोमीटर दूर था। वह घर से चला ही था कि एक बटोही मिला। उससे पूछा, "क्यों भई, राजघाट यहाँ से कितना दूर है ?" वह बोला, "जिस रास्ते तुम जा रहे हो, उस रास्ते से 39,999 किलोमीटर है।"

आगंतुक हैरान हुआ, तो वह व्यक्ति बोला, "किंतु यदि तुम उलटकर बिल्कुल विपरीत दिशा में चलो तो केवल 1 किलोमीटर है।"

यदि किसी संख्या से 1 को भाग दें तो परिणामी संख्या उक्त संख्या की व्युत्क्रम कहलाएगी। इस प्रकार संख्या $\frac{1}{8}$ संख्या 8 का व्युत्क्रम हुई। संख्या $\frac{3}{7}$ संख्या $\frac{7}{3}$ का व्युत्क्रम हुई। स्पष्ट है कि केवल एक संख्या (संख्या 1) ऐसी है जो

स्वयं अपनी व्युत्क्रम है।

प्रायः प्रत्येक संख्या का व्युत्क्रम होता है। केवल एक संख्या ऐसी है जिसका व्युत्क्रम होता ही नहीं : 0, क्योंकि हम 1 को 0 से भाग दे ही नहीं सकते।

प्रतिकूल, प्रतिपक्षी और विरुद्ध—इन तीनों के अर्थ बहुत-कुछ मिलते-जुलते हैं। निर्वाचन अधिकतर दलगत आधार पर होते हैं। यदि हम एक स्थान के निर्वाचन के लिए खड़े हुए हैं तो दूसरा दल जिस व्यक्ति को उस स्थान से अपनी ओर से खड़ा करेगा, वह हमारा प्रतिपक्षी कहलाएगा। और उस दल के सारे सदस्य भी हमारे विरोधी कहलाएँगे, क्योंकि वे सब हमारे विरुद्ध प्रचार करेंगे। यदि कोई व्यक्ति ऐसा है जिसे निर्वाचन में कोई रुचि नहीं है, किंतु हमसे उसका वैर-भाव है, तो वह हमारे प्रतिकूल व्याख्यान देगा, लेख लिखेगा, प्रचार करेगा। वह भी हमारा विरोधी ही कहलाएगा।

यों तो प्रतिकूल भी अधिकतर विरुद्ध के अर्थ में ही आता है, किंतु इसमें एक विवक्षा और भी है। बहुत-से विभागों में बड़े अधिकारी छोटों के कार्य पर अपनी टिप्पणियाँ दिया करते हैं। यदि कोई टिप्पणी प्रशंसात्मक हो तो उसे अनुकूल टिप्पणी कहते हैं, यदि अप्रशंसात्मक हो तो प्रतिकूल टिप्पणी।

28. शून्य

कोरा, निरंक	*blank*
ख़ाली	*empty*
निर्वात	*vacuum*
पोला	*hollow*
रिक्त	*vacant*
शून्य	*void, zero*

'शून्य' का मौलिक अर्थ है, "कुछ नहीं", "वह जिसमें कुछ न हो", "जो बिल्कुल ख़ाली हो।"

पुराने समय में किसी घर की लड़की के लिए लड़का खोजने का काम पाधा, पुरोहित, नाई, जाजक किया करते थे। अधिकतर यही लोग संबंध निश्चित किया करते थे। लड़की के घरवाले तो लड़के को देखने भी नहीं जाते थे। कभी-कभी ये लोग रिश्वत लेकर उलटे-सीधे संबंध भी तै किया करते थे।

एक बार एक नाई किसी घर की लड़की के लिए लड़का देखकर आया, और

लड़के और घर की बहुत प्रशंसा की। लड़की के घरवाले प्रभावित हो गए। पर जब संबंध तै होने को आया, तो नाई बोला कि और तो सबकुछ ठीक है, केवल लड़के की एक आँख में फुल्ली है। लड़की की माँ ने कहा, "और दूसरी आँख में ?" नाई बोला, "दूसरी आँख में कुछ नहीं है।"

विवाह के समय लड़का रंगीन चश्मा लगाए हुए था। विवाह हो चुकने पर पता चला कि लड़का काना है। जब नाई से पूछा गया तो उसने कहा कि मैंने तो पहले ही कहा था कि दूसरी आँख में कुछ नहीं है, अर्थात् लड़के को दूसरी आँख से कुछ नहीं दीखता !

यह तो शब्द-क्रीड़ा है। 'शून्य' के और भी कई अर्थ हैं। गणित में 0 धनात्मक संख्याओं का आरंभ है। या यों कहिए कि धन और ऋण संख्याओं की विभाजक रेखा है। शून्य से आगे चलते ही धन संख्याएँ आरंभ हो जाती हैं और पीछे की ओर चलते ही ऋण संख्याएँ आ जाती हैं।

इसी प्रकार 'वर्तमान' विभाजक रेखा है भूत और भविष्य की। हम वर्तमान को पकड़ नहीं सकते। जहाँ भूत समाप्त होता है कि तुरंत भविष्य आरंभ हो जाता है। वर्तमान का अस्तित्व काल्पनिक है। वह एक क्षण भी कहीं पर नहीं ठहर सकता। प्रति क्षण भूत वर्तमान बनकर भविष्य में लीन होता जाता है।

शून्य को उर्दू में 'सिफ़र' और अंग्रेज़ी में 'ज़ीरो' कहते हैं। मान लीजिए कोई व्यक्ति बैंक में खाता खोलता है। कभी उसमें कुछ जोड़ता है, कभी उसमें से कुछ निकालता है। खाते की राशि घटती-बढ़ती रहती है। एक दिन उसने जितनी राशि बची थी, सब निकाल ली। अब उसके खाते में 'शून्य' बच रहा। दूसरा व्यक्ति है जिसने बैंक में खाता खोला ही नहीं। अब यदि दोनों की संपत्ति की तुलना की जाए तो पहले की (जहाँ तक उस बैंक का प्रश्न है) संपत्ति शून्य है। दूसरे की संपत्ति कुछ है ही नहीं। यही अंतर है 'शून्य' और 'कुछ नहीं' में।

यदि सामान्यतः कहीं पर कोई वस्तु रहती है, और अब नहीं है तो हम कहेंगे कि उक्त स्थान रिक्त है। यदि किसी स्कूल से कोई अध्यापक चला गया तो कहेंगे कि एक अध्यापक का स्थान रिक्त है। जब तक कोई दूसरा व्यक्ति उस स्थान पर नियुक्त न हो जाए, उक्त स्थान रिक्त समझा जाएगा।

यदि किसी मकान को अधिभोक्ता छोड़कर चला जाए तो कहेंगे कि मकान ख़ाली हो गया। इसी प्रकार, यदि किसी संदूक़ में कपड़े रखे जाते हों, और कुछ दिन के लिए उसमें कोई कपड़ा न रहे तो कहेंगे कि संदूक़ ख़ाली है।

'ख़ाली' के लाक्षणिक अर्थ भी हैं। "उसने तो फालतू बातों से मेरा दिमाग ख़ाली कर डाला।" "करना-धरना कुछ नहीं, तुम्हें तो ख़ाली बातें बनाना आता है।" "मतलब

की बात कोई नहीं, ख़ाली-मूली बातें करना आता है।" ये सब लाक्षणिक प्रयोग हैं।

'पोला' उसे कहते हैं जो अंदर से खोखला या बहुत कुछ खोखला हो–जो दबाने से दब जाए। रबड़ की गेंद पोली होती है, किंतु यदि उसमें वायु ठसाठस भर दी जाए तो दबाने से नहीं दबेगी। वह ठोस जैसी बन जाएगी। यदि किसी गुब्बारे में पानी भर दें तो वह हाथ से दबाने से दब जाएगा। घास का पूला बिल्कुल पोला तो नहीं होता, किंतु उसे भी जहाँ चाहें, दबा सकते हैं।

'निर्वात' उस वस्तु को कहते हैं जिसके अंदर से हवा निकाल ली गई हो। सामान्यतः हमारे आसपास की वस्तुओं पर वायु का कितना दबाव पड़ता है, इसका हमें अनुमान नहीं होता। दो मँजीरों को बीच में से जोड़ दीजिए, उनको एक-दूसरे से अलग करना आसान होगा। किंतु यदि उनके अंदर की वायु को किसी प्रकार निकाल दिया जाए तो उस जोड़ी के दोनों भाग एक-दूसरे से चिपक जाएँगे और बड़ी कठिनाई से एक-दूसरे से अलग होंगे। प्रयोग करके देखा गया है कि दोनों भागों पर परस्पर विमुख दिशा में कई-कई घोड़े लगा दिए गए हैं, फिर भी मँजीरे के दोनों भागों को खींचकर अलग नहीं कर पाए हैं। कारण यह है कि सामान्य स्थिति में तो मँजीरे के एक भाग के दाहिनी ओर वायु का जितना दबाव पड़ रहा है, उतना ही बाईं ओर पड़ रहा है। किंतु जब अंदर की वायु निकाल दी गई तब अंदर का दबाव तो समाप्त हो गया और बाहर का दबाव ज्यों का त्यों बना रहा। यही दबाव उन्हें हिलने नहीं देता। वैज्ञानिक भाषा में कहेंगे कि मँजीरे के अंदर 'निर्वात' पैदा हो गया है।

सामान्यतः 'कोरा' का अर्थ है, "जो प्रयुक्त न किया गया हो", जैसे–कोरा घड़ा, कोरा कपड़ा। इसी प्रकार 'कोरा काग़ज़' उस कागज़ को कहते हैं जिस पर कुछ न लिखा गया हो। उसे 'निरंक' भी कह सकते हैं।

"मेरा जीवन कोरा काग़ज़, कोरा ही रह गया !" इसका अर्थ यह है कि उक्त व्यक्ति जीवन में कुछ नहीं कर पाया–कोई अनुभव अथवा उपलब्धि प्राप्त नहीं की।

लाक्षणिक अर्थ में 'कोरा जवाब' नकारात्मक उत्तर अथवा 'टका-सा जवाब' को कहते हैं।

वास्तव में 'शून्य' के संज्ञात्मक अर्थ यहाँ देने उचित नहीं हैं, किंतु इस शब्द के ये अर्थ इतने महत्वपूर्ण हैं कि इनकी उपेक्षा नहीं की जा सकती।

29. सत्य

परिशुद्ध	***accurate***
परिशुद्धि	***accuracy***
यथार्थ	***exact***
यथार्थता	***exactitude***
वास्तविक	***real, actual***
वास्तविकता	***reality***
शुद्ध	***correct***
शुद्धि	***correctness***
सत्य	***true***
सत्यता	***truth***
सूक्ष्म	***precise***
सूक्ष्मता	***precision***

'सत्य' की परिभाषा देना कठिन है। एक व्यक्ति धन्ना गली में जा रहा है। रात्रि का समय है। उसकी जेब में नोटों का बंडल है। बाज़ार से ही एक गुंडा उसके पीछे लग गया है। एक स्थान पर गली सँकरी हो जाती है और काफ़ी अँधेरा है। गुंडा छुरी से उस व्यक्ति पर आक्रमण करता है। वह लहू-लुहान होकर गिर पड़ता है। गुंडा नोटों का बंडल छीनकर भाग खड़ा होता है। वह व्यक्ति मरता नहीं। अस्पताल में जाकर अच्छा हो जाता है। वह पुलिस में रिपोर्ट करता है। गुंडा पहचान में आ जाता है।

वह व्यक्ति एक बढ़िया वकील करता है। वकील उससे यह बयान दिलवाता है : घटना राम गली की है। अपराह्न के 6 बजे थे। चौधरी रामस्वरूप, जो उसी गली में रहते हैं, कई मित्रों के साथ अपने चबूतरे पर बैठे हुए थे। उसी समय इस गुंडे ने पीछे से वार किया और नोटों का बंडल छीनकर ले गया।

इस बयान में घटना का स्थान, समय और परिस्थिति सब बदले हुए हैं। किंतु पिछले बयान के अनुसार गवाह मिलना कठिन था। इस बयान में यह तो सिद्ध हो गया कि चौधरी साहिब कई मित्रों के साथ घर के चबूतरे पर बैठे हुए थे। इसी के बूते पर नक़ली गवाह तैयार करना कुछ मुश्किल नहीं था। अतः गुंडे को सज़ा हो गई।

प्रश्न यह है कि उक्त व्यक्ति का बयान सच्चा था या झूठा। यही कहना होगा कि घटना तो वास्तविक थी, किंतु उसका विवरण यथार्थ नहीं था।

'यथार्थ' व्यक्तिनिष्ठ होता है, 'वास्तविक' वस्तुनिष्ठ। हमारा कोई चापलूस मित्र

हमारे पीछे हमें गालियाँ देता है। हम उसका 'वास्तविक रूप' जान जाते हैं। *गीता* के अध्ययन से हमें आत्मा का 'यथार्थ स्वरूप' दृष्टिगोचर होता है।

'शुद्ध' बात उसे कहते हैं जो परिगणन, हिसाब-किताब अथवा उपकरणों के पाठ के अनुकूल हो। प्रत्येक सत्य बात शुद्ध होती है, किंतु क्या प्रत्येक अशुद्ध बात असत्य कहलाने योग्य होती है ? एक रोगी का तापमान 106° है। वह हमसे अपना तापमान पूछता है। यदि हम उसे ठीक तापमान बता दें तो संभव है वह धसाके से मर जाए। अतः हम उसे 102° बताते हैं। हमारा यह उत्तर अशुद्ध है, परंतु क्या इसे असत्य कहेंगे। हम यह कह सकते हैं कि हमारा कथन असत्य तो है किंतु सदुद्देश्य से कहा गया है, इसलिए क्षम्य है।

क्या जब भी हम असत्य बात कहते हैं, सदैव पाप के भागी होते हैं ? हम घर से निकलते हैं। टहलते हुए कहीं तक पैदल जाने का विचार है। एक रिक्षावाला हमसे पूछता है, "बाबूजी, कहीं जाना है ?" हम कहते हैं, "नहीं।" हमने सच तो नहीं बोला। हम कहीं न कहीं तो अवश्य ही जा रहे हैं। परंतु इस ढंग का मिथ्या भाषण पापाधार नहीं कहलाएगा।

(1) हत्या का एक मुक़दमा था। एक गवाह बुलाया गया जो सिखाया-पढ़ाया गया था। उसने अपना वक्तव्य रट लिया था। गवाह के कटघरे में पहुँचते ही वह बोलने लगा : "घटना, 22 तारीख़ शाम के छह बजे की है। मैं गली की लालटेन के पास खड़ा हुआ था। मैंने अपनी आँख से देखा कि···"

तुरंत अदालत के कर्मचारी ने रोककर कहा कि पहले क़सम खाकर कहो कि जो कुछ कहोगे, सच कहोगे, सच के सिवा कुछ नहीं कहोगे।

गवाह ने क़सम खाई और चुप खड़ा हो गया। कर्मचारी ने कहा कि हाँ, अपना बयान दो।

गवाह बोला, "इतनी कड़ी शर्तों के अंतर्गत मुझे कुछ नहीं कहना।"

(2) एक लड़की को उसके एक सहपाठी ने प्रेम-पत्र लिखा। लड़की के पिता क्रोध में भरे हुए उस पत्र को लेकर उसके प्रोफ़ेसर के पास पहुँचे और बोले, "ज़रा देखिए, अपने एक छात्र की करतूत।"

प्रोफ़ेसर ने पत्र को दो बार आदि से अंत तक पढ़ा और बोले, "इस पत्र में हिज्जे की दो ग़लतियों के अतिरिक्त कोई अशुद्धि दिखाई नहीं देती।"

(3) एक मुक़दमा हत्या का था। अभियोग पक्ष ने यह सिद्ध करने का प्रयत्न किया कि हत्या रात के ठीक साढ़े ग्यारह बजे हुई।

सफ़ाई पक्ष की दलील थी कि हत्या यदि हुई तो अमुक दिन रात के साढ़े ग्यारह बजे हुई, अन्यथा हुई ही नहीं। यह बात अभियोग पक्ष ने मान ली।

तब सफ़ाई के वकील ने अदालत को याद दिलाया कि अमुक दिन वह विशिष्ट तारीख़ थी जिस दिन देश-भर की घड़ियाँ रात के 11 बजे एक घंटे बढ़ा दी गई

थीं। अतः उस रात साढ़े ग्यारह बजे ही नहीं। 11 के तुरंत बाद 12 बजा दिए गए थे। सफ़ाई पक्ष जीत गया।

(4) एक नेता के विषय में यह ख़बर छपी थी : 20 फ़रवरी, 1987 को उनकी मृत्यु हो गई। 21 फ़रवरी को एक पत्रकार ने उनसे फ़ोन पर कहा कि समाचार-पत्रों में छपा है कि कल की तारीख़ में आपकी मृत्यु हो गई। आपको इस विषय में क्या कहना है ?

नेता : केवल इतना ही कि तारीख़ तो शायद ठीक निकले, पर वर्ष तो निश्चय ही ग़लत है।

परिशुद्ध का अर्थ है 'बिल्कुल शुद्ध', जिसमें ज़रा-सी भी ग़लती न हो। इसका संबंध गणितीय परिकलन से है। हम जानते हैं कि हमारे वायुमंडल में ऑक्सीजन की मात्रा 21 प्रतिशत है। यदि हम कहें कि $\frac{1}{5}$ है तो यह उपसन्न मान (approximate value) होगा। परिशुद्ध मान 21 प्रतिशत ही होगा।

दशमलव भिन्न दो प्रकार के होते हैं—सांत और अनंत। 5.62 एक सांत दशमलव भिन्न है। इसका शुद्धमान $5\frac{31}{50}$, अर्थात् $\frac{281}{50}$ है।

अनंत दशमलव भिन्न भी दो प्रकार के होते हैं—आवर्ती और अनावर्ती। 2.347 एक आवर्त (अर्थात् आवर्ती) दशमलव भिन्न है। यदि इसे पूर्ण रूप से व्यक्त करना चाहें तो लिखना होगा : 2.34747474747··· अंकों 47 की यह श्रेणी कभी समाप्त नहीं होगी। इसका भिन्नात्मक मान $\frac{1162}{495}$ है।

मान लीजिए किसी प्रश्न का उत्तर 5.38276 है। यदि उत्तर दशमलव बिंदु के चौथे स्थान तक शुद्ध माँगा गया है तो हम कहेंगे कि उत्तर 5.3828 होगा और दूसरे दशमलव बिंदु तक इसका मान 5.38 होगा। किंतु इनमें से कोई भी मान परिशुद्ध नहीं कहलाएगा।

हम जानते हैं कि किसी वृत्त का, उसकी त्रिज्या से, अनुपात यूनानी वर्ण π से निरूपित किया जाता है। इसे एक अनावर्ती अनंत दशमलव के रूप में निरूपित किया जाता है। यों इसका मान $\frac{22}{7}$ भी दिया जाता है। किंतु यह एक बिल्कुल स्थूल मान है। इससे अधिक निकट मान $\frac{355}{113}$ है। बहुत-से गणितज्ञों ने प्रयत्न किया कि इसका मान किसी सांत दशमलव या आवर्त अनंत दशमलव के रूप में निकल आए, परंतु नहीं निकला। एक गणितज्ञ ने दशमलव के 266 स्थानों तक इसका मान निकाला परंतु कोई नियम न निकल पाया। स्पष्ट है कि इस राशि का परिशुद्ध मान निकल ही नहीं सकता।

आजकल वैज्ञानिक प्रयोगशालाओं में कुछ सूक्ष्मतामापी उपकरण इतने संवेदनशील होते हैं कि यदि ऐसी किसी तुला पर मनुष्य का एक बाल रख दिया जाए तो भी तुरंत पलड़ा झुक जाएगा।

(क) एक बार किसी प्रयोगशाला में किसी विशिष्ट प्रयोजन से एक भैंस का

भार लिया जा रहा था। मापनी की सुई स्थिर हो चुकी थी। लिपिक उसका भार लिखने जा रहा था कि स्केल कुछ हिला। कारण का काफी देर बात पता चला–भैंस के सींग पर एक मक्खी बैठ गई थी।

(ख) भूकंप-लेखी इतने सूक्ष्मता-मापी होते हैं कि यदि कोई लेखी के पास ज़मीन पर भी पाँव रख दे तो तुरंत उपकरण पर प्रभाव पड़ जाएगा।

(ग) प्राक्षेपिकी (Ballistics) नामक एक नया विज्ञान विकसित हुआ है। जो वस्तुएँ अथवा अस्त्र वायु या आकाश में फेंके जाते हैं, यह उनकी गतिविधि आदि का अध्ययन करता है। इसी विज्ञान की सहायता से आकाश में कई कृत्रिम उपग्रह छोड़े गए हैं। इन उपग्रहों की गति पृथ्वी से ही नियंत्रित होती है। नियंत्रण-कक्ष में पता रहता है कि किस दिन किस समय उपग्रह किस स्थान पर होगा। कभी-कभी एक दूसरा प्रक्षेप्य भेजा जाता है, जिसका पूर्व उपग्रह से एक निश्चित स्थान पर मिलन होता है और दोनों एकाकार हो जाते हैं। सबका सब पूर्वनिश्चित होता है। यदि परिकलन द्वारा निर्धारित समय में एक सेकिंड का भी अंतर पड़ जाए अथवा स्थान में एक मिलीमीटर का भी अंतर पड़ जाए तो सारी परियोजना गड़बड़ा जाए। यह है आधुनिक विज्ञान का कमाल।

(घ) हाल ही में रामानंद सागर का दूरदर्शन धारावाहिक 'रामायण' दिखाया गया था, जिसकी बहुत सराहना हुई। उसमें एक प्रसंग आता है कि लंका में रावण अपनी रानी मंदोदरी के पास बैठा हुआ है। इतने में राम का चलाया हुआ एक तीर आता है जो मंदोदरी के कान की बाली को छूता हुआ रावण के मुकुट में लगता है। मंदोदरी की बाली और रावण का मुकुट दोनों गिर पड़ते हैं।

यहाँ एक प्रश्न यह उठता है कि श्रीरामजी का शिविर लंका के उत्तरी भाग में रहा होगा, क्योंकि वही भाग भारत के समीप पड़ता है। यदि रावण का महल लंका के मध्य में मान लिया जाए तो दोनों की दूरी लगभग 200 किलोमीटर हुई। क्या भगवान राम इतनी दूर से ऐसा सटीक निशाना लगा सकते थे कि उनका बाण मंदोदरी के कान की बाली को छूता हुआ रावण के राजमुकुट में जा लगे !

कुछ आग्रही ऐसे होते हैं कि भारत की सारी प्राचीन बातों को सत्य मान लेते हैं। इसके विपरीत कुछ आग्रही ऐसे भी होते हैं जो हमारी सारी पुरानी गाथाओं को मिथ्या और असंभव मानते हैं। हमारे अंदर किसी प्रकार का आग्रह नहीं है। हम यह नहीं कहते कि सारी बातें सच ही होंगी। पर हम यह भी नहीं मानते कि सब असंभव हैं। क्या दूरबोध और दूरदर्शन की बातों को लोग कपोल-कल्पना नहीं कहा करते थे ! आज तो सब सत्य होती दिखाई दे रही हैं।

हाल ही में एक वैज्ञानिक पत्रिका में हमने एक लेख पढ़ा था, जिसका सारांश यह था कि आजकल प्राक्षेपिकी विज्ञान ने इतनी उन्नति कर ली है कि वैज्ञानिक

अमेरिका के नगर सैन फ्रैंसिस्को से एक प्रक्षेप्य फेंकते हैं। उसकी सारी गति उनके नियंत्रण में है। वह पहले से बता देते हैं कि यह प्रक्षेप्य न्यूयार्क की अमुक गली के अमुक होटल की पश्चिममुखी दीवार की तीसरी खिड़की में से होकर अंदर जाएगा और होटल की पाँचवीं मेज़ की चौथी कुर्सी के सामने की तश्तरी पर जाकर गिरेगा ! और यह सारा पूर्वानुमान सच निकलता है। जैसे आजकल प्राक्षेपिकी की पराकाष्ठा है, उसी प्रकार रामायण-काल में धनुर्विद्या अपनी चरम सीमा पर पहुँची हुई थी। इस बात का एक प्रमाण यह भी है कि उन दिनों की ऐतिहासिक पुस्तकों में दर्जनों बार ऐसा वाक्य आता है कि अमुक योद्धा अस्त्र-शस्त्र से सुसज्जित था। अब तनिक कोशों में इन दोनों शब्दों के अर्थ देखिए :

शस्त्र–ऐसा हथियार, जो हाथ में सँभाले हुए ही चलाया जाए।

अस्त्र–ऐसा हथियार जो फेंककर मारा जाए, जैसे बाण, शक्ति अथवा कोई उपकरण जिससे ऐसा हथियार छोड़ा जाए जैसे धनुष, बंदूक।

तब यह मानने में क्या आपत्ति है कि उन दिनों ऐसे धनुष होते थे जिनसे ऐसे बाण फेंके जाएँ जो कई सौ किलोमीटर की दूरी पर स्थित लक्ष्य पर जाकर लगें।

30. समान

अभिन्न, एक ही	*same*
समान, एकरूप	*uniform*
एक-सी, सदृश	*similar, alike, analogous*

जब दो वस्तुएँ अथवा बातें बहुत-कुछ मिलती-जुलती हैं तब उनके लिए उपरिलिखित शब्दों का प्रयोग होता है। कभी-कभी हम एक ही वस्तु के दो पक्ष देखते हैं, जैसे तस्वीर के दो रुख। वस्तु एक ही है, पर उसके दो पक्ष हैं। हम एक समय में एक ही पक्ष देखते हैं।

परंतु कभी-कभी दो वस्तुएँ देखने में बिल्कुल एक-सी दिखाई देती हैं किंतु उनमें वास्तविक अंतर होता है। *रामायण* में एक प्रसंग बालि और सुग्रीव का आता है। दोनों की शक्ल इतनी मिलती-जुलती थी कि भगवान राम भी धोका खा गए। ऐसे में हम उपरिलिखित प्रायः सभी शब्दों का प्रयोग कर सकते हैं। कह सकते हैं कि उनकी शक्लें एक-सी थीं या एकसमान थीं। उपरिलिखित उदाहरण में तस्वीर एक ही है, केवल उसके दो पक्ष हैं। इस दृष्टांत में अलग-अलग दो व्यक्ति

हैं, परंतु देखने में एक-से लगते हैं।

दो भाई बड़े कंजूस थे। उनमें से एक के दो जुड़वाँ बच्चे थे, जो बिल्कुल एक-से लगते थे। दूसरे ने भाई को लिखा कि दोनों लड़कों को देखे कई वर्ष बीत गए। अगली छुट्टी में दोनों को भेज दो। किराया भेजता हूँ। बच्चों के पिता ने एक भाई को भेज दिया और लिख दिया कि दूसरा भी बिल्कुल ऐसा ही है। इस प्रकार एक बच्चे का किराया बचा लिया।

एक व्यक्ति ने तीन मूर्तियाँ बिल्कुल एक-सी बनवाईं। उसने अपने ज्योतिषी की परीक्षा लेनी चाही। उससे कहा कि जिन व्यक्तियों की ये मूर्तियाँ हैं, उनके स्वभाव में क्या अंतर है। कुछ दिन बाद ज्योतिषी से अपने प्रश्न का उत्तर माँगा। ज्योतिषी ने सोचा कि यदि संतोषजनक उत्तर नहीं मिला तो यह तो मुझे जान से मरवा देगा। उसने कहा कि पहला तो बकवासी है, दूसरा लापरवाह, तीसरा गंभीर।

लालाजी ने पूछा, "यह तुमने कैसे जाना।"

ज्योतिषी ने कहा कि मैंने तीनों के एक कान में तिनका डाला। तिनका पहले के मुँह में से निकल आया। वह तो जो सुनता है, दूसरों से कह देता है। दूसरे का तिनका दूसरे कान से बाहर निकल गया। वह जो एक कान से सुनता है, दूसरे कान से निकाल देता है, अर्थात् लापरवाह है। तीसरे के कान का तिनका उसके अंदर ही रह जाता है। अर्थात् वह बात मन में रख लेता है। वह गंभीर है।

समान का एक अर्थ स्थिर, निश्चित भी है। एक गाड़ी समान गति से जा रही है। इसका अर्थ है कि उसकी चाल एक-सी रहती है, बदलती नहीं।

31. सांसारिक

पार्थिव	*terrestrial*
लौकिक	*worldly*
सांसारिक	*mundane*

जहाँ तक हमारे जीवन का संबंध है, विश्व में दो लोक माने गए हैं। लोक और परलोक। सामान्यतः हम सवेरे से संध्या तक जिन कामों में व्यस्त रहते हैं, हमारे लिए ऐहिक अर्थात् 'लौकिक' विषय है, जैसे—खाना, स्नान करना, जीविकोपार्जन, सोना··· पर जब हम थोड़ी देर के लिए एकांत में भजन अथवा मनन करते हैं,

हम अपना परलोक सुधार रहे हैं, अर्थात् पारलौकिक कार्य-कलाप में संलग्न रहते हैं। जब हम पुण्य, पाप, स्वर्ग, नरक जैसे विषयों पर बात करते हैं तो पारलौकिक क्षेत्र में भ्रमण करते हैं। इसी प्रकार ईश्वर, भक्ति, तपस्या सब पारलौकिक विषय हैं।

'सांसारिक' का अर्थ है 'संसार से संबद्ध'। है तो यह भी वही जो लौकिक है किंतु इस शब्द का अर्थ कुछ निम्न स्तर की बातों से है, जैसे बाज़ार से तरकारी लाना, दवा ख़रीदना, कपड़े बनवाना। एक कहावत है–

भूल गए नाच रंग, भूल गए छक्कड़ी।
तीन शब्द याद रहे, नोन, तेल, लक्कड़ी।।

स्त्रियों का प्रसव-वैराग्य और मर्दों का श्मशान-वैराग्य प्रसिद्ध है। मनुष्य जब किसी शव-यात्रा में जाता है और जब तक श्मशान में रहता है, बराबर वैराग्य के विचार आते रहते हैं। किंतु घर तक लौट नहीं पाता कि सांसारिक छल-प्रपंच में फँस जाता है। वही दावपेंच, वही धोखा-धड़ी, वही धनोपार्जन के उलटे-सीधे ढंग।

'पार्थिव' का संबंध 'पृथ्वी' से है, जैसे 'पार्थिव गुरुत्वाकर्षण'। हमारा सारा जीवन-यापन पृथ्वी पर होता है, इसीलिए हमारा शरीर भी पार्थिव कहलाता है। एक अर्थ यह भी हो सकता है कि यह शरीर पृथ्वी (मिट्टी) का बना हुआ है। इसके विपरीत हमारा अलौकिक शरीर होता है, जिसे सूक्ष्म शरीर भी कहते हैं। इसकी तुलना में पार्थिव शरीर को स्थूल शरीर भी कहते हैं।

32. साधारण

प्रायिक	*usual*
साधारण	*ordinary*
सामान्य	*common*
सार्व, सार्विक	*general*

जो घटना प्रायः होती रहती है, उसे प्रायिक कहते हैं। किसी गाँव में जाइए। कुएँ पर स्त्रियाँ पानी भर रही होंगी। कोई गूजरी सिर पर घड़ा लेकर घर की ओर जा रही होगी। किसी कुंज में जाइए। कुछ स्त्रियाँ झूला झूल रही होंगी। यदि गाँव में कोई नदी या पोखरा होगा तो उसके किनारे पर गाँववाले नहा-धो रहे होंगे। कुछ लोग कपड़े धो रहे होंगे। इन बातों में आपको कोई नवीनता दिखाई

नहीं देगी, क्योंकि ये सब तो गाँव के साधारण दृश्य हैं जो प्रायः दिखाई देते रहते हैं। किंतु यह आवश्यक नहीं है कि जिस दिन आप उस गाँव में जाएँ, ये सारी घटनाएँ होती ही हों, क्योंकि इनके घटित होने का कोई नियम नहीं होता। ये प्रायः तो होती हैं, किंतु सदैव नहीं होतीं।

एक गाँव एक पहाड़ी के समीप बसा हुआ था। उसके निवासियों को प्रायः निमोनिया हो जाया करता था। एक डॉक्टर महोदय निमोनिया के इलाज में विशेषज्ञता प्राप्त करके आए और उस गाँव में बस गए। अगले ही दिन एक व्यक्ति आया और बोला कि डॉ. साहब, मुझे पुराना जुकाम है। कृपया इलाज कर दीजिए। डॉ. साहब पहले तो बड़े असमंजस में पड़े। फिर सोचकर बोले कि, तुम एक काम करो। गरम पानी से नहाओ और उसके तुरंत बाद किसी खुली खिड़की के आगे खड़े हो जाओ।

रोगी : क्या उससे मेरा जुकाम ठीक हो जाएगा ?

डॉक्टर : नहीं, पर उससे तुम्हें निमोनिया हो जाएगा और निमोनिया का इलाज मुझे आता है।

'सामान्य' और 'साधारण' के अर्थ इतने मिलते-जुलते हैं कि एक-दूसरे से उनका भेद करना कठिन हो जाता है। बहुत बार एक के स्थान पर दूसरे का प्रयोग हो जाता है, फिर भी उसमें खटक नहीं आती।

दो भाइयों ने सटे-सटे दो मकान बनवाए। जब बँटवारा हुआ तब प्रश्न यह उपस्थित हुआ कि बीच की दीवार किसकी मानी जाए। जब कोई निर्णय न हो सका तब यह समझौता हुआ कि दीवार दोनों की मानी जाए। उस दीवार को 'मुश्तरका' या 'साझी' दीवार कहते हैं। इसी प्रकार, गाँव में कुछ ज़मीन सबके ढोरों के चरने के लिए छोड़ दी जाती थी, जिसे 'सामान्य चरागाह' कहते थे। यह मान लिया जाता था कि उस पर सारे गाँववालों का बराबर का अधिकार रहेगा।

'सामान्य' शब्द में बाद को एक और अर्थ लग गया। बरसात के दिनों में सबको बदहज़्मी हो जाती है। या जाड़े के मौसम में बहुत-से निवासियों को जाड़ा-बुख़ार हो जाता है। उसे 'सामान्य रोग' कहते हैं जो अधिकतर व्यक्तियों को ग्रस ले।

किंतु 'साधारण रोग' ऐसे रोग को कहते हैं जिसका निदान और इलाज आसानी से हो सके, जिसमें किसी विशेषज्ञ की आवश्यकता न हो। सामान्यतः 'सामान्य रोग' साधारण ही होते हैं, किंतु कभी-कभी अंतर स्पष्ट दिखाई देता है। किसी गाँव में चेचक का प्रकोप होता है। उक्त रोग 'सामान्य' हो जाता है किंतु 'साधारण' नहीं कहलाता। उसमें न जाने कितनी जानें चली जाती हैं। इसके विपरीत गाँव-भर में 2-4 व्यक्तियों को मलेरिया हो गया। वह साधारण रोग है किंतु सामान्य नहीं, क्योंकि फैला नहीं है। इतना अवश्य है कि प्रयोग में उक्त

दोनों शब्दों का अंतर मिटता जा रहा है। 'सामान्य' का संबंध व्याप्ति से है, 'साधारण' का गुणवत्ता से।

मान लीजिए किसी कक्षा में 100 विद्यार्थी हैं। उनमें लगभग एक-चौथाई उत्तम श्रेणी के होंगे। परीक्षाओं में सर्वोच्च स्थान पानेवाले उन्हीं में से होंगे। संभव है खेल-कूद में कीर्तिमान स्थापित करनेवाले, वाक्‌शक्ति में पारितोषिक पानेवाले भी उन्हीं में से हों। ये मेधावी होंगे, असाधारण योग्यता के होंगे।

कक्षा के लगभग 50 विद्यार्थी साधारण बुद्धिवाले होंगे। ये लोग पास तो हो जाते हैं, किंतु सदैव द्वितीय या तृतीय श्रेणी में। ये लोग कोई उपाधि प्राप्त नहीं करते, कोई कीर्तिमान स्थापित नहीं करते। परीक्षाओं में सामान्यतः असफल भी नहीं होते। इन्हीं छात्रों से 'सामान्य श्रेणी' बनती है। अतः व्यावहारिक रूप से जो साधारण श्रेणी होती है, वही सामान्य श्रेणी भी होती है। यों यदा-कदा इनमें से भी इक्का-दुक्का मेधावी निकल आते हैं, किंतु अपवादों से नियमों की व्यापकता नहीं घटती।

अब रह गए केवल अवशिष्ट चौथाई विद्यार्थी। इनमें से अधिकतर या तो फेल होते हैं, या गिरते-पड़ते तृतीय श्रेणी प्राप्त कर लेते हैं।

यह श्रेणी सबसे फिसड्डी लोगों की होती है। ये छात्र योग्यता में साधारण से भी नीचे होते हैं।

'सार्व' और 'सार्विक' का संबंध 'सब' से है। जो नियम सब पर लागू हो, उसे 'सार्विक' कहते हैं। किंतु ऐसा नहीं है कि उक्त नियम के अपवाद हो ही नहीं सकते। यह सार्विक नियम है कि सब यात्रियों को रेल का टिकट लेना पड़ता है। कोई भी बिना टिकट यात्रा नहीं कर सकता। परंतु 5 वर्ष तक के बच्चों को छूट दे रक्खी है। इसी प्रकार अंधों के लिए टिकट लेना आवश्यक नहीं होता।

सारे अंग्रेज़ी राज्य में यह नियम है कि वाहन सदैव अपने बाएँ हाथ पर चलेंगे। किंतु दमकल को यह छूट दी गई है कि वह अपने दाहिने हाथ पर भी जा सकता है। जब महात्मा गाँधी 'गोलमेज़ सम्मेलन' में भाग लेने के लिए इंग्लैंड गए थे, उनके लिए भी यह छूट दी गई थी। उनकी गाड़ी अपने दाहिने हाथ पर चल सकती थी। जब किसी विशेष कारण से सारे नगर में कर्फ्यू लगा रहता है, तब सामान्यतः कोई व्यक्ति अथवा वाहन नगर में किसी भी सड़क पर नहीं चल सकता था, किंतु साधारणतः इन तीन को छूट दी जाती है : दमकल, तार-वाहक और डाक-वाहन। किंतु इन अपवादों से भी नियम की सार्विकता पर आँच नहीं आती।

जब हम अनाज ख़रीदने जाते हैं, तो नमूने के तौर पर थोड़ा-सा अनाज हमें दिखाया जाता है। वही नमूना सारे अनाज का प्रतिनिधि है। जब हम कोई कपड़ा ख़रीदने निकलते हैं तो किसी थान में से 'नमूना' कटवाकर ले लेते हैं। वही टुकड़ा सारे थान का प्रतिनिधि है।

अब एक संख्या-श्रेणी लीजिए– 1, 4, 7, 10...

इस श्रेणी का प्रत्येक सदस्य इस प्रकार का है– 3त + 1, जिसमें त को भिन्न-भिन्न मान देने से हमें सारी श्रेणी प्राप्त हो जाती है–

त = 0 रखने से पहला पद 1 प्राप्त होता है,
त = 1 रखने से दूसरा पद 4 प्राप्त होता है,
त = 2 रखने से तीसरा पद 7 प्राप्त होता है,
त = 3 रखने से चौथा पद 10 प्राप्त होता है...

'त' का कोई निश्चित मान नहीं है। इसे कोई भी पूर्णांक मान दिया जा सकता है। श्रेणी के इस सदस्य को सार्व पद या सार्विक पद कहते हैं : 3 त + 1।

33. सुंदर

आकर्षक, कमनीय, चारु	*attractive, captivating; lovely, charming*
मंजुल, मनोरम, मनोहर, मोहक	*pretty, fascinating*
छबीला	*glamorous*
सलोना	*comely, beauteous*
सुंदर	*beautiful*

अमूर्त गुणों की परिभाषा देना कठिन होता है। और विशेषकर सुंदरता का। इसका कोई मापदंड तो होता नहीं। कुछ गणितज्ञों ने विशेष आकृतियों की सुंदरता की कसौटी दी है। ऐसा आयत सुंदर कहलाता है, जिसकी भुजाओं में 8:5 का अनुपात हो। किंतु 'फूल' की सुंदरता का क्या मापदंड होगा। किसी दृश्य की सुंदरता की क्या परिभाषा बनेगी। पर किसी न किसी रूप में तो अपने भाव व्यक्त करने ही पड़ेंगे। अतएव, लेखक और कवि अपनी बात को घुमा-फिराकर कहते हैं। तुलसीदासजी सीताजी के रूप का वर्णन इस प्रकार करते हैं–

सुंदरता कहुँ सुंदर करईं।

अर्थात् सीताजी इतनी सुंदर थीं कि 'सुंदरता' को भी चार चाँद लगाती थीं।

श्रीराम और लक्ष्मण की सुंदरता का वर्णन करने में भी तुलसीदासजी ने क़लम तोड़ दी है–

स्याम गौर किमि कहौं बखानी।
गिरा अनयन, नयन बिनु बानी।।

उपरिलिखित शेष शब्दों में से भी अधिकतर के वही अर्थ हैं जो सुंदर के हैं। कुछ लोगों ने 'सुंदर' का अर्थ दिया है, "सुंदर वह है जो आँखों को भला लगे।" यह तो ऐसा ही है जैसे कोई कहे कि सुंदर वह है जो सुंदर लगे।

मनोहर = जो मन को हर ले।
मनोरम = जिसमें मन रम जाए।
कमनीय = जिसको पाने की कामना हो।
आकर्षक = जो अपनी ओर खींच ले।

'सलोना' में भाव 'लावण्य' का है, जो एक प्रकार से कोमलता का द्योतक है।

'छबीला' में एक अन्य भाव है 'बने-ठने' का। जो व्यक्ति बहुमूल्य कपड़े पहने, ऊपरी टीप-टाप बहुत करे, उसे 'छबीला' कहेंगे। पदबंध है-'छैल-छबीला।'

अनुक्रमणिका

■ ■ ■